Heilbronn 37°

Henrike Spohr lebt mit Mann und zwei Kindern in Heilbronn, direkt am Waldrand. Die Ideen zu ihren atmosphärischen Thrillern entwickelt sie gemeinsam mit ihrem Mann, am liebsten bei einem Glas Wein, abends auf der Terrasse.

HENRIKE SPOHR

Heilbronn 37°

KRIMINALROMAN

emons:

Bibliografische Information der Deutschen Nationalbibliothek
Die Deutsche Nationalbibliothek verzeichnet diese Publikation in der Deutschen Nationalbibliografie; detaillierte bibliografische Daten sind im Internet über http://dnb.d-nb.de abrufbar.

MIX
Papier aus verantwortungsvollen Quellen
FSC® C083411

Umschlagmotiv: photocase.com/Francesca Schellhaas
Umschlaggestaltung: Tobias Doetsch
Gestaltung Innenteil: César Satz & Grafik GmbH, Köln
Lektorat: Christine Derrer
Druck und Bindung: CPI – Clausen & Bosse, Leck
Printed in Germany 2014
ISBN 978-3-95451-365-9
Originalausgabe

Dieser Roman wurde vermittelt durch die
Christina Vikoler Literary Agency, München.

Für Fatih, Luisa und Adem

»… Aber ich werde dich besuchen.
Irgendwann, wenn du gar nicht daran denkst, bin ich da.
Das wird eine Überraschung! Ich verspreche es dir …«

Schwarz

1

Die tief stehende Sonne blendete ihn, heizte den Innenraum des Wagens so stark auf, dass er am Sitz klebte und seine feuchten Hände immer wieder an der Hose abwischen musste. Im Schritttempo fuhr er die Hohenstaufenstraße entlang. Aus den Gärten drang das Geräusch von Rasenmähern, Kinderlachen und der Duft von Gegrilltem. Die Vorgärten waren gepflegt, Geranien leuchteten ihm grellrot entgegen, alles war akkurat und strahlte eine Idylle aus, die ihm fast unwirklich erschien.

Tamara schien sehr zurückgezogen zu leben, bewegte sich nur zwischen ihrer Wohnung und dem Atelier in der Südstadt hin und her, ging nicht aus, traf selten Freunde. Wieder und wieder war er ihre Kontodaten durchgegangen, hatte die wenigen Kontakte, die sie pflegte, genau unter die Lupe genommen, ihren Mann observiert, er kannte ihren Tagesablauf, vielleicht besser als sie selbst. Hübsch war sie, mit ihren langen braunen Haaren, ihrem feinen Gesicht und den vollen Lippen. Auch wenn sie in letzter Zeit stark abgenommen hatte.

Er parkte seinen Wagen auf dem Bordstein, betrachtete sein Gesicht im Rückspiegel, kramte ein Taschentuch aus dem Handschuhfach und wischte sich über die Stirn. Er fühlte sich schlecht, hatte Lust auf ein kühles Bier. Noch ein paar Fotos. Er warf einen Blick auf die Uhr, bald würde sie kommen.

Der Zeiger ruckte weiter.

Der Druck, den er schon beim Aufwachen im Kopf gespürt hatte, wurde stärker.

Wieder wischte er sich den Schweiß von der Stirn, fixierte die Straßenecke, an der sie auftauchen würde. Wie jeden Tag. Seit fast zwei Wochen.

Es war stumpfsinnig. Sein Auftraggeber hatte sich bedeckt gehalten. Aber vielleicht würde er auch so herausbekommen, was diese Frau an sich hatte, dass jemand einen Haufen Geld ausgab, nur um sie beobachten zu lassen.

Vielleicht war es an der Zeit, Schwung in die Sache zu bringen …

Manche Menschen musste man unter Druck setzen, damit sie von ihren Gewohnheiten abwichen, etwas von sich preisgaben, was unter normalen Bedingungen nicht zum Vorschein kam. Das würde es für ihn interessanter machen.

Ihm helfen, das alles zu ertragen.

In diesem Moment sah er sie um die Ecke biegen. Eine Zigarette in der Hand, die Haare zu einem Zopf gebunden, blaues T-Shirt, knappe Shorts.

Er startete den Wagen, fuhr auf sie zu, verlangsamte die Fahrt. Sie musste ihn bemerken. Und richtig. Sie lief langsamer, blinzelte, versuchte wohl, ihn durch die Windschutzscheibe zu erkennen.

Im Rückspiegel sah er, wie sie auf Höhe ihrer Wohnung stehen blieb, eine Hand auf dem Gartentor, und ihm nachschaute.

2

Den ganzen Tag über war es drückend schwül gewesen. Mit dem Handrücken wischte sich Tamara Schweiß von der Stirn, trat einen Schritt zurück und betrachtete das Bild, an dem sie seit Stunden gearbeitet hatte. Schon am frühen Vormittag hatte sie gemeinsam mit Paul die Wohnung verlassen und den Rest des Tages in ihrem Atelier verbracht, denn es waren nur noch wenige Wochen bis zur Vernissage ihrer ersten Einzelausstellung.

Die Fenster nach hinten, zu einem kleinen, verwilderten Garten hinaus, waren weit geöffnet, und die Feuchtigkeit der Vegetation drang wie eine schwere Wolke in den offenen Raum. Bei gutem Wetter konnte Tamara zwischen den Bäumen die Weinberge ausmachen, die die Stadt umgaben. Sie liebte es, dort lange Spaziergänge zu machen und auf die weite Ebene des Neckarbeckens zu blicken, auf der sich Heilbronn ausdehnte. Doch in den letzten Monaten hatte sie wenig Zeit dazu gefunden.

Rechts neben dem Fenster befand sich eine mit Pinseln, benutzten Paletten und unzähligen Acrylfarben übersäte Arbeitsplatte mit einer tiefen, kalkfleckigen Spüle. Da es im Atelier keinen Kühlschrank gab, hatte Tamara die Angewohnheit, das Spülbecken mit Wasser zu füllen, um dort immer ein paar Flaschen Mineralwasser zu kühlen. Sie wischte die Hände am T-Shirt ab. Dann griff sie in das inzwischen lauwarme Wasser, nahm eine der Flaschen und trank einige Schlucke. Sie drehte den Verschluss zu und legte die Flasche zurück. Erst jetzt spürte sie, wie erschöpft sie war. Ihre Haare waren nass geschwitzt, und auch das lange, farbverschmierte T-Shirt klebte feucht an ihrem Körper. Tamara öffnete den Hahn, wartete einen Moment, bis das Wasser kalt genug war, und ließ es über Nacken und Haare laufen. Dann wusch sie ihr Gesicht.

Sie blickte in den Spiegel, der über der Spüle hing, und entfernte einige Spritzer weißer Farbe aus ihrem Haar. Nass wirkte es fast schwarz und betonte ihren ohnehin blassen Teint. Ihre Augen lagen tief in den Höhlen, und ihre Wangenknochen traten deutlich hervor. In den letzten Monaten hatte sie so stark abgenommen, dass sie das Gefühl hatte, nicht wie neunundzwanzig, sondern zehn Jahre älter auszusehen. Seit einigen Wochen schlief sie schlecht, und auch das hatte Spuren hinterlassen.

Mit den Händen fuhr sie sich durchs Haar, band es zu einem Zopf, drehte sich um und lehnte sich an die Arbeitsplatte.

Ihr Blick blieb an einer Packung Zigaretten hängen, die auf dem Boden neben einem vollen Aschenbecher lag. Sie zündete sich eine an und ging zu einem der großen Fenster, die zur Straßenseite zeigten.

Einen Kinderwagen vor sich herschiebend, lief eine junge Frau auf dem gegenüberliegenden Gehweg. Im Eingang zum Laden des alten Ehepaares stand ein Mann. Trotz der Hitze hatte er einen dunklen Anzug an. Sein Blick war auf das geschlossene Fenster gerichtet, hinter dem sie stand.

Obwohl Tamara wusste, dass er sie nicht sehen konnte, trat sie instinktiv einen Schritt zurück. Ihr Körper reagierte, ehe sie bewusst darüber nachdenken konnte. Noch einen kurzen Augenblick stand dieser Mann reglos dort, dann schaute er sich um und ging die Straße hinunter.

Paul hatte angeboten, sie nach der Arbeit abzuholen. Tamara hatte abgelehnt, und kurz zögerte sie, ob sie ihn nicht anrufen und ihn bitten sollte, es doch zu tun, verwarf den Gedanken aber wieder.

Sie wandte sich zur Ausgangstur, neben der ihre Tasche lag, entschied sich aber doch anders. Erst noch eine Tasse Kaffee. Sie wusste, dass sie damit das Unvermeidliche nur hinauszögerte, trotzdem lief sie zurück zur Spüle, füllte Wasser und Kaffeepulver in eine Espressokanne, schaltete die Kochplatte an und nahm eine weitere Zigarette aus der Packung. Während sie auf das vertraute sprudelnde Geräusch wartete, stand sie rauchend am Fenster zum Garten.

Der Himmel hatte sich zugezogen, und ab und zu spürte sie einen angenehm kühlen Wind auf ihrer Haut. Für diesen

Abend waren starke Gewitter vorausgesagt. Tamara goss sich eine Tasse Kaffee ein, und während sie weiter aus dem Fenster schaute, holte sie ihr Handy aus der Hosentasche und wählte Pauls Nummer.

Paul meldete sich nach dem ersten Läuten. »Hallo, Schatz, soll ich dich doch noch abholen?«

Tamara straffte ihre Schultern und atmete tief durch. »Nein, ich gehe gleich los. Bist du schon unterwegs? Ich kann noch was für uns kochen, wenn du willst. Bring einen Wein mit, ja?«

»Mach ich.«

Sie lauschte kurz auf die Stille, die Pauls Stimme hinterlassen hatte, zog den Stöpsel aus dem Abfluss der Spüle und schüttete den Rest des Kaffees hinein. Danach schloss sie die Fenster.

Zögernd trat sie hinaus ins Treppenhaus, schaute zurück ins Atelier, um noch einen Moment die Sicherheit, die es ausstrahlte, in sich aufzunehmen. Sie zog die Tür hinter sich zu, schloss ab und eilte die Treppe hinunter. Auf der Straße war die Luft noch drückender.

Eilig lief sie los.

Es wurde dunkler, der Wind nahm zu und trieb das nahende Unwetter vor sich her.

Immer wieder warf sie einen kurzen Blick über die Schulter, um sich zu vergewissern, dass ihr niemand folgte. Sie hatte den kürzeren Weg über das Gelände des ehemaligen Südbahnhofs gewählt. Um diese Tageszeit lag es wie ausgestorben, ein warmer Wind trieb eine rote Plastiktüte über den von Schlaglöchern übersäten Asphalt. Selbst vor dem türkischen Lebensmittelgeschäft parkten nur zwei Autos, das Egistuck-Lager für Baumittel hatte geschlossen.

Zwei Mädchen kamen ihr entgegen und steckten die Köpfe tuschelnd zusammen, als sie an ihr vorübergingen. Es wurde zusehends dunkler, eine Böe wirbelte Staub auf. Die ersten schweren Regentropfen färbten den staubigen Asphalt, und hinter dem Rauschen des Feierabendverkehrs hörte Tamara das ferne Grollen des Donners.

Als sie zurückschaute, waren die Mädchen nicht mehr zu sehen, aber am Ende der Brachfläche war ein Mann aufgetaucht, der es offenbar eilig hatte. Sie erhaschte nur einen kurzen Blick auf seine dunkel gekleidete Gestalt. War das derselbe Mann, den sie vor ihrem Atelier gesehen hatte? Ihr Herz begann, schneller zu schlagen, und sie beschleunigte ihren Schritt. Die Charlottenstraße aufwärts, vorbei an der Tankstelle, bog sie links in die Schmollerstraße ab. Aus dem Augenwinkel bemerkte sie, dass der Mann immer noch hinter ihr lief.

Sie wechselte die Straßenseite.

Der Regen wurde stärker. Tamara schaute wieder zurück. Auch der Mann hatte die Straßenseite gewechselt. Sie begann zu laufen. Bald wäre sie zu Hause, in Sicherheit. Hinter ihr hatte der Mann aufgeholt. Tamara fing an zu rennen. Nur noch wenige Meter bis zu ihrem Zuhause. Mit zitternden Händen wühlte sie in ihrer Handtasche. *Verdammt.* Sie ertastete den Schlüssel. Sie rannte, so schnell sie konnte, gleich hätte er sie. *Beeil dich.* Sie steckte den Schlüssel ins Schloss, öffnete die Tür, und schon war sie im Haus. Sie ließ die Handtasche fallen und verriegelte die Tür. Tamara lauschte auf die Schritte des Mannes, doch in diesem Moment brach das Unwetter los und überdeckte mit einem ohrenbetäubenden Krachen alle Geräusche.

Ein greller Blitz erhellte das Treppenhaus, danach war es wieder dunkel. Ihr Herz klopfte immer noch heftig, und zwischen zwei Donnerschlägen vernahm sie ihren keuchenden Atem. Sonst war nichts zu hören.

In ihrer Wohnung angekommen, zog sie alle Vorhänge zu.

Im nächsten Moment pochte es hart gegen die Eingangstür. Tamara zuckte zusammen.

»Paul?«, rief sie zaghaft. Zögernd ging sie zur Tür, wieder ein Pochen.

»Tamara, mach auf!«

Paul, es war nur Paul.

Sie drehte den Schlüssel um und öffnete ihm.

Mit seiner sportlichen Statur füllte er den Türrahmen, und sie musste zu ihm aufschauen. Sein blondes Haar hing ihm nass über die Augen, mit dem Handrücken wischte er es zur Seite. Als er sich zu ihr herunterbeugte, um sie zu küssen, tropfte Wasser auf Tamaras Gesicht.

Er lachte. »Hallo, Schatz.«

Tamara zwang sich zu lächeln. Noch immer raste ihr Herz. Paul musterte sie besorgt und zog sie in seine Arme. Tamara schmiegte sich an seine Schulter und sog erleichtert seinen vertrauten Duft ein.

»Alles klar?«, flüsterte er.

Tamara befreite sich aus seiner Umarmung, stellte sich auf die Zehenspitzen und küsste ihn. »Ja. Alles klar.«

Paul blickte sie zweifelnd an. »Sicher?«

»Ganz sicher.«

Während Paul duschte, bereitete Tamara rasch das Abendessen vor.

Das Gewitter war vorübergezogen. Tamara öffnete die Vorhänge, zwischen den Häusern auf der anderen Straßenseite ergoss sich ein wunderschönes Abendrot über den Himmel. Die Küche war in dieses warme Licht getaucht, und Tamara merkte, dass ihre Anspannung nachließ.

Die Badezimmertür wurde geöffnet, und Paul erschien. Sich das nasse Haar mit einem Handtuch abreibend, stand er im Türrahmen und lächelte sie an.

»Ich habe einen riesigen Hunger.«

Paul setzte sich an den Tisch, Tamara füllte einen Teller mit Spaghetti und schenkte ihm ein Glas Lemberger ein. Mit sichtlichem Appetit begann er zu essen, während Tamara nur an ihrem Wein nippte.

»Willst du nichts essen?«

»Ich habe keinen Appetit, wahrscheinlich mal wieder zu viel Kaffee.«

Paul legte das Besteck zur Seite und wischte sich mit seiner Serviette langsam über den Mund. Er goss sich das Glas erneut voll und trank einen Schluck. Eine Weile drehte er das Glas und betrachtete die rote Flüssigkeit. In seinen großen Händen wirkte das Glas zerbrechlich, filigran. Er hob seinen Blick, schaute

Tamara an, lehnte sich über den Tisch und griff nach ihrer Hand. »Was ist mit dir los? Sag schon, ich merke doch, dass dich was bedrückt.«

Tamara drehte eine Strähne ihres Haares zwischen den Fingern und wich seinem Blick aus. Sie würde Paul sicher nicht sagen, dass sie wie eine Idiotin vor diesem Mann geflohen war, dass er ihr einen riesigen Schrecken eingejagt hatte. Sie hatte ihn vor Kurzem schon einmal gesehen, hier in der Straße, doch das hatte nichts zu bedeuten. Heilbronn war nicht groß. Wenn sie sich auf ihren täglichen Weg zum Atelier machte, kam es oft vor, dass sie Menschen begegnete, die sie dann wieder sah. Sie war jahrelang mit ihren Ängsten klargekommen. Immer hatte sie es geschafft, die Oberhand zu gewinnen, oft war sie am Boden gewesen, aber nie besiegt. Sie war kein Opfer. *Nicht mehr.*

»Nein, es ist nichts. Wirklich, ich habe nur wie verrückt gearbeitet, du kennst mich doch …«

Den Rest des Abends saßen sie auf dem Balkon. Durch das Gewitter war die Luft nun frischer, und es roch nach nassem Asphalt und Sommer. Tamara erzählte, wie weit sie mit ihrem letzten Gemälde gekommen war, Paul pflückte eine der blauen Winden, die sich um das rostige Balkongeländer rankten, und steckte sie ihr ins Haar, zog ihr Gesicht zu sich und küsste sie.

Als Tamara am nächsten Morgen erwachte, war Paul schon gegangen. Bevor er das Haus verlassen hatte, hatte er das Schlafzimmerfenster geöffnet, und der Duft eines noch angenehm kühlen Sommermorgens erfüllte den Raum. Sie öffnete die Augen und schaute sich, nicht zum ersten Mal, zufrieden in ihrem Schlafzimmer um. Hier hatten sie sich eingerichtet, ein Zuhause geschaffen, das diesen Namen auch verdiente. Ihre bisherigen Wohnungen waren provisorisch, mit Weinkisten als Regalen und stets wackeligen, brandfleckigen Tischen in nie aufgeräumten Küchen. Sie war es so satt gewesen. Gemütlich sollte sie sein, die Wohnung, in die sie zum ersten Mal mit einem Mann zusammenzog. Mit Paul. Strukturiert. Sauber. Schluss mit überquellenden Aschenbechern und Weinflecken auf den Flickenteppichen. Keine halben Sachen mehr. Gemeinsam waren sie über Flohmärkte gezogen und hatten die kleine Dreizimmerwohnung nach und nach mit einer bunten Mischung aus Kostbarkeiten gefüllt, ihr einen ganz eigenen Charme verliehen. Nach einer Weile streckte sie sich ausgiebig und setzte sich auf, denn sie hatte noch einiges an Arbeit vor sich, und der Termin der Vernissage rückte unaufhaltsam näher. Ihre große Chance, sich einen Namen zu machen und endlich von ihrer Kunst leben zu können. Wie lange hatte sie davon geträumt.

In einem reich verzierten Bauernschrank befanden sich Tamaras Kleider. Sie wählte schwarze Shorts und entschied sich für ein hellblaues Trikot mit dem verwaschenen Aufdruck »Jesuit Rangers«. Ein Relikt aus Pauls Zeit als Sportstudent.

In der Küche standen noch die Reste des Abendessens auf dem Tisch, und Tamara räumte alles in die Spülmaschine, während sie darauf wartete, dass der Kaffee fertig war. Von wegen ordentlich, sauber und bieder. Ganz war der Weg in ein geregeltes Leben noch nicht geschafft. Sie widerstand der Versuchung, den Tag mit einem Kaffee und der ersten Zigarette zu beginnen.

Sie schnitt sich eine Scheibe des von Paul selbst gebackenen Brotes ab, bestrich es mit Frischkäse und blätterte in der Zeitung. Seit Wochen füllte die kommende Bürgermeisterwahl das Sommerloch. Gelangweilt legte Tamara die Zeitung zur Seite.

Bevor sie das Haus verließ, vergewisserte sie sich, dass alle Fenster geschlossen waren.

Es war ein schöner Morgen. Alles war ruhig, und die Sonne hatte den Asphalt bereits getrocknet. Das gestrige Unwetter und der Platzregen hatten den Staub aus der Luft gewaschen, und alles schien in neuen Farben zu erstrahlen. Nur an einigen schattigen Stellen, wo üppig blühendes Gebüsch über die Gartenzäune wuchs, waren flache Pfützen zurückgeblieben. In einem der Gärten mähte jemand den Rasen, und der Geruch von frisch geschnittenem Gras wehte zu ihr herüber.

Tamara versuchte, sich zu erinnern, wie unbeschwert sie sich noch vor wenigen Monaten gefühlt hatte. Sie liebte diese frühen Morgenstunden, wenn der Tag noch so unberührt vor ihr lag. Sie schnippte sich eine Zigarette aus dem zerdrückten Softpack, schritt schneller aus und konnte es kaum erwarten, mit dem Malen anzufangen. Ja, es war ein wunderschöner Morgen, und es würde ein wunderbarer Tag werden! Ein Grinsen schlich sich auf ihr Gesicht, sie verschluckte sich am Rauch, hustete und dachte amüsiert, dass die einzig reale Gefahr in ihrem Leben wohl ihr Nikotinkonsum war. Trotzdem ging sie in den kleinen Gemischtwarenladen, der gegenüber ihrem Atelier lag, um sich einen Vorrat an Zigaretten und neues Kaffeepulver zu kaufen.

»Einen schönen guten Morgen, junge Frau!«

Der Besitzer des Ladens, ein alter Mann, nahm ihre Bestellung entgegen und packte alles in eine braune Papiertüte. Sie bezahlte und verabschiedete sich, nicht ohne sich nach dem Befinden seiner Frau zu erkundigen, die seit einigen Wochen im Krankenhaus lag. Tamara mochte diese alten Leute, das Einkaufen in diesem Gemischtwarenladen war ein fester Bestandteil ihres Tagesablaufs. Sie wollte das Geschäft gerade verlassen, als sie der alte Mann noch einmal zurückrief.

»Einen Moment, Frau Deile, das hätte ich ja fast vergessen … Gestern war ein Mann hier, der sich nach Ihnen erkundigt hat.«

Tamaras Kehle wurde eng, sie ließ die Türklinke los, und die Tür fiel mit einem Klingeln ins Schloss. Sie räusperte sich und versuchte, normal zu klingen. »Ja? Was wollte er denn?«

»Er ist wohl auf das Schild im Erdgeschoss aufmerksam geworden. Er wollte wissen, wer der Besitzer ist. Ich hab ihm Ihren Namen genannt und gesagt, dass Sie täglich im Atelier sind.«

Er schien Tamaras Verwirrung zu bemerken. Mit einem unsicheren Achselzucken fügte er hinzu: »Entschuldigen Sie, Frau Deile, war das falsch? Aber Sie wollen den Laden doch vermieten.«

»Nein, nein. Hat er gesagt, ob er wiederkommt?«

»Nein, er hat nur gesagt, er würde sich mit Ihnen in Verbindung setzen.«

Tamara griff nach der Türklinke und wollte gehen, aber dann fiel ihr noch etwas ein. »Wie sah er denn aus? Vielleicht kenne ich ihn ja.«

»Hm, ich erinnere mich nur daran, dass er dunkel gekleidet war.«

»Welches Alter?«

»Ach, wissen Sie, das kann ich nicht genau sagen.« Mit einem Lachen fügte er hinzu: »Ich bin jetzt so alt, dass ich wohl alle für jung halte, die noch keine weißen Haare haben.«

Auf dem Gehweg blieb Tamara stehen und blickte an der Fassade ihres Hauses hoch zu den Fenstern des ersten Stocks, in dem sich das Atelier befand. Von hier unten konnte sie nicht erkennen, ob sich dahinter etwas bewegte, ob dort jemand war. *Lauerte*, schoss es ihr unvermittelt durch den Kopf. Ein mulmiges Gefühl beschlich sie und ließ sich nicht abschütteln.

Aber die Zeit drängte, sie musste weiterarbeiten, konnte sich keine Pause erlauben.

Tamara versuchte, die Eingangstür aufzuschließen, doch ihre Hände zitterten so stark, dass ihr beim dritten Versuch der Schlüsselbund aus der Hand glitt und scheppernd zu Boden fiel. Als sie sich bückte, um ihn aufzuheben, fiel ihr die Papiertüte aus der Hand. Endlich hatte sie es geschafft. Sie drehte den Schlüssel. Das Schloss schnappte zurück, die Tür war nur zugezogen, nicht verriegelt. Ihr Magen zog sich in einem Krampf zusammen.

Sie schloss immer ab, hatte sie es gestern vergessen?

Die Türklinke fest in der Hand, blieb sie stehen, blickte die Treppe hinauf und lauschte. Es war still. Dort, wo das Licht durch ein dreckiges Fenster fiel, tanzte Sonnenstaub in der Luft.

Ihre Hand löste sich von der Klinke, die Tür fiel mit einem leisen Quietschen zu. Ein vorsichtiger Schritt Richtung Treppe ließ eine Diele knarren. Tamara zuckte zusammen und machte einen Satz nach vorne.

Zwei Stufen auf einmal nehmend, rannte sie hoch in den ersten Stock. Beim ersten Versuch schaffte sie es, die Tür zu öffnen.

Sie schlug sie hinter sich zu und schloss sich ein. Auch diese Tür war nicht verriegelt gewesen. Hastig blickte sie um sich, spürte das Pochen ihres Herzens. Mit der Papiertüte in der einen und dem Schlüsselbund in der anderen Hand blieb sie stehen und suchte nach einem Anzeichen dafür, dass in ihrer Abwesenheit jemand in ihrem Atelier gewesen war. Doch alles war an seinem Platz. Einige fertige Bilder lehnten an der Wand gegenüber, auf der Staffelei stand das Bild, das sie gestern begonnen hatte. Die Morgensonne, die in den großen Raum fiel, ließ das satte Gelb leuchten. Trotzdem drehte sie den Schlüssel, ärgerte sich im selben Moment darüber, doch das Unbehagen ließ sich nicht so einfach vertreiben. Sie lief zur Gartenseite, ihre Schritte hallten von den leeren Wänden wider, öffnete das Fenster und schaltete das Radio ein.

Auf einem Regalbrett über der Spüle stand eine Flasche Wein, und Tamara entschied sich gegen Kaffee. Sie setzte sich im Schneidersitz auf den Boden, zündete sich wieder eine Zigarette an. *Die wievielte?* Sie wusste es nicht. Dann trank sie direkt aus der Flasche.

Jemand hatte sich nach ihr erkundigt. Das war alles. Sie sollte sich darüber freuen. Vielleicht hätte sie bald einen Mieter und etwas mehr Geld.

Sie atmete langsam ein und aus und konzentrierte sich ganz auf die leuchtenden Farben der großen Leinwand ihr gegenüber. Auch wenn ihre Bilder sehr expressiv waren, ließ sie sich gerne von Landschaftsfotografien in Farbe und Form inspirieren, verfremdete diese so lange, bis nur noch Strukturen zu erkennen waren. Zu diesem Bild diente eine Fotografie aus der Camargue als Vorlage. Ein flacher See, an dessen Ufer Pferde grasten, vom Licht der ersten Sonnenstrahlen vergoldet.

Sobald Tamara mit dem Malen begann, wurde sie ruhiger, überließ sich ganz der gleichmäßigen Bewegung des Pinsels, mit dem sie in kräftigen Strichen einen warmen Ockerton auftrug.

Schon als kleines Kind hatte sie von ihrem Vater gelernt, mit Farben umzugehen. In ihrem Elternhaus hatte er sich ein Atelier eingerichtet und Tamara beigebracht, sich ganz auf sich selbst zu verlassen, was die Art, sich auszudrücken, betraf. Tamara erinnerte sich an lange Stunden, die sie gemeinsam verbrachten, ohne zu reden, und das Einzige, was zu hören gewesen war, die Pinsel waren, die über die Leinwände strichen. Unterbrochen wurde diese Stille nur von ihrer Mutter, die ihren Kopf zur Tür hereinsteckte, um sie zum Essen zu rufen. Manchmal hatte sich ihre Mutter zu ihnen gesetzt, um eines ihrer Bücher zu lesen …

… Aber dann hatte Jo ihnen alles genommen, was vorher schön gewesen war. Als sie nach den zwei Wochen zurückgekommen war, konnte sie nicht mehr malen.

Tamara biss die Zähne so fest zusammen, dass es knirschte, drückte den Pinsel fester auf, schüttelte diesen Gedanken ab und versank wieder in ihrer Arbeit. Der Vormittag verging, ohne dass sie es bemerkte. Ohne Pause ließ sie vor ihrem Auge die Pferde erst zum Leben erwachen, um sie dann wieder zu bloßen Konturen zu verwischen, bis sie mit dem Gelb der Wiese verschmolzen.

Das Klingeln des Handys drang in Tamaras Bewusstsein. Nur langsam schaffte sie es, sich loszureißen, ließ den Pinsel sinken, trat einige Schritte zurück und betrachtete das Bild. Sie war zufrieden. Die farbverschmierte Hand wischte sie an der Jeans ab und fischte das Handy aus der Tasche.

Auf dem Display war Pauls Nummer zu sehen.

»Ich komm vorbei, die Schule fällt heute Nachmittag aus, Hitzefrei. Ich bring was zu essen mit. Wie wär's mit einem schönen Salat?«

Während Tamara auf Paul wartete, räumte sie die Flasche Wein zurück aufs Regal und spülte sich den Mund aus. Paul musste nicht wissen, dass sie schon Alkohol getrunken hatte. Tamara wusch zwei Tassen aus und öffnete das Fenster zum Garten. Nach dem gestrigen Gewitter war es noch heißer geworden. Sie drehte das Radio lauter und hörte gerade, dass die Moderatorin von einem Jahrhundertsommer sprach, als Paul kam. Wie versprochen hatte er für jeden einen Salat mitgebracht.

Er küsste sie, und Tamara schmeckte salzigen Schweiß auf

ihren Lippen. Pauls Gesicht war gerötet, auf der Nase hatte er einen Sonnenbrand.

Er setzte sich vor das geöffnete Fenster auf den Boden, und Tamara holte zwei Tassen und schenkte ihnen Mineralwasser ein. Sie hatte vergessen, das Kühlwasser in der Spüle zu erneuern, und die Flasche lag lauwarm in ihrer Hand.

Paul öffnete die Plastikschalen und stellte eine vor Tamara hin. Es war griechischer Bauernsalat darin, und beim Anblick der schwarz glänzenden Oliven verspürte Tamara das erste Mal seit Wochen wieder Appetit.

Paul hatte die Gabeln unten im Auto vergessen, aber weder er noch Tamara hatten Lust, sie zu holen, und so aßen sie mit den Händen. Tamara leckte sich genüsslich die Finger ab. Paul grinste sie spitzbübisch an.

»So lieb ich dich. Kannst du das noch mal machen? Du siehst so sinnlich aus, wenn du dir deine Finger ableckst. Wow!«

Tamara lachte und steckte sich betont langsam die nächste Olive in den Mund.

Das Radio spielte einen Song von Buena Vista Social Club, der Salat schmeckte köstlich, und Tamara bemerkte überrascht, dass sie glücklich war. So leicht hatte sie sich lange nicht mehr gefühlt.

Nach dem Essen schmiss Tamara die leeren Plastikschälchen in einen Müllsack und wollte wieder zu malen anfangen, aber Paul hatte jedem ein Glas Wein eingeschenkt und die Musik lauter gedreht. »Komm, du hast heute auch frei.« Er hielt ihr das Glas hin, und sie stießen an: »Auf deinen Erfolg!«

»Auf uns!«

Paul leerte sein Glas mit einem Schluck, zog sie sanft auf den Boden und begann, ihren Hals zu küssen. Sein Gesicht war direkt über ihrem. Pauls sommerliche Bräune ließ das Blau seiner Augen noch intensiver erscheinen. Tamara verlor sich in diesem Blick, fühlte seine Zunge, die ihre Lippen öffnete, und ließ sich fallen. Langsam wanderten seine Hände über ihren Körper, strichen an der Innenseite ihrer Schenkel entlang, verharrten mit sanftem Druck zwischen ihren Beinen. Kaum nahm Tamara wahr, wie er sie auszog, dann war er schon tief in ihr und liebte sie im drängenden Rhythmus der Musik.

Danach blieb Tamara liegen, genoss, wie entspannt sie war, wie ab und an ein kühler Luftzug ihre schweißnasse Haut umspielte, und schloss die Augen.

3

»Schatz, es ist spät, komm, lass uns nach Hause gehen.« Paul schüttelte den Kopf. Wie schaffte sie es nur, auf diesem steinharten Boden zu schlafen?

Tamara setzte sich auf und schaute ihn verwirrt an. Ihre Haare klebten feucht an ihrer Wange. Es war dunkel, nur das Licht einer Straßenlaterne ließ ihre Haut sanft schimmern.

Tamara zog sich an, und als sie in Pauls Wagen nach Hause gefahren waren, legte sie sich sofort ins Bett, um weiterzuschlafen.

Die ungewöhnlich starke Hitze des Tages hatte die Mauern der Häuser so stark aufgeheizt, dass die Nacht kaum Abkühlung brachte.

Von draußen drang das Zirpen einer einsamen Grille ins Zimmer.

Paul legte sich neben Tamara, schloss die Augen und war gerade dabei, wegzudämmern, als er hochschreckte. *Was war das?* Direkt an seinem Ohr hatte er ein Geräusch gehört, ein Kratzen oder Scharren. Es hatte sich angehört, als wäre etwas direkt unter seinem Kopfkissen. Er musste geträumt haben. Obwohl er sich sogar *sicher* war, dass er geträumt hatte, konnte er der Versuchung nicht widerstehen, unters Bett zu schauen. Natürlich war da nichts. Trotzdem spürte er, wie er Gänsehaut bekam. Bestimmt hatte ihn Tamara mit ihren Ängsten angesteckt, ihn nervös gemacht, und nun begann er, an das Monster unter dem Bett zu glauben.

Die Balkontür war offen, und ein überraschend kühler Lufthauch ließ ihn erneut frösteln. Tamaras Decke war zur Seite gerutscht, Paul strich sanft über ihren nackten Rücken und deckte sie wieder zu. Sie murmelte etwas im Schlaf, stöhnte auf, drehte sich dann aber um und atmete ruhig und tief. Bestimmt hatte sie einen ihrer unruhigen Träume, die sie regelmäßig heimsuchten. Oft weckte sie ihn auf, klammerte sich an ihn wie eine Ertrinkende, bis er sie beruhigt hatte. Daran war er gewöhnt, nahm es als eine ihrer Eigenarten hin, für die er sie so liebte. Seine Tamara.

Eigentlich war er nie ein Mensch gewesen, der an Liebe auf den ersten Blick glaubte, doch mit ihr war es tatsächlich so gewesen.

Er hatte einen anstrengenden Tag hinter sich gebracht, alles war ihm auf die Nerven gegangen. Die Schüler, seine Kollegen. An diesem Tag überlegte er, ob es nicht die falsche Entscheidung gewesen war, Lehrer zu werden. Gegen den Widerstand seines Vaters. Er hatte gehofft, Paul würde den landwirtschaftlichen Betrieb übernehmen, nachdem sein ältester Sohn, Karl, ihn mit seiner Entscheidung, in Italien Weinbau zu betreiben, vor vollendete Tatsachen gestellt hatte. Paul beschloss, einen Spaziergang zum Neckar zu machen. Er wollte in Ruhe nachdenken, war überrascht und leicht verärgert, als er seinen Platz, einen einsamen Steg in der Nähe des Freibads Neckarhalde, besetzt fand. Dort saß eine Frau, und er überlegte schon, einfach weiterzugehen. Aber etwas an der Art, wie sie dort saß, die Beine untergezogen, leicht nach vorne gebeugt, in Gedanken versunken, berührte ihn. Er setzte sich neben sie, und das grüne Wasser, das träge dahinfloss, ließ ihn seinen Ärger allmählich vergessen. Sie hatte weder Hallo gesagt, noch hatte er versucht, mit ihr ins Gespräch zu kommen. Trotzdem fühlte er eine Nähe zu dieser fremden Frau, und das Schweigen schien sie eher zu vereinen, als dass es sie trennte. Irgendwann sagte sie einfach: »Ich lad dich zu einem Kaffee ein, hast du Lust?«

Er blickte sie an. Ihre leicht geröteten Wangen, ihre dunklen Augen, die aussahen, als hätte sie geweint, ihren zierlichen Körper, der in einem viel zu großen T-Shirt steckte: Sie sah wunderschön aus.

Sie musste bemerkt haben, wie er sie anstarrte, denn sie fragte: »Ist was?«, und lachte. Paul musste auf einmal selbst lachen. Das war absurd. Grade eben war seine Laune noch an einem absoluten Tiefpunkt gewesen, und auf einmal fragte er sich, warum?

In diesem Moment hatte er sich unrettbar in Tamara verliebt.

Sie waren am Neckar entlanggelaufen, wieder schweigend,

bis sie ein Café fanden. Es war, als hätten sie sich schon immer gekannt. Da war eine Vertrautheit, die so natürlich war, sich so leicht anfühlte. Sie redeten nicht viel, beobachteten beide die Passanten, die vorbeiliefen, und tranken Kaffee. Als sie bezahlte, fragte Paul, ob sie noch mit zu ihm kommen wolle, und sie sagte einfach nur Ja.

Als sie am nächsten Morgen erwachten, wusste er noch nicht mal, wie sie hieß. Aber er wusste, dass er sie wiedersehen musste.

Seine Tamara. Fast schmerzhaft war ihm bewusst, wie sehr er sie liebte.

Er küsste sie aufs Haar und stand auf. An Schlaf war nicht zu denken. Es war heiß, und er zog sich nur Shorts an, goss sich in der Küche ein Glas Wasser ein und ging auf den Balkon. Die Fenster der umliegenden Häuser waren dunkel, und die Gärten lagen im Schatten. Die Nachtluft roch nach staubigem Asphalt und den Winden, die im Licht der Straßenlaterne fast schwarz aussahen. Von weit weg hörte er einen Motor aufheulen. Nachtschwärmer, die genau wie er keinen Schlaf fanden. Dann war es wieder still. Er setzte sich auf einen der Klappstühle, lehnte seinen Kopf an die Hauswand, die immer noch warm war. Tamara schien angespannt, und fast hatte er das Gefühl, sie verheimliche ihm etwas …

Paul schaute hinauf in den Nachthimmel und entdeckte den Großen Wagen, den ihm sein Vater schon als kleines Kind gezeigt hatte. Immer war das ein Anblick gewesen, der ihn beruhigte. So beständig. Auch jetzt entspannte er sich und merkte, wie müde er war.

Er trank sein Glas leer und beschloss, auch wieder ins Bett zu gehen. Während des Einschlafens meinte er, wieder dieses Kratzen zu hören. Ganz leise. Er lag bewegungslos und lauschte angespannt. *Nein. Da war nichts.* Seine Phantasie hatte ihm wohl einen Streich gespielt.

Er schmiegte sich fest an Tamaras Rücken, sie wand sich unruhig und knirschte mit den Zähnen. *Was sie wohl träumen mochte?*

4

Am anderen Ende der Stadt erwachte Anna aus einem unruhigen Traum. Die Bettdecke war auf den Fußboden gerutscht, und ihr Nachthemd klebte an ihrem Körper. Sie konnte sich nicht an den Inhalt des Traumes erinnern. Der einzige Eindruck, der zurückgeblieben war, war eine seltsame Unruhe. Sie setzte sich auf und schaute auf die schwach leuchtenden Ziffern ihres Weckers. Es war genau drei Uhr.

Neben ihr lag Andreas. Das Dämmerlicht ließ sein markantes Gesicht weicher wirken, tauchte sein graues Haar in Dunkelheit. Schlafend sah man ihm seine fünfzig Jahre kaum an. Sein Brustkorb hob und senkte sich gleichmäßig, sein Mund war leicht geöffnet. Seine Stirn glänzte feucht, und als sie ihm über die Schläfe strich, krampfte er kurz seine Kiefer zusammen und ließ erahnen, wie angespannt er war. Rasch zog sie ihre Hand zurück. Sie blieb regungslos sitzen, bis sie sicher war, dass er wieder tief schlief.

Leise stand sie auf, zog das feuchte Nachthemd aus und trat auf die Galerie hinaus. Im Haus war es absolut still. Alles atmete Ruhe, nur die Standuhr in der Eingangshalle tickte. Die Treppe lag im Dunkeln, und das Geländer schimmerte silbern im Licht des Mondes, der durch das Oberlicht schien. Auf Zehenspitzen lief sie eilig hinunter, durchquerte die Halle und betrat die Küche. Obwohl sie wusste, dass der Garten um das große Haus von außen nicht einsehbar war und die umgebenden Häuser wegen des hohen Quadratmeterpreises in der Armsündersteige leer standen, machte sie kein Licht an.

Als sie den Kühlschrank öffnete, floss ihr Kälte entgegen. Rasch griff sie sich eine Flasche Orangensaft, schlug die Tür zu und trank.

Zurück in der Halle blieb sie stehen und lauschte. Bei dem Gedanken, Andreas könne sie erwischen, beschleunigte sich ihr Puls. Doch das Ticken der Standuhr und ihr Herzschlag waren das Einzige, was sie vernahm. Von oben war nichts zu hören.

Die Tür zu Andreas' Büro stand einen Spalt weit offen, lautlos glitt Anna hindurch. Sie achtete darauf, die Tür angelehnt zu lassen, und horchte noch einmal in die Stille des Hauses. Sie war in den letzten Wochen oft in Andreas' Büro gewesen. Sie wusste nicht, nach was sie suchte, aber irgendetwas *musste* es geben, irgendeinen Beweis. Einen Beweis dafür, dass etwas *nicht stimmte* ... Die schweren Vorhänge waren zugezogen, nur durch einen Spalt fiel ein Streifen Licht herein. Sie verharrte mit dem Rücken zur Tür, bis sich ihre Augen an die Dunkelheit gewöhnt hatten.

Auf dem Schreibtisch, der wie ein riesiger Klotz den Raum dominierte, lag sein Handy. Es war nicht ausgeschaltet. *Gut.* Systematisch durchsuchte sie die Anruflisten, die gesendeten und empfangenen SMS und die gespeicherten Nummern. Zum Schluss den Terminkalender. Dort fand sie es: Für den nächsten Tag war der Buchstabe A notiert. Und es folgten weitere. Keine Uhrzeit, keine Telefonnummer, kein Treffpunkt. Nichts, was ihr einen Anhaltspunkt liefern könnte, was dieses »A« bedeutete. In letzter Zeit gab es diesen Eintrag immer wieder, und sie war sich sicher, dass es sich um ein Treffen handeln musste. An den Tagen, an denen dieser Großbuchstabe notiert war, war Andreas immer sehr spät zu Hause. Er sei bei einer Sitzung des Stadtrates aufgehalten worden, müsse Kontakte pflegen, sich auf die Wahlen im Herbst vorbereiten. Sie hatte nach den typischen Anzeichen für eine Affäre gesucht, ihn genau beobachtet. Aber da war kein neues Aftershave, kein fremdes Haar, einfach nichts, was darauf hingedeutet hätte.

Aber was, wenn sie etwas übersah? Was, wenn er jemanden kennengelernt hatte? Dieser Verdacht ließ sie nicht los, raubte ihr den Schlaf, zermürbte sie. Fast hoffte sie, endlich den einen Beweis zu finden. Eine SMS oder eine Hotelquittung. *Irgendetwas.* Sie könnte ihn konfrontieren, um ihn kämpfen, etwas tun. Die Ungewissheit wurde unerträglich. Alles schien in der Schwebe, viel länger war dieses Gefühl nicht mehr auszuhalten.

Ohne viel Hoffnung auf Erfolg verließ sie das Arbeitszimmer und lief zur Garderobe. Dort durchsuchte sie die Taschen seines Jacketts. Unschlüssig blieb sie stehen und blickte sich um.

Der Mond war weitergewandert und warf sein weißes Licht in den Raum. Schemenhaft konnte sie ihr Spiegelbild in der Fensterfront zum Garten erkennen und wandte sich ab. Seitdem sie diesen Verdacht hegte, ertappte sie sich immer öfter dabei, wie sie vor einem der Spiegel stehen blieb und nach ersten Anzeichen des Alters suchte. Sie war letzten Monat zweiunddreißig geworden. Nicht alt. Aber vielleicht inzwischen zu alt *für Andreas*? Ihre weiblichen Rundungen, ihr herbes Gesicht, ihre hochgewachsene Figur, ihre langen blonden Haare, die ihr ein skandinavisches Aussehen verliehen; alles, was Andreas so an ihr zu lieben schien, war vielleicht nicht genug. Hatte sich abgenutzt. Wenn sie das Hochzeitsfoto betrachtete, auf dem sie so jung und voller Zuversicht lächelte, sah sie den Unterschied. Auch Andreas musste es bemerken. Anna seufzte.

Sie konnte sich nicht dazu entschließen, wieder ins Bett zu gehen, sie würde sowieso keinen Schlaf finden. Sie wandte sich nach rechts, durchquerte das Wohnzimmer und öffnete die Terrassentür. Im Garten war es wärmer als im Haus, der Geruch von Rhododendren lag über dem Rasen.

Eine Wolke verdeckte den Mond, die einzige Lichtquelle waren die Strahler, die den Pool von unten erleuchteten. Sie ließ sich geräuschlos ins weiche Wasser gleiten. Langsam schwamm sie ein paar Bahnen, verließ dann das Wasser und trocknete sich mit einem Handtuch ab, das vom Vortag auf einer der Sonnenliegen zurückgeblieben war. Das große Haus ragte über ihr auf wie eine schwarze Wand, die Fenster all der Räume, die nie benutzt wurden, starrten stumpf in die Nacht. Anna fröstelte.

Genauso leise, wie sie das Haus verlassen hatte, glitt sie durch die Terrassentür.

Eilig lief sie die Treppe hinauf und erstarrte. Vom Dachboden hörte sie ein Poltern. Ihr Herz setzte einen Schlag aus, beschleunigte dann. Wie erstarrt hielt sie das Geländer mit der Hand fest. Im nächsten Moment öffnete sich die Dachbodenluke, und Andreas erschien. Er zuckte zusammen, murmelte etwas von wichtigen Unterlagen, nahm sie bei der Hand und führte sie zurück ins Schlafzimmer. Hart packte er sie an den Oberarmen, drückte sie aufs Bett. Immer wieder flüsterte er ihren Namen, sagte ihr, wie sehr er sie liebte, fing an, sie vorsichtig, dann drängender zu küssen. Hart drang er in sie ein. In diesem Moment, als Schmerz wie eine heiße Woge durch ihren Körper fuhr, sie wegspülte, mitriss, vergaß sie all ihre Sorgen. In diesem Moment wusste sie, wie sehr er sie liebte. *Brauchte.* Als er kam, stieß er einen Laut aus, der sich fast anhörte wie ein Schluchzen.

Er legte sich neben sie, strich ihr sanft eine Haarsträhne aus dem Gesicht. »Ich hab dich im Pool gesehen, konntest du nicht schlafen?«

Anna betrachtete sich in dem großen Spiegel, der in der Eingangshalle hing, und versuchte, ein glückliches Gesicht zu machen. Es gelang ihr nicht. Ärgerlich schnitt sie sich eine Grimasse. Für den nächsten Abend hatte Andreas ein befreundetes Ehepaar eingeladen. Wieder keine gemeinsame Zeit mit ihm, wieder musste sie ihn teilen. Und wenn er nicht in seiner Kanzlei war, dann auf irgendeiner Stadtratssitzung. Immer gab es etwas, was wichtiger war als sie …

Die Putzfrau, die geräuschvoll die Haustür öffnete, riss Anna aus ihren Gedanken. Die gedrungene Gestalt der Frau steckte in einem geblümten Arbeitskittel, und sie sah müde aus. Das Haus war eine wunderschöne Jugendstilvilla, die Andreas allein durch seine guten Beziehungen zu einem Preis erhalten hatte, der weit unter dem Üblichen lag. Anna hätte lieber in einem modernen Bungalow gelebt. Die blumigen Ornamente, das dunkle, verzierte Holz und die passenden Möbel verliehen dem Ganzen eine Aura von Vergangenem, als wäre die Zeit an diesem Ort irgendwann vor vielen Jahren stehen geblieben, eingefroren worden. Im oberen Stockwerk wurde zwar lediglich das Schlafzimmer genutzt, aber Andreas bestand trotzdem darauf, dass die vielen anderen Zimmer regelmäßig geputzt und gelüftet wurden. Anna fragte sich, wie lange diese alte Frau es noch schaffte, dieses riesige Haus sauber zu halten. Sie begrüßte Frau Lehmann, verließ die Eingangshalle und schloss die Tür des Wohnbereichs hinter sich. Sie ließ sich auf eines der Sofas fallen. Gegenüber stand ein Bücherregal.

In der untersten Reihe waren einige ihrer Fotoalben. Anna bückte sich und nahm den ganzen Stapel heraus. Zuerst die Kinderfotos. Anna im Schoß ihres Vaters, Anna auf einer Spielplatzschaukel, Anna auf einem Pony … Wenn man es nicht besser wüsste, hätte man meinen können, sie wäre rund um die Uhr mit ihren Eltern zusammen gewesen. Ihr Vater war Journalist und ihre Mutter Fotografin. Schon bald nach Annas Geburt war sie wieder in ihren Beruf eingestiegen, hatte mit ihrem Mann die Welt bereist. Als Anna kleiner war, nahmen sie ihre Eltern mit. Doch das änderte sich, als sie in die Schule kam. Nun ließen ihre Eltern sie zu Hause, wo sie von wechselnden Kinderfrauen betreut wurde. Die Wand über ihrem Kinderbett war von Postkarten aus der ganzen Welt bedeckt gewesen.

Bis zu der Zeit, als sie vergeblich auf Post wartete …

Rasch blätterte Anna weiter.

Später dann die Fotos aus ihrer Teeniezeit. Annas Blick blieb an einem Foto hängen, das sie gemeinsam mit ihrer damaligen besten Freundin zeigte. Nachdenklich betrachtete sie dieses Foto.

Vor einiger Zeit hatte sie diese Alben gemeinsam mit Andreas durchgeblättert.

Andreas hatte dicht neben ihr gesessen. Zu jedem Foto stellte er eine Frage oder machte eine Bemerkung. Nichts schien ihm zu belanglos oder uninteressant. Über ein Foto, auf dem Anna ihren dritten Geburtstag feierte, ihr Gesicht mit Schokolade verschmiert, lachte Andreas herzlich. »Zu deinem nächsten Geburtstag bestell ich dir eine riesige Schokoladentorte!«

Danach folgte eine Serie von Fotos, die alle im sommerlichen Garten ihrer damaligen Freundin aufgenommen waren. Eines davon zeigte Anna mit ihrer Freundin, beide an einen Kirschbaum gelehnt. Andreas betrachtete dieses Foto eine ganze Weile. Anna wollte schon weiterblättern, aber er hielt sie zurück.

»Wer ist dieses Mädchen?«

»Das war meine beste Freundin.«

»Deine beste Freundin?«

»Sie konnte zuhören. Und wenn ich ein Problem hatte, war sie für mich da …«

Andreas hatte angefangen, nervös mit den Fingern auf die Lehne des Sofas zu trommeln. »Vermisst du sie?«

Ja, sie vermisste diese Freundin. Es war eine schöne Zeit mit ihr gewesen. Aber das war vorbei. Irgendwann hatte sie diese Freundschaft beendet, Anna wusste bis heute nicht, warum. Vielleicht hatte sie ihren ersten Freund gehabt, keine Zeit mehr für Anna. Ja, bestimmt war es so gewesen. Und kurz darauf war Anna umgezogen, in ein neues Haus und ein anderes Leben.

Andreas nahm das Album, klappte es zu und sah sich die Jahreszahl an, die auf dem Umschlag stand. Er schlug es wieder auf und betrachtete das Foto erneut.

»Du hast mir nie von ihr erzählt.«

Damit stand er auf, schlug das Album zu und stellte es ins Regal zurück. Mit den Fingern fuhr er über das Regalbrett.

»Überall Staub! Man könnte meinen, wir hätten keine Putzfrau!«

Bevor er das Wohnzimmer verlassen hatte, hatte er noch gesagt, dass es spät werden könnte und sie nicht mit dem Essen warten sollte.

Überhaupt schien er in letzter Zeit nervös, nachdenklich. Wenn sie abends zusammensaßen, jeder in ein Buch vertieft, und sie aufschaute, ertappte sie ihn dabei, wie er sie betrachtete. Sobald ihre Blicke sich trafen, wich er ihr aus.

Sie blickte auf ihre Armbanduhr, ein Geschenk von Andreas. Zwölf Uhr fünfzehn. Zwischen den Blättern der alten Bäume sah sie einen wolkenlosen Himmel, das Wasser des Pools reflektierte das Sonnenlicht, warf wirre Muster auf die Wohnzimmerwand. Unschlüssig stand sie da und betrachtete diese Lichtreflexe.

Bevor sie hinausging, cremte sie sich ein und bemerkte, dass sie von der nächtlichen Begegnung mit Andreas dunkle Hämatome an den Oberarmen und der Innenseite ihrer Schenkel hatte. Aber die Putzfrau war irgendwo oben im Haus beschäftigt, würde sie also nicht sehen und falsche Schlüsse ziehen können …

Die Marmorplatten der Terrasse waren glühend heiß, zwischen den Fugen sah sie rote Ameisen, die in einer breiten Straße Richtung Rasen krabbelten. An den Rändern der Fugen lag feine Erde, die die Insekten wohl unter den Platten hervorgearbeitet hatten. Sie musste unbedingt dem Gärtner Bescheid sagen. Auf einer Liege neben dem Pool streckte sie sich aus und schloss die Augen. Die Mittagssonne brannte auf sie nieder, schon einige Minuten später wurde die sengende Hitze unangenehm. Ein Geräusch ließ sie aufhorchen. Sie öffnete die Augen und sah, dass die Putzfrau oben das Schlafzimmerfenster aufgerissen hatte. Ein weißes Bettlaken wurde ausgeschüttelt und verschwand wieder. Im selben Moment erschien ein Schatten am Fenster, und kurz war Anna, als säße dort eine Katze. Anna blinzelte ins Licht der Sonne, setzte sich auf, schirmte das Licht mit der Hand ab und beobachtete das Fenster. Eine Katze …?

Das konnte nicht sein, sie musste sich getäuscht haben. Ihr war leicht schwindelig, zu viel Sonne.

Das Wasser im Pool war angenehm kühl. Anna tauchte unter, schwamm bis zum gegenüberliegenden Beckenrand, legte sich aufs Wasser und ließ sich treiben. Nacheinander erschien die Putzfrau an allen Fenstern, um die Leintücher, die über die Möbel der nie benutzten Räume im Obergeschoss gebreitet waren, vom Staub zu befreien.

Ein weiteres Laken blitzte im Licht der Sonne weiß auf. Und da war sie wieder: die Katze. Sie saß aufrecht auf dem Fensterbrett und rührte sich nicht.

Anna schnappte sich das Handtuch, ging hinein und hörte über sich das Summen des Staubsaugers.

Frau Lehmann stand am Ende des Flures. Als sie Anna sah, schaltete sie den Staubsauger aus.

»Haben Sie eine Katze gesehen?«

Die Frau runzelte die Stirn, schüttelte den Kopf und machte sich wieder an die Arbeit. Aus dem Augenwinkel bemerkte Anna am anderen Ende des Flures eine Bewegung. Es hatte so ausgesehen, als wäre etwas in einem der Zimmer verschwunden. Sie durchsuchte alle Räume, hob Bettlaken an, die die Möbel bedeckten, wirbelte den Geruch von Mottenkugeln auf, musste niesen. Aber da war keine Katze.

Sie musste irgendwie unbemerkt an ihr vorbeigekommen sein. Wahrscheinlich, als sie gerade auf dem Boden kniete, um unter eines der Betten zu schauen …

5

Er betrachtete die Fotos, die er von Tamara gemacht hatte. Wenn er sie nach Datum sortierte, bemerkte man deutlich, dass sie abgekämpfter aussah, ihre Augenringe tiefer wurden. Sie hatte seine Anwesenheit bemerkt. Wenn sie nun ihren täglichen Gang ins Atelier machte, sah sie öfter über ihre Schulter zurück, als hätte sie Angst, verfolgt zu werden. Und das wurde sie ja auch. Fast tat sie ihm leid. Aber Mitleid konnte er sich in seiner Situation nicht leisten. Da gab es etwas, was ihm sein Auftraggeber nicht gesagt hatte. Und Dinge, die Menschen verschwiegen, ließen sich manchmal zu Geld machen. Geld … Noch vor einiger Zeit hatte er alles gehabt, es nicht nötig gehabt. Mit einer Handbewegung wischte er die Fotos beiseite, die auf seinem Schreibtisch lagen. So weit hätte es nie kommen dürfen, es war erniedrigend. Viel länger konnte er so nicht leben, er hatte jetzt schon keine Kraft mehr, schaffte es morgens kaum, aufzustehen. Er lehnte sich in seinem Sessel zurück, verschränkte die Arme hinter dem Nacken und starrte die Wand an. Doch die Wasserflecken, die er dort sah, halfen ihm auch nicht weiter.

Ein Lastwagen donnerte vorbei, und eine Fliege verirrte sich durchs offene Fenster in den Raum. Über ihm zog sie ihre wirren Bahnen, eine Weile sah er ihr dabei zu. Schweiß rann ihm die Stirn herunter, mit einem Ruck setzte er sich auf. Künstlerin … Das Einzige, was Tamara von der Masse abhob, in gewisser Weise interessant machte. Vielleicht konnte er in ihrem Atelier etwas entdecken. Mit einem Blick auf die Uhr sah er, dass er noch gut eine Stunde Zeit hatte bis zu dem Termin. Genug Zeit, einfach nur vorbeizufahren. Wahrscheinlich arbeitete sie wieder den ganzen Tag. Aber vielleicht hatte er Glück, und sie war nicht da.

6

Anna saß in ihrem Auto und fluchte. Die Klimaanlage war seit Tagen kaputt, und in der Werkstatt hatte man sie immer wieder vertröstet. Erst nächste Woche hatte sie einen Termin.

Abgasgeschwängerte, stickige Luft drang durch die geöffneten Fenster ins Innere des Wagens. Überall nur flirrende Hitze, trockener Asphalt und Blech. Um diese Zeit ins Zentrum zu fahren war der reine Irrsinn, wie Anna sich entnervt eingestehen musste. Und das nur wegen eines neuen Kleides für den kommenden Abend.

Wäre sie doch nur zu Hause geblieben.

Sie beschloss, weiter Richtung Bahnhof zu fahren und dort im Parkhaus nahe der Experimenta zu parken. Am Silcherplatz erwischte sie eine Grünphase und bog auf die Südstraße ein.

Schweiß lief ihr im Ausschnitt zwischen die Brüste und tropfte ihr die Schenkel runter. Ihr Haar klebte jetzt schon in nassen Strähnen am Kopf, obwohl sie erst seit einigen Minuten unterwegs war. Der Verkehr stockte. Weiter vorne hatte es einen Unfall gegeben. Anna konnte das Blaulicht eines Rettungswagens sehen, und obwohl es sinnlos war, drückte sie ein paarmal auf die Hupe. Der Mann vor ihr zeigte ihr einen Vogel.

»Verdammte Scheiße!«

Anna schaltete das Radio ein und suchte einen Sender. Aber zur vollen Stunde liefen überall nur Nachrichten oder der Wetterbericht, und immer wieder fiel dieses bescheuerte Wort. »Jahrhundertsommer.«

Sie konnte diesen Quatsch nicht mehr hören. Es war beschissen heiß, das war alles.

An der nächsten Kreuzung setzte sie den Blinker und bog ab. Eigentlich hätte sie noch ein ganzes Stück geradeaus fahren müssen, um zum Bahnhof zu gelangen. Doch sie musste dieser langsam vorwärtskriechenden Blechlawine entkommen, sonst würde sie noch vollkommen durchdrehen.

Die Werdestraße, in die sie abgebogen war, war bedeutend ruhiger.

Der Lärm der parallel verlaufenden Hauptstraße war durch mehrstöckige alte Stadthäuser abgeschirmt, und auf breiten Gehwegen wuchsen große Linden. Im Schatten einer dieser Bäume parkte sie ihren Wagen. Ein paar Meter weiter konnte sie einen dieser altmodischen Gemischtwarenläden sehen.

Einen Moment blieb sie sitzen und schloss die Augen.

Von irgendwoher hörte sie einen Vogel singen. Hinter diesen Häusern befanden sich bestimmt kleine Gärten.

Sie stieg aus und schaute sich um. Am Ende der Straße, zwischen den Häusern, sah sie, dass von Westen schon wieder ein Sommergewitter heranzog. Eine riesige Ambosswolke hatte sich am Himmel gebildet. Vielleicht würde dieses Gewitter endlich Abkühlung bringen, aber noch war es nicht so weit. Anna lief die Straße hinunter und betrat den kleinen Laden, die Türglocke bimmelte, und hinter einem Tresen stand ein alter Mann, der sie freundlich anlächelte.

»Guten Tag, was hätten Sie denn gerne, junge Dame?«

Ohne lange zu überlegen, bestellte Anna ein Päckchen Marlboro und ein Feuerzeug. Der Mann reichte es ihr über den Tresen, und Anna steckte beides in ihre Handtasche, bezahlte und verabschiedete sich.

Als sie die Tür öffnete, spürte sie einen überraschend kühlen Windhauch, und von oben fiel etwas direkt vor ihre Füße.

Eine Postkarte.

Sie bückte sich und hob sie auf. Auf der gegenüberliegenden Straßenseite sah sie im ersten Stock ein geöffnetes Fenster. Vielleicht hatte sie der Wind von dort herabgeweht?

Kurz war ihr, als hätte sich im Raum dahinter etwas bewegt, ein Schatten. Aber es zeigte sich niemand.

Anna betrachtete die Karte genauer. Sie war nicht beschrieben. Sie drehte sie um, und auf der Vorderseite war ein Alpenpanorama zu sehen. Schneebedeckte Berge. Quer über den unteren Rand war in verschlungenen Buchstaben der Schriftzug »WUNDERSCHÖNES VORARLBERG« gedruckt.

Sie überquerte die Straße und suchte an der Eingangstür

des Hauses mit dem geöffneten Fenster einen Briefkasten. Es gab keinen. Auf einem Metallschild war ein Name eingraviert: »T. Deile«.

Sie klingelte, wartete einen Moment, aber niemand öffnete. So steckte sie die Postkarte in ihre Handtasche, ging zurück zum Wagen und zündete sich eine Zigarette an.

Während sie rauchte, beobachtete sie das geöffnete Fenster, doch nichts rührte sich. Die Straße war wie leer gefegt. Immer noch war die Luft drückend, nur ab und an wirbelte ein Windstoß Staub auf.

Ihr Hals war trocken, sie hatte Durst.

Sie warf die Kippe auf den Boden und beschloss, in der Nähe etwas zu trinken.

Auf dem Gehweg vor einem Eckhaus waren Tische aufgestellt, über dem Eingang hing ein ausgefranstes Fähnchen, auf dem wohl früher einmal das Wort »Eis« gestanden hatte. Sie setzte sich unter einen Sonnenschirm und bestellte bei einer jungen Frau, die gelangweilt ihre Bestellung entgegennahm, einen Weißwein. Der Schirm spendete angenehmen Schatten, der Wein war eiskalt und schmeckte köstlich. Aus dem Innenraum des Cafés drang leise Radiomusik. Allmählich belebte sich die Gegend: Kinder in Flipflops, die lachend den Gehweg hinunterliefen, ein Wagen fuhr mit geöffneten Fenstern im Schritttempo vorbei, am Steuer ein junger Mann, eine Zigarette lässig im Mundwinkel.

Sie trank den Wein aus und bezahlte. Von hier aus könnte sie zu Fuß in einigen Minuten am Neckar und in der Fußgängerzone sein. Dort würde sie sich doch noch etwas Besonderes für den nächsten Abend gönnen.

Der Weg die Südstraße hinunter, für den sie mit dem Auto nur wenige Minuten gebraucht hätte, war länger als gedacht, und als sie endlich an der Neckarpromenade ankam, schmerzten ihre Füße. Neben ihr führte ein kleines Treppchen direkt hinunter zum Ufer. Die Schuhe in der einen, die Handtasche in der anderen Hand, stieg sie hinunter, setzte sich auf das gelblich-trockene Gras und steckte ihre Füße ins Wasser.

Anna genoss es, das weiche Flusswasser zu spüren, das ihre Füße umspielte. Von hier aus konnte sie das andere Ufer sehen, sommerlich gekleidete Menschen, Paare, die Hand in Hand liefen, Kinder auf Fahrrädern. Auf einem Steg, der ihr direkt gegenüberlag, stand ein einsamer Mann. Für die sommerliche Hitze war er in seinem anthrazitfarbenen Anzug viel zu warm gekleidet. Anna stutzte.

Das war unverkennbar Andreas. Was machte er hier? Seine Kanzlei lag außerhalb des Zentrums in der Alexanderstraße, bestimmt verbrachte er seine Mittagspause nicht hier am Neckar, dazu war der Weg einfach zu weit. *Doch eine andere Frau?* Auf einmal fühlte sich das vorher angenehm kühle Wasser eisig kalt an. Anna zog ihre Füße zurück. Immer noch stand Andreas dort und sah aus, als warte er auf jemanden. Er wandte dem Fluss den Rücken und beobachtete die Promenade. Sollte sie hinüberrufen? Wäre das nicht das Natürlichste? Nein, lieber anrufen, er musste nicht wissen, dass sie ihn sehen konnte. Ihn fragen, wo er sei. Wenn er lügen würde, könnte sie ihn direkt konfrontieren. Ja, das wäre das Beste. Oder sollte sie erst abwarten? Vielleicht traf er sich mit einem Mandanten? *Aber warum hier?* Bestimmt war es eine Frau! In ihrer Handtasche kramte sie nach ihrem Handy. Sie würde ihn anrufen, fragen, wo er gerade sei, so tun, als wolle sie in der Kanzlei vorbeikommen. Fieberhaft suchte sie nach einem Grund, warum sie dort vorbeikommen sollte. Andreas mochte es nicht, wenn sie überraschend bei ihm auftauchte. Früher hatte sie das manchmal getan, ihn abgepasst, bevor er mit seinem Partner essen ging. Doch er hatte sie gebeten, das nicht mehr zu tun. Und sie fragte sich nun, warum? War er schon öfter hier gewesen, mit einer Frau händchenhaltend am Fluss entlanggegangen, wie all diese Paare, die zu zweit den Sommer genossen, ihre Zeit teilten? Während sie allein in diesem riesigen Haus gesessen und auf ihn gewartet hatte? Tränen der Wut traten in ihre Augen, eilig wischte sie sie weg, versuchte, ruhig zu bleiben. Noch wusste sie doch gar nicht, mit wem er sich hier traf, ob er sich überhaupt mit jemandem traf. Aber sie schaffte es nicht. Ohne dass sie es wollte, spulte sich ein Film in ihrem Kopf ab, ein Film in dem sie ihn sah: wie er eine andere berührte, ihr ins Ohr flüsterte, sie zärtlich anschaute, sie küsste, sie auszog …

Bildete er sich ein, sie wäre so naiv, dass sie das nicht bemerken würde? Ihr war aufgefallen, dass er sich verändert hatte, wie nervös er war, wie er sie ansah. Überlegte er, wie er es ihr schonend beibringen konnte? Die Gedanken überschlugen sich, kamen immer wieder zu dem Punkt zurück, wo er eine andere in seinen Armen hielt, und wurden zur Gewissheit. Die Atmosphäre brach, alles, was sie vor wenigen Augenblicken noch als leicht, unbeschwert und fröhlich wahrgenommen hatte, schien ihr nun zu grell, zu laut. Das Lachen einer Frau hallte ihr entgegen, ein Kind rief irgendetwas. Endlich fand sie das Handy. Immer noch stand Andreas bewegungslos, sie waren getrennt durch dieses widerlich grüne Wasser, das gleichgültig dahinfloss.

Mit zitternden Händen wählte sie Andreas' Nummer. Sie sah, wie er sein Handy aus der Tasche zog, auf das Display schaute und es dann zurücksteckte. Er ging nicht dran! Jetzt sah sie auch, warum.

Zwischen den tief hängenden Trauerweiden am Ufer nahm sie eine Bewegung wahr. Dort stand jemand. Ob es eine Frau war, konnte sie nicht erkennen. Doch Andreas schien auf diese Person gewartet zu haben, denn er lief den Steg entlang und verschwand ebenfalls im Schatten der Bäume und aus ihrem Blickfeld. Sie musste herausfinden, mit wem Andreas dort stand. Hastig schlüpfte sie in ihre Schuhe und lief los. Ungefähr hundert Meter vor ihr befand sich die Gotzenturmbrücke, hoffentlich war Andreas nicht weg, bevor sie drüben ankam. Aber er würde sie sehen. Sie konnte sich dort nirgends verstecken, konnte sich nicht wie ein kleines Mädchen hinter einen der Bäume stellen. Das wäre lächerlich! Er sollte sie ruhig sehen, sie würde ihn in flagranti erwischen. Dann konnte er nicht mehr leugnen. Bald hätte sie Gewissheit. *Aber was dann?* Wieder stiegen ihr Tränen in die Augen, ihr Magen krampfte sich schmerzhaft zusammen. Fast wäre sie mit einem Radfahrer kollidiert. Er fuhr einen scharfen Schlenker um sie herum, rief ihr etwas hinterher, was sie gar nicht verstehen wollte. Eine Frau, die ihr entgegenkam, schüttelte mitleidig den Kopf.

Anna erreichte die Brücke. Sie rannte ans andere Ufer, wandte sich nach links und verharrte mitten in der Bewegung: Gut hundert Meter den Gehweg hinunter stand Andreas. Er hatte sie nicht bemerkt, redete aufgeregt mit seinem Gegenüber. Und das war keine Frau. Sie sah nur einen breiten Rücken, der offensichtlich einem Mann gehörte. Erschöpft ließ Anna sich gegen das Brückengeländer sinken. Ihre Erleichterung war so groß, dass ihre Knie weich wurden. *Keine Frau. Keine andere.* Nur sie und Andreas. Und er hatte sie nicht bemerkt, stieg gerade zusammen mit diesem Mann in einen Wagen. Der Wagen fuhr an und verschwand Richtung Bahnhof.

Ein alter Wagen. Er passte nicht zu den Klienten, die Andreas sonst hatte. Sie hatte diesen Mann zwar nicht von vorne gesehen, doch dass sein brauner Anzug alles andere als neu war, hatte sie bemerkt. Und der schäbige Wagen. Warum war Andreas dort eingestiegen, warum hatte er sich mit diesem abgerissenen Typen getroffen? Der Wagen fuhr um eine Kurve, eine Weile starrte sie noch auf den Punkt, an dem er aus ihrem Sichtfeld verschwunden war.

Sie ließ ihren Blick über die Uferpromenade wandern. Scheinbar war alles wie zuvor. Kinder auf ihren Rädern, eine Frau führte ihren Hund spazieren, Sommerkleider flatterten im leichten Wind. Doch die Fröhlichkeit, die sie diesem Treiben vor ein paar Minuten noch abgewinnen konnte, erschien ihr nun seltsam fern, als ob das alles nur bunte Fassade wäre, unter deren Oberfläche nichts einfach und unbeschwert war. Langsam lief sie zur Mitte der Brücke, unschlüssig, was sie nun machen sollte. Was sollte sie hier, inmitten dieser fremden Menschen? Wozu brauchte sie eigentlich ein neues Kleid? Ihr Ankleidezimmer hing voll davon. Viele dieser Kleider hatte sie vielleicht einmal getragen, wenn überhaupt. Unter ihr floss das Wasser träge den Fluss hinunter. Jetzt fiel ihr auf, dass auf der Oberfläche, die vorhin noch in der Sonne geglitzert hatte, trübe Schlieren aus Blütenstaub und vereinzelte Daunen schwammen.

Eine sanfte Brise kräuselte das Wasser. Sie ließ das Geländer los, schaute sich noch einmal um und ging. Die Lust, bummeln zu gehen, war ihr vergangen.

Inzwischen war es windig geworden, und Anna beeilte sich, zu ihrem Auto zu kommen. Als sie die Tür zugeschlagen hatte und sich anschnallte, prasselten Hagelkörner auf ihr Autodach nieder.

Auf dem Gehweg rannte eine Frau auf das Haus mit dem metallenen Türschild zu. Dunkle, lange Haare verdeckten ihr Gesicht. Annas Blick folgte ihr, bis sie im Inneren des Hauses verschwand.

Die Scheibenwischer schafften es kaum, gegen den nun einsetzenden Regen anzukommen. Der Himmel verdunkelte sich.

Starker Sturm peitschte den Regen waagrecht über die Straße, fuhr in die Baumkronen auf der Einfahrt und ließ sie bedrohlich wanken. Sie parkte ihr Auto in der Garage. Das Haus war verlassen, die Putzfrau war wohl schon gegangen. Die Tür dämpfte das Tosen, und Stille umfing Anna. Im oberen Stockwerk knarrte der Dielenboden und ließ Anna innehalten. War die Putzfrau doch noch da? »Frau Lehmann?«

Nichts. Anna lief die Treppe nach oben, rief wieder nach Frau Lehmann, aber sie hatte sich anscheinend getäuscht …

Sie blickte noch einmal den langen düsteren Flur hinunter und ging dann ins Ankleidezimmer, das direkt neben ihrem Schlafzimmer lag. Sie schlüpfte aus den nassen Sachen, wollte zu einer grauen Jogginghose und einem T-Shirt greifen, besann sich aber und suchte einen beigen Rock und eine dazu passende Bluse aus. Andreas legte großen Wert auf ein gepflegtes Äußeres. Mit einem Blick auf die Uhr stellte sie zufrieden fest, dass sie noch genug Zeit hatte. Für alles gab es eine logische Erklärung. Es *musste* eine logische Erklärung geben! Dieser seltsame Mann war sicherlich einer von Andreas' Mandanten gewesen. Trotzdem nagte etwas an ihr.

7

Ein heftiger Windstoß blähte die Vorhänge, und Tamara legte das Buch zur Seite.

Hatte sie gestern, bevor sie mit Paul das Atelier verließ, die Fenster geschlossen? Sie konnte sich nicht daran erinnern. Sie war so müde gewesen. Vielleicht hatte Paul es gemacht?

Sie wollte ihn anrufen, um ihn zu fragen, stellte jedoch mit einem Blick auf die Uhr fest, dass er gerade Unterricht hatte. Sie musste nachschauen gehen.

Kurz bevor sie das Atelier erreichte, fing es auf einmal an zu hageln. Ein Wagen, der auf dem Bordstein gegenüber geparkt hatte, fuhr mit einem Ruck an, spritzte Wasser auf. Sie rannte zur Eingangstür, schloss auf und eilte die Treppe hinauf. Ein heftiger Luftzug blies ihr die Haare ins Gesicht und riss ihr die Tür aus der Hand.

Das Fenster zur Straße stand offen. Der Wind hatte Skizzen und Fotos, die auf einem Tisch gelegen hatten, zu Boden geweht, und mit einem Knall schlug eine heftige Böe das Fenster zu. Die Scheibe schepperte. Eilig drehte Tamara den Hebel um.

Verzweifelt blickte sie sich im Atelier um. Alles war durcheinander. Eines ihrer Bilder war umgekippt, überall auf dem Boden lagen Papiere verstreut, ein Glas mit Pinseln lag zerbrochen dazwischen. Unter dem Fenster hatte sich eine Pfütze gebildet, und einige ihrer Skizzen waren durchnässt. Zuerst hob sie die Leinwand an und musste feststellen, dass sie so ungünstig gefallen war, dass der Rahmen sich verzogen hatte. Das blaue Bild, das einen Nachthimmel als Vorlage hatte, wellte sich, und an einigen Stellen war die Acrylschicht eingerissen.

Verdammter Mist!

Tränen traten ihr in die Augen. Sie müsste versuchen, das Bild irgendwie zu retten, aber so, wie es vorher war, würde es nie wieder werden. Vorsichtig lehnte sie es an die Wand und begann aufzuräumen. Zuletzt legte sie die Skizzen und Fotos und einige Postkarten wieder ordentlich auf den Tisch.

Akkurat legte sie alles auf einen Stapel, hielt inne, blätterte sie noch einmal durch und stutzte. Eine der Karten fehlte.

Diese Karte hatte sie bei ihrem letzten gemeinsamen Urlaub mit ihren Eltern gekauft. *Bevor alles anders wurde.* Sie hatte sie Jo schicken wollen, es aber vergessen.

Sie diente ihr als Vorlage zu ihrem nächsten Gemälde. Eine schroffe weiße Fläche, bei der man die Berge, die die Postkarte zeigte, nur noch würde ahnen können.

Und jetzt war sie weg, verschwunden, sonst schien nichts zu fehlen …

Sie musste auf die Straße hinuntergefallen sein. Tamara rannte die Treppe hinunter. Sie suchte den Gehweg unter dem Fenster ab, doch wahrscheinlich hatte der Wind die Postkarte weiter davongeweht. Irgendjemand würde sie finden, durchnässt und aufgeweicht, sie nicht weiter beachten, diese Postkarte, die *ihr* so viel bedeutet hatte. Tamara spürte, wie sich ihr Brustkorb verengte, das Atmen schwer wurde. *Jo …*

Der Hagel war in Regen übergegangen, der in schweren Tropfen vom bleigrauen Himmel fiel, und ihre dünne Jacke war durchnässt.

Sie stand dort, bis sie Gänsehaut bekam.

Jo …

Tamaras Beine wurden schwer. Sie schleppte sich die lange Treppe zum Atelier hinauf. Kaum fiel die Tür hinter ihr zu, sackte sie in sich zusammen.

… Es ist wunderbar warm draußen, endlich. Tamara dreht sich vor dem Spiegel einmal um ihre Achse, das luftige Sommerkleid bauscht sich auf. In einer Tasche hat sie ihren Handspiegel, Lippenstift und einen schwarzen Kajalstift.

Sie wird auf dem Weg durch den Park eine Bank suchen und sich dort zurechtmachen. Nie würden ihre Eltern sie geschminkt aus dem Haus lassen. Unter ihrem kurzen Kleidchen hat sie eine Leggins an, die kann sie unterwegs ausziehen.

Warum behandeln ihre Eltern sie immer noch wie ein Baby? Sie ist gerade vierzehn geworden, einige ihrer Freundinnen haben sogar schon einen Freund.

Sie freut sich auf diese Party. Mit den Jungs aus ihrer Klasse kann sie nichts anfangen. Dummköpfe, alle zusammen.

Ihre Mutter steckt den Kopf zur Tür rein.

»Triffst du dich noch mit Sonja?«

Soll sie ihre Mutter doch einfach fragen, ob sie zu dieser Party darf? Nein, das würde sie nie erlauben.

»Ja, wir gehen in den Park, Tischtennis spielen.«

»Wann kommst du nach Hause?«

»Ich bin um acht zurück, okay?«

Diese zweite Lüge geht ihr schon viel einfacher über die Lippen. Bestimmt wird sie nicht vor zwölf zu Hause sein, das wird Ärger geben. Egal. Daran kann sie morgen denken.

Als sie sich auf einer versteckten Bank im Park die Lippen rot nachzieht, wird ihr mulmig, ihr Magen zieht sich kurz krampfartig zusammen. Ihr Herz pocht ihr bis zum Hals, ihre schweißnassen Hände wischt sie an ihrem Kleid ab.

Soll sie doch lieber zurückgehen und fragen, auch auf die Gefahr hin, dass ihre Eltern Nein sagen?

Ach was. Sei kein Feigling!

Nach ein paar Minuten ist sie da. Als sie in den Keller geführt wird, wundert sie sich. Bei dem Wetter müsste man doch eigentlich draußen feiern, oder? Um sich keine Blöße zu geben, hält sie ihren Mund. Sie ist die Erste. Umständlich setzt sie sich auf einen Barhocker. Das blöde Gefühl ist stärker geworden, sie versteht sich selbst nicht.

»Willst du einen Drink?«

»Klar, wann kommen die anderen?«

»Bald, hier, nimm!«

An Silvester durfte sie einen Schluck Sekt trinken, aber das hier ist was Stärkeres, es brennt in ihrer Kehle, fast muss sie husten. Hat einen ekligen Nachgeschmack, bitter.

Verdammt, wann kommen die anderen? Was sollen sie hier zu zweit rumsitzen, da hätte sie ja gleich zu Hause bleiben können. Außerdem fühlt sie sich plötzlich nicht gut, ihr ist schwummrig. Als sie aufstehen und zur Toilette gehen will, muss sie sich an der Theke festhalten. Was ist los? Sie hat doch nur ein Glas von diesem widerlichen Zeug getrunken. Mit einem Mal sacken ihr die Beine weg, sie merkt, wie sie hart auf dem Boden aufschlägt, dann wird alles schwarz.

Sie kommt zu sich, ihr Kopf schmerzt, alles schmerzt. Ihre Zunge klebt trocken an ihrem Gaumen, immer noch spürt sie leichten Schwindel. Was ist passiert? Sie öffnet die Augen und sieht nichts. Es ist dunkel. Schwarz. Was soll das? Sie kann nicht aufstehen. Ihre Handgelenke sind hinter ihrem Rücken zusammengebunden. Sie zieht. Sie kann sich nicht befreien. Soll das ein blöder Scherz sein? Bestimmt kommen die anderen gleich rein und befreien sie.

Sie wird nicht heulen. Sie ist kein Baby! Nein. Sie wird nicht rufen. Bleib ganz ruhig! Das kann nur ein doofer Scherz sein.

Oder?

Sie hat Durst, und ihre Blase drückt. Sie muss dringend pinkeln. Verdammt! Wann kommen die denn? Wie lange sitzt sie schon hier? Sie lauscht. Nichts zu hören. Und was ist, wenn niemand kommt? Tränen treten in ihre Augen. Nicht heulen! Sei kein Feigling! Aber sie kann die dummen Tränen nicht stoppen, ein raues Schluchzen dringt aus ihrer Kehle. Ihr Kopf tut so weh. Sie ruckt an ihren Fesseln und spürt, wie sie ihr die Haut wund scheuern.

Dann bricht es aus ihr heraus. Sie heult, heult wie ein blödes Baby, schämt sich und kann das alles nicht begreifen.

…

Ihre Kehle ist rau. Die Laute, die sie ausstößt, verstören sie, bringen keine Erleichterung. Ihr Weinen verebbt, und zurück bleibt Stille. Ihre Blase ist so voll, dass es schmerzt. Sie wird sich in die Hose pinkeln! Vor Scham steigen ihr wieder Tränen in die Augen.

Nein, nicht weinen.

Sie schluckt hart, schluckt das Weinen herunter. Sie versucht, das Schwarz mit ihrem Blick zu durchdringen, versucht, sich zu orientieren. Ist sie noch im Partykeller? Hart drücken die Rippen eines Heizkörpers gegen ihren Rücken. War da ein Heizkörper in diesem Raum? Sie versucht, sich zu erinnern, aber da ist nur Leere. Aber sie muss in diesem Raum sein. Wo ist die Tür? In welche Richtung soll sie ihre Aufmerksamkeit lenken? Sie lauscht gebannt in die Stille, die sie wie Watte umgibt.

Nichts.

Wie lange wartet sie schon? Die anderen müssen sie doch gehört haben, warum kommt denn niemand?

Sie wartet.

Es ist so dunkel. Und still. Dunkel und still.

Sie hat jedes Zeitgefühl verloren, kann nicht sagen, wie lange sie schon wartet. Nichts, woran sie sich festhalten kann. Nichts, was ihr Orientierung verschafft. Die Dunkelheit ist undurchdringlich und scheint all ihre Gedanken zu schlucken, nichts ist greifbar. Durst, sie hat so schrecklichen Durst.

Sie ruckt an ihren Fesseln, wund sind ihre Handgelenke, ihre Schultern brennen von der unnatürlichen Haltung.

Warum kommt niemand?

Sie ruft. Ihre Stimme klingt rau und fremd.

Ist da ein Geräusch?

Ihr Herzschlag beschleunigt sich, da war doch was!

Aber woher?

Sie hält den Atem an, zwingt sich dazu, lauscht …

Ein Scharren …

Es kommt näher.

Wie eine Flut überschwemmt sie Panik, und im selben Moment entleert sich ihre Blase.

Was ist das?

Sie schreit.

Ihr Schrei hallte von den Wänden des Ateliers wider, sie schnappte nach Luft, versuchte, den Drang, erneut zu schreien, zu unterdrücken, schluchzte laut auf. *Ganz ruhig, es ist vorbei …*

Sie legte die Arme um ihre angezogenen Knie, wiegte sich langsam vor und zurück, und allmählich wurden die Erinnerungen farbloser, bis sie ganz verblassten. Die Konturen des Raumes um sie herum wurden deutlicher, schärfer. Sie fixierte den fleckigen Boden, auf dem sie saß, streckte die Hand aus und strich über die Maserung der Dielen. Ein Splitter bohrte sich unter ihre Haut, und mit einem Ruck zog sie den Finger zurück. Vorsichtig entfernte sie das winzige Stück Holz, und ein Tropfen Blut quoll aus dem Finger hervor. Sie betrachtete diesen Tropfen, steckte den Finger in den Mund, saugte daran und spuckte aus.

Als sie aufstand, waren ihre Knie weich, und sie fühlte sich schwindelig. Sie hielt sich an der Türklinke fest und wartete einen Moment, bis sie sicher war, dass ihre Beine sie tragen würden.

Pauls Wagen parkte in der Einfahrt. Während sie die Treppe hinauflief, schaute sie auf ihre Armbanduhr. Es war später, als sie gedacht hatte. Im ersten Stock angekommen, kniete sie sich hin, um ihre nassen Schuhe auszuziehen. In diesem Moment wurde die Tür aufgerissen.

»Tamara, gut, dass du da bist!«

Er zog sie vom Boden hoch, drückte sie fest an sich, nahm ihr Gesicht sanft in die Hände und blickte sie forschend an.

»Wo warst du denn?«, fragte er endlich.

In seinen Worten lag so viel Zärtlichkeit, dass Tamara fast ein schlechtes Gewissen bekam.

»Ich bin nur zum Atelier gegangen. Ich war mir nicht sicher, ob die Fenster geschlossen sind.«

Sie drückte Paul einen dicken Kuss auf die unrasierte Wange, wandte sich ab.

»Ich muss erst mal raus aus diesen nassen Sachen. Du siehst trockener aus, da kannst du uns ja gleich einen Kaffee machen, ja?«

Tamara drehte sich um und ging ins Schlafzimmer.

Paul lachte erleichtert auf. »Das sieht dir ähnlich. Erst mal einen Kaffee, dann ist die Welt wieder in Ordnung!«

Durch das neuerliche Unwetter war es kühler geworden, fast zu kühl. Langsam schälte sie sich aus ihren nassen Kleidern, wühlte in ihrem stets unordentlichen Schrank und zog wahllos einen leichten grauen Pulli und eine Jeans daraus hervor.

Sie hörte Paul in der Küche hantieren, und es roch bereits nach frisch gebrühtem Kaffee. Sie widerstand dem Drang, zu ihm zu gehen, ihm alles zu erzählen.

Auch ihm schien es nicht wirklich gut zu gehen. Hinter seiner immer fröhlichen Fassade schien etwas in ihm zu arbeiten, ihn zu beschäftigen. Dazu sah er in letzter Zeit oft müde aus. Er hatte so aufgeregt gewirkt. So erleichtert, sie zu sehen. Als ob er etwas geahnt hätte. Sie fröstelte.

Als sie die Küche betrat, war gedeckt, und zwei große Tassen dampfenden Kaffees standen auf dem Tisch. Paul hatte außerdem von irgendwoher zwei Stücke Zitronentarte gezaubert.

»Komm, setz dich, solange der Kaffee noch heiß und die Tarte noch frisch ist!«

Noch immer peitschten heftige Böen Regen ans Fenster, und in der Küche war es düster. Tamara holte ein Feuerzeug aus der Hosentasche und zündete eine Kerze an. Im Luftzug, der durch die undichten Fenster drang, flackerte die Flamme unruhig hin und her. Ab und an ließ ein Windstoß die Fensterscheiben leise klappern.

Als Tamara den ersten Schluck getrunken hatte, wurde ihr endlich wieder richtig warm.

Eine Weile saßen sie schweigend da und aßen ihren Kuchen.

Mit Paul konnte sie das. Schweigen. Ohne dass es unangenehm war. Oft versuchte sie, sich diese Vertrautheit zu erklären, die so überraschend gewesen war. Nie kam sie zu einem Schluss. Ihre Überlegungen endeten immer wieder bei der Überzeugung, dass es Schicksal war, das sie an diesem Tag auf dem Steg zusammengeführt hatte.

Sie aß das letzte Stück ihres Kuchens, leckte sich genüsslich die Finger ab und sah ihn an.

Paul setzte seine Tasse ab, fuhr sich mit der Hand durch sein zerzaustes Haar und seufzte: »Puh, jetzt geht's mir besser!«

»Was war denn los?«

Fahrig strich er sich über die Stirn. »Nichts. Ich bin früher nach Hause gegangen, hab mich krankgemeldet. Ach, wahrscheinlich habe ich einfach nur zu wenig geschlafen. Ich weiß auch nicht ... Und du? Hast du doch noch im Atelier gearbeitet?«

Nachdenklich blickte Tamara aus dem Fenster. Der Gewittersturm wurde zunehmend stärker. Die Bäume bogen sich unter dem Wind, die Straße war wie leer gefegt. Ein dunkler Tag.

»Nein, die Fenster waren offen. Der Wind hat alles durcheinandergewirbelt und über den gesamten Fußboden verteilt. Das blaue Bild ist beschädigt worden ...«

»Die Fenster waren offen? Ich dachte, ich hätte sie geschlossen, bevor wir gegangen sind.«

Paul stellte die Tasse ab und schaute Tamara verwirrt an.

»Bist du dir wirklich *sicher*, dass die Fenster offen waren?«

Tamara verstand seine Frage nicht. Sie hatte ihm doch gerade erzählt, wie es im Atelier ausgesehen hatte.

»Paul, sie waren offen. Bist *du* dir sicher, dass du sie geschlossen hast?«

Mit der Hand fuhr er sich durchs Haar und schaute sich in der Küche um, als würde sich dort irgendetwas befinden, was ihm helfen könnte, sich zu erinnern. Er schüttelte den Kopf.

»Dann habe ich es wohl doch vergessen, es tut mir leid …«

Paul lief ins Wohnzimmer und kam gleich darauf mit einer Flasche und zwei Gläsern zurück.

»Willst du einen Whisky?«

Er goss beiden zwei Finger breit ein und prostete ihr unsinnigerweise zu, als gäbe es einen Grund zu feiern.

Dann kippte er den Inhalt des Glases runter und füllte es ein zweites Mal.

Tamara nippte am Whisky und spürte ein Brennen in der Kehle, das ihr guttat.

Gut, dass sie ihm nichts von dem Flashback erzählt hatte, er musste nicht wissen, dass es wieder angefangen hatte.

Mit einer entschlossenen Geste wischte Paul ein paar Krümel vom Tisch und fing an abzudecken. Sie beobachtete, wie der Rauch ihrer Zigarette sich langsam nach oben zur Zimmerdecke kringelte, sie zog noch einmal und inhalierte tief. *Jo … Was kann mir dieses Scheusal nehmen, was es mir noch nicht genommen hat?*

Sie sah Paul zu, wie er Wasser in die Spüle laufen ließ, drückte ihre Zigarette auf einer Untertasse aus und stand auf, um ihm zu helfen. Er drehte sich um, lächelte sie an und gab ihr ein Geschirrtuch in die Hand. Sein Haar war zerzaust und sein Gesicht vom Whisky leicht gerötet. *Mein Gott! Das hier!* Das konnte Jo ihr nehmen.

8

»Hast du die Fenster geschlossen? Denk nach!«

Paul fuhr erschrocken herum und starrte sie entgeistert an.

Seine nassen Hände wischte er an seiner Jeans ab und drückte Tamara sanft zurück auf ihren Stuhl.

»Schon gut, beruhige dich erst mal, was ist denn los?«

Tamara schüttelte seine Hand ab, stand wieder auf und blickte ihm in die Augen.

»Ich hab einen Mann vor meinem Atelier gesehen und auch hier in der Straße, er hat mich beobachtet! Jetzt fehlt die Postkarte! Was ist, wenn *Jo* mich beobachten lässt?«

Er hatte sich also nicht getäuscht. Das war es, was sie bedrückt hatte … Er hätte es kommen sehen müssen, verdammt, er hätte es bemerkt, wäre er nicht selbst so mit sich und diesen dummen nächtlichen Geräuschen beschäftigt gewesen. Tamara stand vor ihm, ihre Wangen zeigten hektische rote Flecken, ihr Blick schien ihn zu durchbohren. Als hoffte sie fast, er würde ihre Furcht bestätigen. Er musste behutsam vorgehen. Sie wurde von ihrer Angst verfolgt. Nicht von Jo.

Obwohl er wusste, dass ihr in diesen Phasen nicht mit logischen Argumenten beizukommen war, versuchte er es.

»Aber warum sollte Jo das machen, nach all diesen Jahren? Du hast nie verraten, wer dich gefangen hielt, und wenn Jo jetzt jemanden beauftragt hat, dich zu beobachten, in dein Atelier einzubrechen, dann gibt es einen Mitwisser. Wozu das Risiko? Tamara, du wirst nicht beobachtet, das mit Jo ist vorbei.«

Sie legte ihre Hände an seine Wangen, er spürte, wie heiß sie waren, und schaute ihn forschend an.

»Hast du die Fenster geschlossen?«

Paul schluckte, er umgriff ihre Handgelenke, lehnte seine Stirn an ihre. Sein Hals fühlte sich rau an.

»Tamara, vielleicht solltest du dir Hilfe holen …«, sagte er leise.

Sie trat einen Schritt zurück, blickte ihn zornig an und eilte hinaus. Paul war wie erstarrt. Die Tür knallte, und er hörte sie die Treppe hinunterrennen. *Verdammt!*

Auf der Straße holte er sie ein, griff ihren Arm, doch sie riss sich los und lief schneller.

»Tamara, bleib stehen! Wo willst du hin, jetzt warte doch!«

Die alte Nachbarin steckte den Kopf zum Fenster raus und beobachtete neugierig die Szene, Paul zuckte mit den Schultern und sah Tamara um die nächste Straßenecke verschwinden. Doch er wollte sie in dieser Verfassung nicht allein lassen, dachte an die Narben an ihrem Unterarm …

Kurze Zeit später hatte er sie eingeholt. Sie lief immer noch schnell, atmete heftig, beachtete ihn nicht, behandelte ihn wie Luft. Die Arme um ihren Oberkörper geschlungen, stur geradeaus schauend, lief sie den Gehweg entlang. So schwiegen sie, und Paul genügte es, bei ihr zu sein. Er würde sie nicht allein lassen.

Anstatt stehen zu bleiben, lief sie immer weiter, bald waren sie am Rosenberghochhaus angelangt. Sie wandte sich Richtung des Freibades Neckarhalde, vorbei an dem Steg, an dem sie sich das erste Mal begegnet waren. Vorsichtig griff Paul nach ihrer Hand, war froh, dass sie sie nicht wegzog. Sie war feucht und heiß.

Tamara atmete schwer, blieb stehen, sah ihn an.

»Komm, wir gehen schwimmen, ich hab unglaubliche Lust zu schwimmen!«

Das Freibad hatte bereits geschlossen, die Fahrradständer lagen verlassen in der Dämmerung, und Tamara war schon fast über den Zaun, bevor Paul Einwände erheben konnte. Eilig kletterte er hinterher.

Das Wasser im großen Becken war still und klar, die Sprungtürme ragten wie riesige Skelette in den Himmel, Tamara stand vollkommen nackt am Beckenrand und blickte ihn über die Schulter hinweg an. Sie sprang hinein, Wasser spritzte, er wurde nass.

Mit kräftigen Zügen kraulte sie los, kleine Wellen schwappten um Pauls Schuhe. Auch er zog sich aus, ließ sich langsam ins Wasser gleiten. Es war wärmer, als er vermutet hatte. Mit ruhigen Zügen durchmaß er das Becken, ein leichter Duft von Sonnencreme und Chlor lag über der Wasseroberfläche. Tamara lehnte mit dem Rücken am Beckenrand. Die Füße vor sich ausgestreckt, den Kopf in den Nacken gelegt, ließ sie sich vom Wasser tragen.

Die Dämmerung war in Dunkelheit übergegangen. Der Vollmond stand zwischen den Sprungtürmen und ließ Tamaras nackten Körper sanft schimmern. Warum konnte er nicht einfach alles vergessen? Hier sein mit ihr, an nichts anderes denken als an ihren wunderschönen Körper, der dort sanft im Wasser schaukelte?

Diesen ganzen Mist einfach für diesen Abend beiseiteschieben?

Als er bei Tamara angelangt war, umfasste er ihre Taille und zog sie dicht an sich, küsste ihren Hals, ließ seine Zunge sanft über ihre Schulter wandern, leckte das Wasser von ihrer Haut. Sie entspannte sich unter seinen Berührungen, legte ihre Beine um seinen Körper. Ihre Brustwarzen richteten sich hart auf. Sie umschlang ihn fester, drängte ihren Körper gegen seinen, fasste mit beiden Händen seinen Kopf, zog ihn zu sich heran und küsste ihn. Er spürte die Hitze zwischen ihren Schenkeln. Langsam drang er in sie ein, zog sie dicht an sich heran, fühlte und dachte nur, wie verrückt er nach ihr war, wollte nichts anderes, als für immer in ihr sein, sie spüren, sie nie wieder loslassen …

Erschöpft hielt er sie weiter in seinen Armen, lehnte seinen Kopf an ihre Schulter. Auf der Straße heulte ein Motor auf, eine Flasche zerschellte, und lautes Johlen war zu hören. Das Wasser schien kälter zu werden, der Mond verschwand hinter einer Wolke. Mit ihren Lippen berührte sie sein Ohr, flüsterte: »Hast du die Fenster geschlossen?«

Er wollte Tamara küssen, diese Worte wegküssen, aber sie stieß ihn von sich.

»Sag es mir!«

Von ihrer Nase perlte ein Wassertropfen, ihr Haar klebte in nassen Strähnen an ihrer Stirn. Sie blickte ihn ernst mit ihren dunklen Augen an, und er sah, dass sie weinte. Mit dem Finger wischte er eine Träne von ihrer Wange.

»Wenn du beunruhigt bist, dann gehst du morgen zur Polizei, okay?«

»Ich brauch keine Therapie, verstehst du?«

Damit verließ sie das Becken, ließ Paul allein in dem schwarzen Wasser zurück.

9

Anna stellte ihre Handtasche auf die Kommode neben der Garderobe und lief zu Andreas' Büro. Erleichtert stellte sie fest, dass die Tür nicht verschlossen war. Die schweren Samtvorhänge waren zugezogen, und staubige Stille umfing sie. Auf dem Schreibtisch stand ein leeres Wasserglas, in einer flachen Holzkiste lagen einige Kugelschreiber. Sie versuchte, jede der drei Schubladen herauszuziehen, aber sie waren verschlossen. Auch die integrierten Schränkchen, die sich an jeder Seite des Schreibtisches befanden, ließen sich nicht öffnen.

Verdammt!

Frustriert schaute sie sich um und stellte fest, dass der einzige Ort, an dem sich irgendetwas befinden könnte, logischerweise dieses blöde, klobige Ding war. Andreas wäre nicht so unvorsichtig, einen Hinweis in eines der offenen Regale zu legen. Sie wollte das Büro gerade wieder verlassen, als sie unter dem Schreibtisch etwas Weißes liegen sah. Die Ecke eines Papierstücks schaute unter einem der Schränkchen hervor.

Mit Daumen und Zeigefinger bekam sie diese Ecke zu fassen und zog sie vorsichtig hervor. In diesem Moment hörte sie, wie die Haustür geöffnet wurde und mit einem lauten Knall ins Schloss fiel.

Andreas!

Annas Herz begann, hart in ihrer Brust zu pochen. Er durfte sie unter keinen Umständen erwischen. Wie sollte sie ihm erklären, was sie hier tat? Hektisch schaute sie sich um. Vielleicht lag das Telefon hier? So hätte sie einen guten Grund, hier zu sein. Nein, verflixt! Sie erinnerte sich, es vorhin auf der Kommode gesehen zu haben, als sie ihre Handtasche abstellte. Andreas' energischen Schritte bewegten sich durch die Eingangshalle, verharrten kurz und näherten sich dann der Bürotür. Rasch tauchte Anna unter den Schreibtisch ab. Die Tür zum Büro wurde geöffnet, sie spürte, wie sich feine Schweißperlen auf ihrer Stirn bildeten. Wenn er jetzt zum Schreibtisch ginge, würde er sie entdecken. Was sollte sie ihm sagen? Wie erklären, was sie hier tat? Andreas blieb in der Nähe der Tür stehen. Sie hörte, wie er seine Aktentasche abstellte. Aus ihrem Versteck heraus konnte sie seine Fußspitzen sehen. Er blieb einen Moment stehen, dann machte er einen Schritt auf den Schreibtisch zu. Anna hielt den Atem an und spürte, wie ihre Achselhöhlen feucht wurden. Ihr Herz hämmerte wild in ihrer Brust. Fieberhaft überlegte sie, was sie ihm sagen könnte, wenn er sie hier unten, zusammengekauert, versteckt wie ein Kind, finden würde. Es war so peinlich, albern und dumm. Sie schloss die Augen. In der Eingangshalle schrillte das Telefon, Andreas drehte sich um, die Tür wurde geschlossen.

Sie entließ die aufgestaute Luft langsam aus ihren Lungen.

Gedämpft nahm sie seine Stimme wahr, dann war es wieder still. Hoffentlich würde Andreas, so wie er es immer tat, zuerst nach oben gehen, um zu duschen. Sie könnte hier verschwinden, ohne dass er sie bemerkte. Bewegungslos lauschte sie, bis sie seine Schritte auf der Treppe hörte. Sie wartete noch einige Minuten, bis sie sich sicher war, dass er nicht zurückkommen würde. Dann verließ sie das Büro.

In der Küche goss sie sich ein großes Glas Wein ein, setzte sich und versuchte, sich zu beruhigen. Ihre Hände zitterten immer noch, und sie kam sich dumm vor. Vor was hatte sie sich so gefürchtet? Was hätte passieren können, wenn er sie dort überrascht hätte? Natürlich wäre er verwundert gewesen, sie dort anzutreffen, aber mehr bestimmt auch nicht, oder? Nur einmal hatte er sie geschlagen, und das hatte sie ihm längst verziehen. Vorsichtig zog sie das Stückchen Papier aus der Tasche. Es war eine Visitenkarte. Besser gesagt, ein Teil davon. Es war die untere linke Ecke, die Anna in der Hand hielt. Das Einzige, was dort stand, war der Name einer Straße, die sie nicht kannte. Von der Hausnummer sah man den Rest der Zahl sieben.

Anna merkte sich den Straßennamen und die Sieben, zerriss das Stückchen Papier in winzige Fetzen und warf es in den Mülleimer.

Als Andreas nach unten kam, hatte Anna schon das Abendessen zubereitet. Er nahm sie in den Arm, drückte ihr einen Kuss auf die Stirn und ließ sich auf seinen Stuhl fallen.

»Sehr schön, Anna, dass du an mich gedacht hast. Der Tag war recht anstrengend. Ich habe grade einen sehr schwierigen Fall, und du weißt ja, dass ich wegen der Finanzierung des Umbaus der Innenstadt gegen Windmühlen kämpfe …«

Er verzog sein Gesicht, als hätte er Schmerzen.

»Mein Gott. Diese Ignoranten verstehen einfach nicht, dass man diese Stadt *lebenswerter* gestalten muss.«

Unter seiner sommerlichen Bräune sah er blass und abgekämpft aus. Seine Haare waren in den letzten Jahren zusehends grau geworden – was seinem guten Aussehen nicht geschadet hatte. Im Gegenteil. Er aß ein paar Bissen seines Steaks, schob den Teller von sich.

»Es tut mir leid, ich habe keinen Appetit.«

Sie begann, den Tisch abzudecken, wollte alles in die Spülmaschine räumen, doch Andreas nahm ihre Hand.

»Nicht jetzt.«

Er führte sie ins Wohnzimmer, setzte sich aufs Sofa und zog sie auf seinen Schoß.

»Wie geht es dir, Schatz? Manchmal frage ich mich, was du den ganzen Tag hier machst. Fühlst du dich nicht einsam?«

Andreas lehnte seinen Kopf an ihren, sodass sein Atem warm über ihren Hals strich, sie sein vertrautes Aftershave roch. Sie spürte, wie sich ihr Körper entspannte, weich wurde und die Gedanken, die immer noch um diese Visitenkarte und den Mann am Neckar kreisten, sich entfernten, an Substanz verloren, unwirklicher wurden.

»Nein. Ich habe doch dich, Andreas.«

Im Haus war es still, und Anna schloss die Augen. Sie schmiegte sich fest in Andreas' Arm. Für diesen Augenblick war alles gut, genau so, wie es sein sollte. Das war das, was sie sich so lange gewünscht hatte: ein Mensch, der zu ihr gehörte, den sie *nicht* verlieren würde.

Er war ihr damals, als sie ihr Studium in Stuttgart mit einer Stelle als Empfangsdame in einem Hotel finanzierte, gleich aufgefallen. Er strahlte eine Sicherheit aus, die sie in ihrem eigenen Leben vermisste.

Während ihre Kommilitonen sich auf Partys amüsierten und das Leben in vollen Zügen genossen, stand sie Wochenende für Wochenende hinter dem Empfangstresen und war zu müde, um in der ihr verbleibenden Freizeit zu lernen. Sie war ganz auf sich allein gestellt.

Und auf einmal war da Herr Ackermann, ein angesehener Anwalt, und er schien Interesse an ihr zu haben. Immer wieder bat Andreas sie um ein Treffen. Immer wieder lehnte sie ab, mit ihm auszugehen. Bis er eines Tages mit einem Strauß roter Rosen vor ihr stand. »Nun bitte ich Sie das letzte Mal, einen Abend mit mir zu verbringen. Bitte sagen Sie Ja!«

Auf das erste Treffen folgten weitere. Bald wusste Andreas alles über ihr Leben. Mit wem sie sich traf, wie sie ihren Tag verbrachte, zu welchem Friseur sie ging, welche Bücher sie las. Jedes noch so unbedeutende Detail ihres Lebens schien ihm wichtig zu sein. Er war einfühlsam, hörte ihr zu. Mit der Zeit vernachlässigte sie ihre Freundinnen, die ihr auf einmal so kindlich und albern vorkamen. In ihrem neuen Leben gab es keinen Platz für sie, brauchte sie sie nicht mehr. Was konnten sie ihr schon geben, was Andreas ihr nicht gab? Doch jetzt hätte sie eine Freundin gebraucht, mit der sie über alles reden konnte, die mit einer witzigen Bemerkung all ihre unnötigen Sorgen und Befürchtungen vom Tisch wischte …

In ihren Augen brannten Tränen, sie versuchte, ein Schluchzen zu unterdrücken, doch in diesem Augenblick brach es aus ihr heraus, schüttelte sie, erschreckte sie selbst.

»Liebling, was hast du denn? Was ist denn los mit dir?«

»Nichts, es ist gar nichts, Andreas.«

Er drückte sie fest an sich, murmelte beruhigende Worte, doch trotz der Wärme, die Andreas ausstrahlte, wurde ihr kalt.

Angst, das war es. Sie hatte Angst. Aber *wovor*?

Tief unten im Keller sprang die Heizung, die das Warmwasser aufbereitete, an, und ein dunkles Dröhnen schlich von Raum zu Raum, bis es das ganze Haus erfüllte.

Es war stickig im Schlafzimmer. Das kurze, heftige Sommergewitter hatte nur vorübergehend Abkühlung gebracht, schon jetzt schien sich die Wärme wieder über der Stadt zu stauen. Anna stand auf, öffnete die Fenster und blickte in den düsteren Garten hinab. Der Pool lag verlassen, die Strahler waren ausgeschaltet, auf der unbewegten Wasseroberfläche spiegelte sich der Mond. Einige Bäume überragten das Haus, und tagsüber war sie froh darüber, denn sie spendeten willkommenen Schatten, schirmten das Haus vor der schlimmsten Hitze ab. Jetzt empfand sie diese großen Schatten als bedrückend, unheimlich. Auch die leer stehenden Häuser, deren Grundstücke an ihres grenzten, beunruhigten sie. Nirgends sah man ein Licht, keines der Fenster war je erhellt. Nur ab und zu kamen Gärtner und beseitigten das gröbste Unterholz, um die Gärten dann wieder monatelang sich selbst zu überlassen. In dieser Zeit gewannen schnell wieder dorniges Gestrüpp und stachelige Nesseln die Oberhand. Der Garten rund um ihr Haus wurde gepflegt, aber am Gartenzaun endete alles, was so akkurat und ordentlich war. Dort schienen sich die Schatten zu verdichten. Sie suchte nach einem Licht in diesem undurchdringlichen Dunkel, doch da war keines. Sie lauschte auf irgendein Geräusch, das ihr bestätigte, wie nah sie sich eigentlich am Zentrum befand, wie viele Menschen die Dunkelheit um sie herum bevölkerten. Es war nichts zu hören. Das Dröhnen der Heizung endete abrupt und hinterließ eine noch tiefere Stille. Irgendwo im Haus fiel eine Tür zu, Anna schreckte zusammen, drehte sich um und starrte auf den dunklen Spalt der angelehnten Tür. Rasch ging sie hinüber, schloss sie und versuchte, sich zu beruhigen. Das Holz arbeitete, ließ die Hitze des Tages entweichen, zog sich zusammen. Und dann reichte ein winziger Hauch, Zugluft, die durch undichte Fenster drang, um eine der schweren Türen zu bewegen.

Nur Zugluft …

Trotzdem zog sie die Decke fest um sich, wagte kaum zu atmen.

10

Paul erwachte.

Der volle Mond warf ein Rechteck aus weißem Licht ins Schlafzimmer, ließ die Bettdecke zu einer arktischen Landschaft aus Eis werden. Jetzt war es still, nur von draußen war leise das Zirpen der Grillen zu hören.

Doch beim Einschlafen war es ihm gewesen, als hätte etwas an der Unterseite des Bettes entlanggekratzt. Ganz leise, kaum wahrnehmbar, aber doch deutlich.

Er versuchte, sich nicht zu bewegen. Seinen Atem anhaltend, den Kopf leicht schräg, lauschte er angespannt in diese nächtliche Stille. Tamara wand sich, als hätte sie Schmerzen, stöhnte laut auf, wurde ruhiger und fing wieder an, mit den Zähnen zu knirschen. Es klang, als zermahlte sie Kieselsteine. Ein Schatten verdunkelte das Licht des Mondes, Paul bekam Gänsehaut. Instinktiv sprang er auf, landete neben dem Bett. *Das konnte doch nicht sein, er glaubte nicht an Geister, oder wurde er allmählich verrückt?* Ihm entfuhr ein Lachen, das fremd in seinen Ohren widerhallte. Wie gut, dass ihn niemand so sah. Aber er hatte dieses Geräusch so *deutlich* gehört, das war doch keine Einbildung gewesen. Vielleicht ein Tier. Doch was für ein Tier sollte das sein, das diese seltsamen Geräusche verursachte? Zwar war es jetzt still, aber wenn dort etwas war, würde er es entdecken. Von seinem Nachttisch nahm er das Handy, schaltete den Halogenstrahler ein und leuchtete unter das Bett.

Nur ein paar Spinnweben und Staub, ein Tempo-Taschentuch, sonst war da nichts. *Natürlich nicht.* Aber woher war dieses Geräusch gekommen? Vielleicht Ratten oder Mäuse, die sich in der Wohnung unter ihnen eingenistet hatten? Wenn diese einen Weg gefunden hatten, in den Hohlraum zwischen der Decke und ihrem Fußboden zu gelangen, würde das erklären, warum es sich anhörte, als wäre etwas unter dem Bett. Ja, so musste es sein. Wie dumm von ihm, deswegen wie ein Idiot aus dem Bett zu springen. Die Vermieterin kam nur ein- oder zweimal im Jahr, um hier alte Freunde zu besuchen. Für alle Fälle hatte sie ihm einen Schlüssel gegeben, damit er nach dem Rechten sehen konnte. Er musste runtergehen, um nachzuschauen. Falls sich dort tatsächlich etwas eingenistet hatte, musste er ihr Bescheid sagen, damit sie etwas dagegen unternehmen könnte.

Tamara schlief jetzt wieder ruhig. Er sah, wie sich die Bettdecke im Rhythmus ihres Atems sanft anhob und senkte. Der Mond schien wieder hell, war inzwischen weitergewandert, das Rechteck aus Licht erstreckte sich nun auch auf ihr Gesicht. Paul schaute auf seinen Wecker, es war jetzt drei Uhr zwölf, in weniger als drei Stunden musste er schon wieder aufstehen, und der Tag würde sicher anstrengend werden. Er unterrichtete eine neunte Klasse, von der man alles behaupten konnte, außer dass sie Interesse am Unterricht hätte. Er seufzte. Wenn er jetzt hinuntergehen und nachschauen würde, käme er nicht vor vier Uhr ins Bett. Nein, das konnte warten, er würde sich morgen darum kümmern. So legte er sich wieder neben Tamara, lauschte noch einmal, aber da war nichts mehr.

Alles war still.

Tamara sah entspannt und friedlich aus. Doch unter ihren Lidern bewegten sich ihre Augen ruckartig hin und her.

Ihr Schrei verebbt, hallt nach in ihren Ohren, ihr Kopf schmerzt.

Nichts.

Nichts mehr zu hören.

Trotzdem rast ihr Puls immer noch, ihr Atem geht stoßweise, sie kann sich nicht beruhigen. Immer noch lauscht sie, hört das Blut in ihren Ohren rauschen.

Da war nichts, sagt sie sich.

Flüstert es.

»Ich bin hier allein.«

Allein …

Wieder droht Panik in ihr hochzusteigen, Sie beginnt zu zittern.

Nein. Es ist nur dunkel, und du hast dir was eingebildet. Du kommst hier raus, bald kommt jemand, dann gehst du nach Hause.

Nach Hause …

Jetzt erst bemerkt sie, dass sie nass ist. In ihrem eigenen Urin sitzt. Doch das ist jetzt egal.

Es soll endlich jemand kommen, es muss jemand kommen, sie will nur noch nach Hause, weg hier, das alles vergessen.

Warum hat sie nicht Bescheid gesagt, warum musste sie unbedingt auf diese Party gehen?

Scheiße!

Wieder ruckt sie an den Fesseln. Ihre Haut brennt, sie sitzen fest.

…

Wie viel Uhr ist es? Sie hat das Gefühl, schon ewig dort im Dunkeln zu sitzen. Allmählich wird sie schläfrig. Wenn nur dieser schreckliche Durst nicht wäre, dann könnte sie die Augen schließen und einfach schlafen. Und wenn sie aufwacht, dann war das alles nur ein böser Traum.

Nur ein Traum.

Erschöpft lehnt sie ihren Kopf an die Wand und schließt die Augen.

Ganz leise hört sie wieder dieses Scharren. Aber das kann nur ein Traum sein, denn das ist alles nicht wahr.

Darf *nicht wahr sein …*

…

Sie schreckt hoch, als die Tür geöffnet wird.

Benommen registriert sie den Schmerz in ihrem Kopf und das Brennen in den Schultern.

Endlich!

»Lass mich gehen! Jetzt.«

Ihre Stimme klingt nicht so, wie sie klingen sollte: selbstbewusst. Nur müde und rau.

Gleich wird sie von diesen Fesseln befreit, und dann geht sie, vergisst das alles. Vergisst diese ganze grässliche Sache.

»Warum denn schon jetzt? Mensch, echt, du bist witzig. Schau mal, die magst du doch!«

Eine Tüte Chips landet vor ihren Füßen.

»Lass mich jetzt sofort hier raus!«

»Was riecht denn hier so?«

Sie presst ihre Beine fest zusammen und hofft, dass man den nassen Fleck nicht sehen kann.

»Oh nein, du hast dir in die Hose gepinkelt. Sorry, hab an so was

nicht gedacht. Warte, ich hol dir was von mir, wird ein bisschen groß sein, aber egal, oder?«

Das Licht geht aus, die Tür knallt zu, und ein Schlüssel dreht sich im Schloss.

Wie eine Welle schlägt die Dunkelheit über ihr zusammen, die Stille und die Gewissheit, dass es nicht vorbei ist.

…

Immer noch hat sie Durst.

»Wenn ich dir so viel zu trinken gebe, pinkelst du dir wieder in die Hose, oder? Willst du das? Dann iss halt keine Chips!«

»Ich will nichts essen, ich will nach Hause!«

»Nach Hause? Zu Mami und Papi? Oje … Ich hab gedacht, du wärst tough. Kann man mit dir auch mal ein bisschen Spaß haben? Mensch, schau nicht so!«

Sie wendet ihren Blick ab, warum muss sie nur immer wieder heulen? Vor ihr stehen einige Pappkartons und auf einem Holztisch ein Fernseher. Dort flimmern Bilder vorbei, die sie nicht sehen will. Filme, die sie nicht sehen darf.

»Schau mal! Ist das nicht cool? Hab ich mir ausgeliehen. Siehst du? Deine Eltern würden dir nie erlauben, das anzuschauen, ist ab achtzehn.«

Ein Mann mit einer Axt in der Hand steht vor einem Bett, in dem zwei Menschen schlafen. Dann schlägt er zu. Sie wendet sich ab, will das nicht sehen, denkt daran, dass sie nachher wieder allein hier ist, denkt an diese Bilder, die wie aus dem Nichts erscheinen, wenn sie zu lange im Dunkeln sitzt, an die Geräusche, die sie hört. An all die Dinge, die da gar nicht sein können und trotzdem da sind. Die ihr Angst machen, solche Angst, dass ihre Kehle wie zugeschnürt ist, ihr Puls wie heiße Lava in ihrer Brust brennt.

Der Film ist vorbei.

»Bleib hier! Lass mich nicht allein!«

Wieder dringen Dunkelheit und Stille auf sie ein, schwer wie eine nasse Decke, die sie einhüllt, ihr den Atem nimmt.

11

Früh am nächsten Morgen machte sich Tamara auf den Weg zur Polizei, um Anzeige zu erstatten. Die ersten Sonnenstrahlen stahlen sich durch das Laub der Bäume und ließen Tautropfen funkeln. Es war warm. Trotzdem fröstelte sie und zog ihre Strickjacke enger um sich. Sie lief gern, beim Laufen konnte sie am besten nachdenken, und außerdem hatte sie etwas Bewegung dringend nötig. Sie fühlte sich eingerostet. Ihre Spaziergänge in den Weinbergen fehlten ihr.

Sie wollte noch einen Blick ins Atelier werfen, um festzustellen, ob noch etwas außer der Ansichtskarte fehlte. Gestern hatte sie nicht darauf geachtet.

Tamara überprüfte, ob an den Schlössern Einbruchspuren zu sehen waren. An der Eingangstür bemerkte sie nichts. Auch oben, an der Tür zum Atelier, konnte sie nichts erkennen. Das war auch kein Wunder. Die Schlösser waren wahrscheinlich genauso alt wie das Haus.

Als sie die Tür zum Atelier aufstieß, beschleunigte sich ihr Herzschlag. Sie fühlte, wie die Angst drohte, sie in den Griff zu bekommen, und ärgerte sich darüber. Sie gab sich einen Ruck und trat in den Raum.

Ein übler Gestank schlug ihr entgegen und ließ sie alles andere vergessen. Sie hielt die Luft an und stürzte zum nächsten Fenster. Sie riss es auf, lehnte sich hinaus und atmete tief durch. Sie blieb dort stehen, wartete, bis sich der Gestank verzogen hatte. In der klaren Morgenluft konnte sie die Weinberge sehen, zwischen den Baumkronen zog sich ein Kondensstreifen über den Himmel. Allmählich verschwand der Gestank.

Die Abflüsse und Rohre in diesem Haus bedurften dringend einer professionellen Reinigung. Sie ließ ihren Blick durchs Atelier schweifen, fand aber keinerlei Anzeichen, dass noch etwas fehlte.

Eine halbe Stunde später betrat sie die Hauptwache der Polizei in der John-F.-Kennedy-Straße. In der ehemaligen Kaserne aus den fünfziger Jahren war zu dieser frühen Morgenstunde schon einiges los. An der Anmeldung musste sie einige Zeit warten, bis sie ihr Anliegen vorbringen konnte. Danach wurde sie von einer jungen Polizistin durch einen langen Flur geführt und durfte in einem Büro Platz nehmen. Überall lagen dicke Berge aus Akten, auf dem Fensterbrett dorrten Topfpflanzen vor sich hin, die Luft war staubig. Tamara rutschte unruhig auf dem harten Stuhl hin und her, an der Wand gegenüber tickte eine Uhr. Endlich wurde die Tür hinter ihr geöffnet, und ein beleibter älterer Mann betrat den Raum. Er begrüßte sie und setzte sich an seinen Schreibtisch.

»So, Sie wollen einen Einbruch zur Anzeige bringen?«

»Ja, in meinem Atelier wurde eingebrochen.«

Zuerst musste Tamara ihre Personalien angeben. Danach erzählte sie dem Polizisten von dem Tag, als Paul sie besucht hatte, und wie sie am nächsten Tag festgestellt hatte, dass jemand in ihrem Atelier gewesen war. Der Polizist machte sich einige Notizen.

Nach einer Weile schaute er von seinem Notizblock auf.

»Also, Sie konnten an den Türschlössern keine Einbruchspuren feststellen, und es wurde auch nichts entwendet. Stimmt das so weit?«

»Ja. Nein, nicht ganz, eine Ansichtskarte fehlt. Aber alles war durcheinander. Vielleicht hat sie der Wind zum Fenster hinausgeweht.« Im selben Moment war ihr klar, wie dumm sich das anhören musste. Der Beamte lehnte sich in seinem Drehstuhl zurück, verschränkte die Arme vor der Brust.

»Es ist nichts entwendet worden? Ist Ihr Mann sich sicher, dass er nicht einfach *vergessen* hat, die Fenster zu schließen? Sie können sich nicht vorstellen, wie oft bei mir Einbrüche zur Anzeige gebracht werden und sich später herausstellt, dass allem eine ganz andere Erklärung zugrunde liegt.«

Tamara wusste nicht, was sie darauf erwidern sollte. Sichtlich genoss er ihr Zögern. Er glaubte ihr ganz offensichtlich nicht und vermittelte Tamara das Gefühl, ihn von anderen, viel wichtigeren Dingen abzuhalten.

Tamara ärgerte sich über diesen Mann, der lässig zurückgelehnt in seinem Stuhl saß und sie jetzt unverhohlen musterte.

»Ich fasse noch einmal kurz zusammen: Die Fenster Ihres Ateliers waren offen, und eine, ähm, wie sagten Sie gleich?«

Er schaute kurz auf seinen Notizblock. »… eine Ansichtskarte fehlt?«

»Ja, genau. Auf jeden Fall war jemand in meinem Atelier und hat dort die Fenster geöffnet.«

Der Polizist beugte sich noch ein Stück weiter vor, zog seine Augenbrauen hoch und fragte: »Warum sollte irgendjemand in Ihr Atelier einbrechen, eine Postkarte klauen und die Fenster öffnen?«

Tamara sank auf ihrem Stuhl in sich zusammen. Sie wollte diesem Mann sagen, dass der Einbrecher vielleicht, genau wie sie vorhin, instinktiv die Fenster geöffnet hatte, um dem Gestank der verstopften Toilette zu entkommen. Ja, so musste es gewesen sein. Sie wollte ihm von dem Mann erzählen, der sich nach ihr erkundigt hatte. Aber er würde sie fragen, ob es einen Grund dafür gäbe, dass sich jemand nach ihr erkundigen wolle. Es *gab* einen Grund, aber darüber wollte sie nicht sprechen. Denn wenn es doch nicht Jo war, wollte sie keine schlafenden Hunde wecken …

Bevor sie noch etwas sagen konnte, stand der Polizist auf und streckte ihr seine Hand hin. »Wenn Ihr Mann hier vorbeikommt und mir glaubhaft versichert, dass er tatsächlich diese Fenster geschlossen hat, überleg ich mir die ganze Sache. Mehr kann ich im Moment leider nicht für Sie tun.«

Tamara ließ die Schultern hängen und musste sich beherrschen, um vor diesem Mann nicht in Tränen auszubrechen. Sie fühlte sich besiegt. Sie konnte dem, was er gesagt hatte, nichts entgegensetzen, ohne mehr preiszugeben, als sie wollte. Noch immer bestand die Möglichkeit, dass das alles nur Zufall war, auch wenn ihr Gefühl etwas anderes sagte. Aber konnte sie sich selbst trauen? Das Risiko, dass Jo nach so vielen Jahren wieder auf sie aufmerksam wurde, wollte sie nicht eingehen. Und wer wusste, ob Paul nicht wirklich vergessen hatte, die Fenster zu schließen?

Der Mann entfernte sich, dann blieb er stehen. Er drehte sich um und sagte: »Wissen Sie, Sie haben vorhin erwähnt, dass Sie zusammen Alkohol getrunken haben. Es war heiß. Bestimmt hat Ihr Mann sich getäuscht.«

Damit drehte er sich um und lief eilig den Flur hinunter.

Tamara schaute dem Beamten hinterher, bis er am Ende des Flurs hinter einer Tür verschwand. Wozu war sie überhaupt hierhergekommen? Was hatte sie sich davon versprochen? Dass die Polizei Jo, oder wer immer sie auch beobachtete, verhaften würde und damit alles vorbei wäre? Wenn noch nicht einmal Paul ihr glaubte, warum sollte es ein Fremder tun? Gut, dass sie nichts von diesem Mann erzählt hatte. Genau wie Paul würde jeder denken, sie bilde sich das alles ein. Sie hatte nichts in der Hand, um zu beweisen, dass an ihrem Verdacht etwas dran war. Verdammt, sie hatte diesen Mann gesehen, er war in ihrem Atelier gewesen, hatte sich nach ihr erkundigt. Wer wenn nicht Jo, hätte ein Interesse daran, sie zu beobachten? Das war doch alles kein Zufall! Wer außer Jo würde genau diese Postkarte entwenden? Aber Jo *wusste* doch gar nicht, an wen sie diese Karte hatte schicken wollen, was sie ihr bedeutete.

Es ergab alles keinen Sinn!

12

Er duckte sich hinter das Lenkrad, als Tamara die Polizeiwache verließ. Über den Rand seiner Zeitung erhaschte er einen Blick auf sie und wusste, dass ihr Vorhaben erfolglos geblieben war. Wie hätte es auch anders sein können? Er hatte in ihrem Atelier nichts entwendet. Er wusste, dass die Polizei anderes zu tun hatte, als die Spurensicherung wegen ein paar offener Fenster loszuschicken. Trotzdem war er ein Risiko eingegangen, das sich nicht gelohnt hatte.

Fast wäre er dabei entdeckt worden. Am Fenster stehend, war er von einer Frau gesehen worden, die ihm vage bekannt vorkam. Rasch hatte er sich zurückgezogen, und für einen Moment war er sich sicher, dass er einen schrecklichen Fehler begangen hatte.

Warum konnte er nicht einfach dankbar für diesen lukrativen Auftrag sein und seinen Kopf ausschalten, nicht weiter darüber nachdenken? Nein. Dazu war sein Gefühl, auf eine Spur gestoßen zu sein, zu stark. Immer hatte er sich darauf verlassen können. Er lachte bitter auf. Fast immer.

Kurz überlegte er, seinem Auftraggeber zu berichten, dass Tamara bei der Polizei gewesen war, verwarf den Gedanken aber wieder. Die Gefahr bestand, dass der kalte Füße bekäme und den Auftrag abbrechen würde. Und damit wäre die einzige Einnahmequelle, die er hatte, versiegt.

13

Zu Hause angekommen, ging Tamara ins Bad, um sich die Hände zu waschen. Beim Blick in den Spiegel konnte sie es dem Polizisten nicht mehr verübeln, dass er sie für eine Spinnerin gehalten hatte. Sie sah blass aus, und ihre Haare bedurften dringend eines Friseurbesuchs …

Verdammt, ich hätte nichts von dem Wein sagen sollen! Natürlich dachte dieser Mann sich seinen Teil. Eine verrückte Künstlerin besäuft sich zusammen mit ihrem Mann, der dann vergisst, die Fenster zu schließen! So einfach war das.

Tamara zog sich aus und stieg unter die Dusche. Einige Zeit ließ sie das Wasser über ihr Gesicht laufen und wusch sich dann gründlich die Haare, griff sich ein Handtuch und rubbelte sich fest damit ab. Nachdem sie sich noch einmal eingehend im Spiegel betrachtet hatte, nahm sie kurz entschlossen eine Schere und schnitt ihre schulterlangen Haare zu einer kurzen Stoppelfrisur. Haarsträhne um Haarsträhne fiel auf den Boden, und mit jedem Schnitt, den sie tat, ging es ihr besser. Sie fuhr sich mit der Hand durch die kurzen Stoppeln und war zufrieden mit dem Ergebnis. Sie sah strenger aus. Härter.

Mit dem wenigen, was der Kühlschrank hergab, richtete sie einen Picknickkorb her. Ihr T-Shirt war verschwitzt, und in der Hose war es ihr zu warm. Sie zog ein schlichtes weißes Top und einen ausgefransten Jeansrock an, ging auf den Balkon, der zur Straße zeigte.

Das Thermometer an der Wand zeigte schon wieder siebenunddreißig Grad, und die Temperatur würde noch höher klettern. Sie schaute die Straße hinunter, wartete darauf, dass Pauls Wagen um die Ecke biegen würde. Normalerweise spielten immer einige Kinder auf der Straße, aber nichts rührte sich heute. Wahrscheinlich hatten sich alle vor der Hitze in die Häuser geflüchtet oder verbrachten den Tag im Freibad. Tamara hatte Sehnsucht nach den Weinbergen, wollte raus aus dieser engen Stadt, brauchte Luft zum Atmen. Platz zum Nachdenken …

Sie würde Paul nichts von ihren Befürchtungen sagen. Wozu auch? Er glaubte ihr sowieso nicht, dachte, sie wäre nun komplett verrückt geworden. Schon früher hatte sie einige Male vermutet, Jo wäre hinter ihr her, und jedes Mal war sie davongelaufen. Davonlaufen konnte sie nicht mehr. *Wegen Paul, wegen ihrem Atelier, wegen allem, was sie hier so liebte.* Doch jetzt wollte sie an all das nicht denken, wollte Paul beweisen, dass es keinen Grund zur Sorge gab, ihn beruhigen. Er sah müde aus und schien Probleme zu haben, über die er nicht reden wollte.

Endlich sah sie ihn vor dem Haus halten, rief ihm kurz zu und eilte zur Tür.

Das Erste, was er bemerkte, waren ihre kurzen Haare, er bekam Lachfältchen um die Augen, wuschelte ihr mit beiden Händen durch die Stoppeln. »Hey, das sieht gar nicht schlecht aus! Fühlt sich gut an …«

Tamara griff seine Hand, den Korb und zog ihn zur Tür hinaus. Paul ließ es geschehen, fragte nicht, schüttelte nur den Kopf und lachte.

»Fahr hoch zum Aussichtspunkt!«

Es dauerte eine Ewigkeit, bis sie sich durch den Berufsverkehr gekämpft hatten, doch endlich parkte Paul auf dem Aussichtspunkt in der Nähe des Jägerhauses und öffnete Tamara die Tür.

Hand in Hand liefen sie die steile Treppe zum Waldrand hoch.

Die Bäume schienen in der Hitze zu schwitzen, standen still, kein Windhauch bewegte ihre Kronen. Unter ihnen erstreckten sich die sanft abfallenden Hügel der Weinberge bis zum Rand der ersten Gärten. Alles flirrte in der Hitze, der Himmel war diesig, nur am Horizont türmte sich eine bedrohliche Gewitterwolke.

Die Luft war erfüllt vom monotonen Zirpen der Grillen. Im Steinbruch, der sich am Rand des Fußweges befand, huschte ab und an eine Eidechse zwischen dem rötlichen Sandstein. In der Stadt, die sich auf der Ebene ausbreitete, schien sich nichts zu rühren. Kein Geräusch drang zu ihnen herauf. Tamara hatte das Gefühl, unendlich weit weg von all dem zu sein. Von diesen Menschen, die sich auf unsichtbaren Bahnen durch ihr Leben bewegten, alle einem Ziel entgegen, das sie nicht kannten. Sie setzten sich auf eine verwitterte Bank, die vor einem der Winzerhäuschen stand, und Tamara packte das Picknick aus. Tomaten, Gurke, ein paar schwarze Oliven und harte Eier. Eine große Waldameise krabbelte auf ihrem Arm. Tamara pustete sie weg.

»Gewittersommer.«

Paul nahm das Wasser aus dem Korb, setzte an und trank in tiefen Schlucken, dann reichte er ihr die Flasche.

»Was hast du gesagt?«

»Da hinten zieht schon wieder ein Gewitter auf …« Sie zog ihre Sandalen aus, der Boden war angenehm heiß.

»Warst du bei der Polizei?«

Tamara betrachtete ihre nackten Füße, schaute nicht auf. »Ja. Ich habe Anzeige erstattet, zurzeit wird dort öfter eingebrochen, aber die kommen bestimmt nicht wieder …«

Von Ferne hörte man leise Donner grollen.

Paul strich ihr mit der Hand übers Haar. Griff sanft ihr Kinn und drehte ihren Kopf, sodass sie ihn anblicken musste. »Tamara, ich habe von dem Keller geträumt. Es war grässlich. Es war, als wäre ich wirklich dort. Es war nur ein Traum, ja, aber ich denke, ich verstehe dich jetzt besser. Wenn etwas ist, wenn du dich fürchtest, dann sag es mir. Es bringt nichts, wenn du das mit dir allein ausmachst. Ich bin für dich da. Okay?«

Tamara fühlte, wie ihr Puls beschleunigte, zündete sich eine Zigarette an, ihre Hand zitterte leicht. Mit belegter Stimme fragte sie: »Was hast du gesehen?«

»Die Dunkelheit …«

Die Gewitterwolke am Horizont schien sich zu schier unglaublicher Größe zu erheben, wieder hörte man das tiefe Grollen des fernen Donners. Wetterleuchten flackerte am Horizont.

Ihre Mutter stürmt ins Atelier.

»Kommt, kommt ihr beiden, los, sonst verpasst ihr das Beste.«

Grelle Blitze zucken über den Himmel, ihre Mutter schaltet das

Licht aus, damit sie besser sehen können, öffnet das Fenster. Frische Luft strömt in den Raum, es riecht nach Ozon und Regen.

Gemeinsam setzen sie sich auf das Wohnzimmersofa, hüllen sich in eine warme Decke, kuscheln sich dicht aneinander. Der Gewittersturm peitscht durch den Garten, Feuerlilien beugen sich unter der Last des Platzregens, hell leuchten sie auf, um wieder im dunklen Blau des Sommers zu verschwinden. Tamaras Herz pocht schnell, sie ist aufgeregt, hat aber keine Angst, fühlt sich so sicher zwischen ihrer Mutter und ihrem Vater. Jeden weiteren Donnerschlag bejubeln sie, lachen, sind ausgelassen, verrückt.

Ein Blitz zerschneidet waagrecht das Dunkel und brennt diesen Tag unauslöschlich in Tamaras Erinnerung …

Noch eine Weile beobachteten sie dieses Schauspiel, bis eine Wand aus Regen das rasche Herannahen der Unwetterfront ankündigte. Eilig packten sie zusammen und machten sich auf den Rückweg. Zurück in die dichte Enge der Stadt.

Paul verschwand im Arbeitszimmer, er hatte noch einiges vorzubereiten.

Tamara warf sich aufs Sofa und schaltete den Fernseher ein. Der Wetterbericht sagte für den nächsten Tag Sturm mit Orkanböen voraus. Die Satellitenbilder zeigten, wie das Sturmtief vom Atlantik her zuerst auf Frankreich treffen und danach Süddeutschland überqueren würde.

»So wie es aussieht, braut sich da einiges zusammen. Der deutsche Unwetterdienst rät, sich nicht im Freien aufzuhalten und vor allem Waldgebiete zu meiden. In höheren Lagen wird mit vereinzelten Böen mit Windgeschwindigkeiten um hundertsechzig Stundenkilometer gerechnet …«

14

Starker Regen prasselte gegen das Schlafzimmerfenster. Kein stetiges Geräusch, sondern Stille, unterbrochen von diesem peitschenden Regen. Anna stand auf und zog sich an. Vor dem Fenster bogen sich zwei Tannen, als würde eine unsichtbare Hand versuchen, sie umzureißen. Im Bad rauschte die Dusche. Sie ging nach unten und bereitete das Frühstück vor. Andreas würde heute etwas später in die Kanzlei gehen, und so stellte sie Orangensaft, Tee, Brötchen und Marmelade auf ein Tablett und trug alles ins Wohnzimmer. Vor der Fensterfront zum Garten stand der große Esstisch. Es war ihr wichtig, dass sie gemeinsam frühstückten, also schenkte sie sich eine Tasse schwarzen Tee ein. Sie nippte an dem heißen Getränk und schaute hinaus, wo das Wasser im Pool sich kräuselte. Von irgendwoher war eine weiße Plastiktüte angeweht worden, die traurig auf den Miniaturwellen schaukelte. Der Sturm hatte einige kleinere Äste von den Bäumen gebrochen, und überall lagen Blätter. Der Garten sah unordentlich und abweisend aus. Anna konnte sich kaum vorstellen, dass sie erst gestern Morgen dort in der Sonne gelegen hatte.

Das bedeutete, dass das Abendessen drinnen stattfinden würde. Anna graute davor. Sie hatte gehofft, man könnte nach dem Essen in den Garten gehen, was die Atmosphäre lockern würde.

Frisch rasiert und in einem grauen Anzug betrat Andreas das Zimmer. Er setzte sich und zog den Knoten seiner Krawatte zurecht.

»Sieht so aus, als ob der Sommer zu Ende wäre. Kannst du mir den Orangensaft reichen?«

Während Anna ihm einschenkte, nahm er sich eine Scheibe Brot und bestrich sie mit Butter. Kauend blätterte er durch die Heilbronner »Stimme« und legte sie dann mit einem Stirnrunzeln zur Seite. Anscheinend war der Artikel über das Bauprojekt, auf den er wartete, noch nicht erschienen.

»Ach, bevor ich es vergesse, ein alter Bekannter von mir ist auf einer Vortragsreise hier in der Stadt. Er wird auch kommen.«

»Woher kennst du ihn denn?«

»Ach, das ist eine längere Geschichte. Dr. Stein ist Jugendpsychologe, er hat lange Zeit das PLK in Weinsberg geleitet. Wir haben uns bei einem Fall kennengelernt, als ich noch Strafverteidiger war. Ich hatte ihn als Gutachter hinzugezogen.«

Der Abend würde also noch unangenehmer werden. Sie mochte keine Psychologen. Und das mit Andreas befreundete Ehepaar kannte sie auch nicht.

»Wenn wir sowieso einer mehr sind, könnte ich doch auch Daniela und ihren Mann einladen. Du kennst die beiden, sie waren letzten Sommer bei uns.«

Eine Böe, heftiger als die vorangegangenen, fuhr durch den Garten. Mit einem Krachen fiel ein Oleander in einem großen Terrakottagefäß um. Das Gefäß zerbrach, und schwarze Erde wehte über die weißen Marmorsteine der Terrasse.

Andreas stellte sein Glas auf den Tisch und lockerte den Krawattenknoten, den er sich vor wenigen Minuten erst festgezogen hatte.

»Anna, entschuldige, wie dumm bist du eigentlich …?«

Er schüttelte den Kopf und wischte sich den Mund mit einer Serviette ab.

»Dieses Ehepaar … denkst du eigentlich, ich bin blöd? Das waren Kiffer! Und du hast mitgemacht! Hinter meinem Rücken, in meinem Haus!«

»Aber wir haben doch nur ab und zu einen Joint geraucht, mehr war das doch nicht …«

Andreas unterbrach sie harsch. »Nur einen Joint? Was denkst du, wie das meiner Karriere schaden kann, wenn meine Frau mit Kiffern und drogensüchtigen Schlampen in Verbindung gebracht wird? Ich sehe die Schlagzeile vor mir: ›Frau des Kandidaten zur Bürgermeisterwahl nimmt Drogen!‹ Wenn du schon nicht an dich denkst, dann denke wenigstens an mich!«

Die letzten Worte spuckte er fast aus, eine Ader auf seiner Schläfe trat hervor, und sein Gesicht war wutverzerrt.

Er stand auf und tupfte sich mit der Serviette die Stirn.

»Mein Gott, weißt du eigentlich, wie *hart* der Weg nach oben für mich war? Du kapierst es einfach nicht! Ich weiß, dass du einsam bist, aber warum kannst du dir nicht Freunde suchen, die zu dir passen? Die zu *uns* passen? Anna, ich warne dich, mach keinen Fehler! Ich habe weiß Gott genug um die Ohren. Das hier tue ich alles nur für dich, für *dich*, verstehst du?«

Er machte sich auf, das Wohnzimmer zu verlassen. Bevor er den Raum verließ, drehte er sich noch einmal um.

»Anna. Es hat dir nicht gutgetan, mit diesen Leuten zusammen zu sein, denkst du, ich habe nicht bemerkt, wie du dich verändert hast. Anna, ich sage es nicht gern, aber du bist labil, du brauchst keine Freunde, die dich in irgendwas mit hineinziehen ... Du wirst Christine mögen ...«

Kurz zögerte er, dann kam er auf sie zu, beugte sich zu ihr und griff sie hart am Kinn.

»Ich weiß, dass du mich liebst. Aber du machst einen Fehler, wenn du dich an nur *einen* Menschen klammerst. Glaub es mir!« Für einen Moment flackerte etwas in seinen Augen auf, was Anna nicht deuten konnte.

Damit ging er. Anna hörte, wie die Eingangstür vom Wind zugeschlagen wurde. Kurz darauf knirschte der Kies in der Einfahrt. Andreas war weg.

Anna ballte die Fäuste, stand auf und versetzte ihrer Tasse einen Stoß, sodass Tee die Zeitung durchnässte. Was war denn so schlimm daran, dass sie mit Daniela ab und zu Hasch geraucht hatte? Wer sollte das herausfinden, und warum sollte ihm irgendjemand einen Strick daraus drehen? Hatte Andreas wirklich so große Angst, das könnte seiner Karriere schaden?

Er war in einem Heim aufgewachsen, und keiner hatte ihm mit diesem Hintergrund viel zugetraut. Anna verstand, dass er das Erreichte nicht wieder verlieren wollte. Aber diese Sorge war beinahe schon krankhaft. Überall sah er Gefahren, überall lauerten Neider und warteten nur darauf, ihn zu Fall zu bringen. Ihn dahin zurückzuschicken, wo er in deren Augen hingehörte. Und er schämte sich für seine Vergangenheit. Anna hatte ihn einmal gefragt, ob er nie versucht habe herauszufinden, wer seine leiblichen Eltern waren.

Wenn, dann nur, um beiden den Hals umzudrehen, hatte er geantwortet. Er hasste sie für das, was sie ihm angetan hatten. Seine Biografie begann mit dem Abschluss des Jurastudiums. Alles, was davor gewesen war, lag im Dunklen, wurde nicht angetastet.

Die Einladung lief besser an, als Anna erwartet hatte. Andreas war in blendender Stimmung. Das mit ihm befreundete Ehepaar, Christian und Christine, erschien Anna auf angenehme Weise aufgeschlossen und nett zu sein. Christine war klein und rundlich, hatte braune Locken und Grübchen. Sie war keine Schönheit, was Anna nur recht war, strahlte aber eine fröhliche Energie aus, die ansteckend wirkte. Christian überragte sie um einen Kopf, und zusammen gaben beide ein seltsames Bild ab. Den Psychologen, Dr. Stein, einen alten Mann, der Wärme ausstrahlte, hatte die Vorstellung des Ehepaars erheitert. Mit seiner Frage, ob es denn auch einen kleinen Christoph gäbe, war das Eis gebrochen. Nach dem Essen nahmen alle vor dem Kamin Platz. Zwei Sofas und ein Sessel trennten die Kaminecke vom Rest des Raumes, die Ehepaare saßen nebeneinander.

Andreas bot einen Jodokus Rotwein an, und Anna entzündete ein paar Kerzen und stellte sie auf den Kaminsims.

Der Sturm hatte über den ganzen Tag an Kraft zugenommen, ab und an fuhr er in den Kaminschacht und erzeugte einen dunklen Ton, der sich bald zu einem hohen Pfeifen steigerte. Man konnte den Sturm förmlich atmen hören.

»Gemütlich hier. Bei dem Unwetter«, sagte Christine, und alle stimmten ihr zu. Eine Weile schwiegen sie, und wieder war es Christine, die das Wort ergriff. »Sie werden das bestimmt oft gefragt, aber ich bin neugierig. Was war der interessanteste Fall, der Ihnen in Ihrer Laufbahn begegnet ist?«

Dr. Stein drehte sein Weinglas in den Händen und warf Christine über den Rand seiner Brille einen freundlichen Blick zu.

»Wissen Sie, interessant ist vielleicht nicht das richtige Wort. Was mir bei meiner Arbeit begegnet, ist meist unbeschreibliches Leid … Ja, es gab einen Fall, der mich sehr beschäftigt hat. Der mich immer noch beschäftigt. Aber ich weiß nicht, ob so eine fröhliche Runde der passende Anlass ist, darüber zu reden …«

Christian kam seiner Frau zu Hilfe, vom Alkohol schon leicht aufgewärmt.

»Erzählen Sie schon, jetzt haben Sie uns alle neugierig gemacht!«

»Na gut, wenn Sie es alle wünschen, will ich der Letzte sein, der sich einem Wunsch solch angenehmer Gesellschaft in den Weg stellt.«

Zu Andreas gewandt fügte er hinzu: »Darf ich um eine deiner Zigarren bitten?«

Andreas holte eine kleine Holzkiste und bot auch den anderen eine Zigarre an. Die Frauen lehnten ab, und auch Christian wollte nicht rauchen.

Der alte Mann lehnte sich in seinem Sessel zurück. Umständlich begann er, seine Zigarre anzurauchen. Er paffte ein paarmal. Ein angenehm würziger Duft erfüllte den Raum.

»Ja, das ist schon lange her. Ein Mädchen wurde von ihren Eltern zu mir gebracht. Sie war zwei Wochen verschwunden gewesen. Körperlich war sie unversehrt. Aber die Wunden in ihrer Seele saßen tief. Ich hatte das Gefühl, ihre Eltern erwarteten von mir, dass ich sie wieder zu dem Kind machen könnte, das sie vorher gewesen war. ›Sie war immer so ein fröhliches Kind …‹, dieser Satz ist mir in Erinnerung geblieben …«

Er zog an seiner Zigarre und beobachtete den Rauch.

Andreas trommelte mit den Fingern auf die Lehne des Sofas, trank einen Schluck und wandte sich ab.

»Hat sie Ihnen nie erzählt, wo sie in dieser Zeit war?« Christine beugte sich vertraulich zu Dr. Stein.

Der Psychologe blickte sie an und sagte: »Sie sagte, sie wüsste es nicht. Vielleicht eine Amnesie …«

Nachdenklich betrachtete er die Wand über dem Kamin, als ob er erwartete, dort eine Antwort zu finden.

»Natürlich versuchte die Polizei herauszufinden, wer ihr das angetan hatte. Und viele Zeitungen veröffentlichten Fotos von dem Mädchen. Aber«, damit wandte er sich an Anna, Christian und Christine, ein Lächeln streifte seine Mundwinkel, »Sie waren damals noch zu jung, wahrscheinlich hatten Sie andere Dinge zu tun, als die Zeitung zu lesen …«

Christine zwinkerte ihm zu. »Um das zu erraten, muss man kein Psychologe sein …«

Alle lachten erleichtert auf, das ernste Gespräch hatte die zuvor heitere Stimmung gedrückt. Anna nutzte die Gelegenheit, um Wein nachzuschenken und das Thema mit einer Bemerkung über den heftiger werdenden Sturm zu wechseln.

Die Kerzen waren während des Gesprächs fast heruntergebrannt. Die Flammen, die unruhig im Luftzug flackerten, tauchten den Raum in rötliches Licht.

Andreas hatte sich abgewandt und stocherte mit einem Schürhaken in kalter Asche, die als graue Schicht den Kaminboden bedeckte. Dr. Stein blickte Andreas an.

»Aber du müsstest dich eigentlich erinnern, Andreas. Wie alt warst du damals, lass mich rechnen, dreißig, fünfunddreißig? Das Verschwinden des Mädchens war zwei Wochen lang das große Thema.«

Andreas stocherte weiter mit dem Schürhaken im Feuer, er antwortete nicht gleich. »Nein, um ehrlich zu sein. Ich erinnere mich nicht.«

Ein lautes Krachen ließ Anna hochschrecken. Auch Christine war vom Sofa aufgesprungen und hatte sich dabei Rotwein über ihren Rock geschüttet.

»Verdammt! Was war denn das?« Andreas sprang auf und eilte zur Fensterfront, die auf den Garten hinausging. Christine versuchte vergeblich, mit einem Taschentuch ihren cremefarbenen Rock zu reinigen. Auch Dr. Stein und Christian standen auf, um nachzuschauen, was passiert war.

Den Blick auf das Fenster gerichtet, murmelte Anna: »Den Fleck bekommst du so unmöglich raus. Ich gebe dir was von mir. Den Rock kann ich gleich in die Waschmaschine schmeißen.«

Die Frauen standen auf, und Andreas meinte: »Den wollte ich im Herbst fällen lassen. Aber so, wie's aussieht, hat das der Sturm schon erledigt …« »Was? Das hätte ich mir denken können, dass da ein Baum umgefallen ist. Das muss ich mir anschauen!« Christine hatte den Fleck kurzzeitig vergessen und lief zum Fenster, um sich zu den Männern zu gesellen.

Anna blieb hinter den anderen und sah, dass eine riesige Eiche direkt in den Pool gestürzt war. Der Sturm zerrte an ihren Ästen, als wolle er den windgefällten Baum in Stücke zerlegen. Der Liegestuhl, auf dem sie noch gestern gelegen hatte, war zersplittert und schaukelte zwischen kleineren Zweigen und Blättern im beleuchteten Pool. Die Terrasse stand unter Wasser, und ein dicker Ast war bei dem Aufprall abgebrochen, hatte seinen Sturz knapp vor der Glasfront beendet.

»Gut, dass er das Haus nicht getroffen hat! So einen heftigen Sturm habe ich noch nie erlebt.« Andreas nahm sein Handy und wählte die 112. Dann überlegte er es sich anders. »Das kann bis morgen warten.«

Anna hörte, wie Christian irgendeinen Kommentar über den Klimawandel machte, und schaute gebannt in den Garten. Es war faszinierend zu sehen, wie verändert der Garten wirkte. Alles, was vor wenigen Stunden noch idyllisch und normal gewesen war, war von dieser heftigen Naturgewalt zerstört worden. Wie ein Schlachtfeld … Ein Lächeln huschte über ihr Gesicht. Anna bemerkte, dass Dr. Stein zu ihr hersah und wandte sich ab. Doch er kam zu ihr und legte ihr väterlich den Arm um die Schultern.

»Ich habe Ihr Lächeln bemerkt. Es ist nicht verwerflich, auch die Zerstörung beinhaltet etwas Positives. Was meinen Sie, warum Kinder in einem bestimmten Alter Türme aus Bauklötzen bauen, nur um sie danach umzuschmeißen? Es geht um Veränderung … Um Macht und Ohnmacht. Etwas zu zerstören, nur um es dann neu zu erschaffen …«

Anna verkrampfte sich, ihr war diese Nähe unangenehm. Christine, die genug gesehen hatte und wohl wieder an ihren Rock dachte, erlöste sie.

»Meinst du, ich bekomme diesen Fleck raus?«

Gemeinsam gingen sie nach oben, um ihr etwas aus Annas Kleiderschrank auszusuchen. Oben, so nah am Dach, war der Sturm noch lauter, pfiff durch undichte Fenster, und ein stetes Rauschen lag über dem Haus. Anna blickte besorgt zur Zimmerdecke. Fast erwartete sie, das Haus würde über ihr einstürzen.

Sie war froh, als Christine endlich etwas Passendes gefunden hatte.

Als sie wieder unten waren, hatte Andreas die Gäste dazu überredet, die Nacht bei ihnen zu verbringen.

Der Orkan wütete mit unverminderter Stärke, und an eine baldige Heimfahrt war nicht zu denken.

Nachdem sie alle noch eine Weile vor dem Kamin gesessen und über den Sturm geredet hatten, richtete Anna die zwei Gästezimmer im Erdgeschoss her.

Als die Gäste sich in ihre Zimmer zurückgezogen hatten, gingen Anna und Andreas nach oben. Endlich allein, dachte Anna.

Immer noch heulte der Sturm ums Haus, doch Anna verdrängte ihre Sorge und schmiegte sich an Andreas. Der Abend war besser gelaufen, als sie erwartet hatte. Als hätte Andreas ihre Gedanken gelesen, sagte er: »Das war ein schöner Abend. Wenn man mal den Baum im Pool beiseitelässt … Ich muss morgen früh raus, kümmere dich um unsere Gäste, ja?«

Mist! Anna hatte ganz vergessen, dass morgen der Tag war, an dem sie sich Klarheit verschaffen wollte. Sie sah dieses »A« vor sich. Sie wusste nicht, warum, aber es erschien ihr auf einmal, als hätte sie nicht mehr viel Zeit, um dahinterzukommen.

15

Paul setzte sich im Bett auf.

Der Sturm verursachte ein stetes Tosen, nur unterbrochen vom Scheppern der Fensterläden, wenn eine heftigere Böe gegen das Haus anbrandete. Doch in den Momenten, in denen der Orkan Atem zu holen schien, in denen für einige Augenblicke Ruhe herrschte, war da wieder dieses verfluchte Geräusch. *Das gab es doch nicht!* Er hatte das gesamte untere Stockwerk durchsucht, da war aber nichts, was auf Mäuse oder Ratten oder sonst ein Tier hingedeutet hätte. Auch das Bett hatte er zur Seite geschoben. Doch der Dielenboden wies lediglich einige Schrammen auf, kein Loch, keine noch so kleine Ritze, durch die ein Tier hätte in den Hohlraum zwischen den Stockwerken gelangen können. Langsam wurde es unheimlich. Jedes Mal, wenn er von diesem Scharren und Kratzen erwachte, knirschte Tamara, verzog ihr Gesicht, mahlte so stark mit den Zähnen, dass ihre Kiefermuskeln deutlich hervortraten. Was ihn am meisten beunruhigte, war, dass sich die Grenzen von Schlafen und Wachen zu verwischen schienen. Das Geräusch war deutlich zu hören, wenn er gerade beim Einschlafen war, aber wenn er erwachte, schien es nachzuhallen. Und es wurde mit jedem Mal lauter, drängender. So laut wie gerade eben war es noch nie gewesen. Und wenn nicht unten in der Wohnung, dann musste es seinen Ursprung in der Matratze haben. Er musste nachschauen, vorher würde er keinen Schlaf finden. Er war schrecklich müde. Die Nächte davor hatte er eine Schlaftablette genommen, weil er wahnsinnig wurde, wenn dieser nächtliche Zirkus losging. Er hasste es, Tamara aufzuwecken, aber er musste jetzt herausfinden, was dieses grauenvolle Scharren verursachte. Da es keine andere Möglichkeit gab, musste er die Matratze hochheben und nachsehen, ob sich *darin* etwas befand. Aber dazu müsste Tamara aufstehen.

»Schatz, wach auf!«

Sanft fasste er Tamaras Schulter, strich ihr über die Wange. Ihr Gesicht glänzte feucht.

Verschlafen setzte sie sich auf, blickte ihn aus müden Augen an.

»Wie spät ist es?«

»Ich weiß nicht. Ich muss die Matratze hochheben.«

Tamara murmelte etwas, stand auf und ließ sich in einen Sessel fallen, der neben dem Bett stand. Sie schmiegte sich an die Lehne, schloss die Augen und schlief weiter. Rasch zog er eine Decke vom Bett und deckte sie damit zu. Sie war wohl gar nicht richtig wach gewesen. Gut so. Es reichte, wenn er sich die Nächte um die Ohren schlug. Er hatte ihr nichts von diesen Geräuschen erzählt. Nicht nur, weil er sie nicht zusätzlich beunruhigen wollte, sondern auch, weil ihm das alles im Licht des Tages immer unwirklich erschien, *verrückt*.

Eine neuerliche Böe ließ die Scheibe scheppern, Wind drang durch die undichten Fenster, und der Vorhang bauschte sich. Kurz warf der Mond sein weißes Licht auf den Sessel, wo Tamara schlief, dann war es wieder düster. Vom Bett war nichts zu hören, und trotzdem zögerte Paul, die Matratze anzuheben. Das lag nur daran, dass es Nacht war und er so übermüdet. Morgen würde er sicher über sich lachen. Er musste Licht anmachen, so würde er ohnehin nichts entdecken. Die Lampe tauchte das Zimmer in grelles Licht. So war es besser. Tamara runzelte kurz die Stirn und entspannte sich wieder. Was immer dort war, ihm war wohler, dem im Licht zu begegnen. Mein Gott, und was sollte da auch sein? Auf dem Hof, auf dem er aufgewachsen war, hatte es gewimmelt von Ratten und Mausen. Seine Angst war lächerlich. Mit beiden Händen packte er die Matratze und hob sie an. Wenn ein Tier darin nistete, musste irgendwo ein Loch sein. Er untersuchte die Unterseite, doch sie war unversehrt. Auch an den Rändern befanden sich keine Löcher, der Reißverschluss war zugezogen. Mit einem letzten Blick vergewisserte er sich, dass er auch nichts übersehen hatte, dann ließ er die schwere Matratze zurück aufs Bett fallen.

Dort also auch nicht.

Der Gedanke, dass sich etwas direkt unter ihnen, in ihrem

Bett, dort, wo sie schliefen und sich liebten, eingenistet hatte, war widerlich gewesen.

Eigentlich hätte er froh sein müssen.

Aber wenn er nichts fand? Was war, wenn das Geräusch lediglich in seinem Kopf existierte?

16

Anna wurde von unangenehmen Träumen heimgesucht. Sie schreckte hoch, rang nach Luft, griff nach Andreas und vergewisserte sich, dass er bei ihr war.

In dieser düsteren Nacht schlief niemand ruhig. Immer wieder wurde das Haus von Sturmböen geschüttelt. Das Auge des Orkans war über die Stadt hinweggezogen. Kurz hatte Ruhe geherrscht. Danach hatte der Wind gedreht und wieder an Stärke zugenommen.

Die Bäume und Häuser, die vor wenigen Stunden gerade noch verschont worden waren, sahen sich nun erneut den wütenden Angriffen des Orkans ausgeliefert, der es nun von der anderen Seite zu versuchen schien.

Der Wecker neben dem Bett zeigte erst zwei Uhr dreiundvierzig, als Anna wieder erwachte. Sie hatte von einer Katze geträumt. Das Tier hatte kläglich geschrien. Als sie die Augen aufschlug, war ihr, als würde dieser Schrei andauern. Das Geräusch schien von unten zu kommen, irgendwo aus den Tiefen des Hauses. Anna setzte sich langsam auf, strich ihr Haar hinters Ohr und lauschte angespannt. Doch sie konnte nicht ausmachen, woher das Geräusch kam. Es war leise, gedämpft, und bald war sie sich nicht mehr sicher, ob sie es überhaupt gehört hatte. Das Heulen des Windes hatte sie anscheinend getäuscht.

Sie zog sich einen Morgenmantel über und ging die Treppe zur Küche hinunter.

Als sie sich ein Glas Saft eingeschenkt hatte und gerade trinken wollte, öffnete sich die Küchentür, und der sichtlich verschlafene Psychologe trat in die Küche.

»Entschuldigen Sie. Ich konnte nicht schlafen. Ich habe Sie in der Küche gehört und dachte, dass ich wohl nicht der Einzige bin, der heute Nacht ruhelos ist … Darf ich mich setzen?«

Anna nickte ihm zu. Dieser alte Mann fing an, ihr entschieden auf die Nerven zu gehen. Hinter seiner väterlichen Art verbarg er sicherlich mehr, als er preisgab. Seine Augen waren hellwach, und Anna hatte das deutliche Gefühl, er könne ihr direkt in die Seele blicken.

Er bat sie, ebenfalls ein Glas Saft trinken zu dürfen, und setzte sich. Anna öffnete den Kühlschrank und holte eine Flasche heraus. Während sie ein Glas füllte, spürte sie seinen Blick im Rücken. Sie reichte ihm das Glas.

Er trank einen Schluck und sagte: »Wissen Sie, vielleicht ist es mein Beruf, der mich auch im Privatleben nicht loslässt. Aber ich kenne Andreas nun schon einige Jahre … Er wirkt nervös auf mich. Ich hoffe, ich trete Ihnen nicht zu nahe, aber … hat er irgendwelche Sorgen?«

Anna ärgerte sich über diese Frage. Es war mitten in der Nacht, sie war müde, und dieser alte Mann mischte sich in ihr Privatleben ein. Sie hoffte, nicht zu unhöflich zu wirken, und erwiderte knapp: »Nein, nicht dass ich wüsste. Er hat gerade einen schwierigen Fall. Vielleicht ist er Ihnen da ähnlich und kann nach der Arbeit nicht abschalten.«

»Das mag sein.« Dr. Stein lächelte, wischte mit der Hand ein paar Krümel von der Tischplatte und stand auf.

»Wie geht es Ihnen, Andreas sagte mir …«

»Mir geht es gut, danke!«

Sie stellte ihr Glas in die Spüle und verließ die Küche. Im Türrahmen hielt sie inne und drehte sich um. »Gute Nacht.«

»Ich wünsche angenehme Träume«, rief er ihr hinterher.

Anna war froh, diesem Mann zu entkommen. Bestimmt hätte er damit begonnen, sie über ihre Träume auszuquetschen. Eigentlich war er nicht mehr als ein Schnüffler. Er hatte ja selbst gesagt, dass er auch diesem Mädchen nicht hatte helfen können. Dazu waren Psychologen wohl da. Anna schnaubte genervt: Dreck aufzuwühlen und die Menschen danach in der trüben Suppe ihrer kranken Psyche alleinzulassen!

Anna schmiegte sich dicht an Andreas' Rücken. Der Mond wurde immer wieder von Wolkenfetzen bedeckt, die rasch über den Nachthimmel jagten. Ab und an drückte eine stärkere Böe Regen ans Fenster. Dazwischen war ihr, als hörte sie ein beständiges Nagen oder Kratzen, das gleich dem Sturm an- und abschwoll. Kurz dachte sie, es sei etwas direkt unter dem Bett.

Sie lauschte gebannt. Doch das Tosen des Sturms wurde heftiger, steigerte sich zu einem steten Rauschen und überdeckte jedes Geräusch, das da gewesen sein mochte.

17

Andreas spürte, wie Anna zurück ins Bett kam, wartete, bis sie ruhig und gleichmäßig atmete und stand leise auf.

Er warf sich einen Morgenmantel über, betrat die Galerie und blickte in die Halle hinab. Der Mond war aufgegangen, und die Bäume im Garten warfen bewegte Schatten auf den Marmorboden. Irgendwo im Haus klapperte ein loser Fensterladen im Takt des Windes gegen die Hauswand.

Vielleicht war er davon aufgewacht. Er wandte sich Richtung Flur, verharrte einen Augenblick, als er ein Geräusch aus der Halle vernahm. Einer der Gäste, der auch nicht schlafen konnte.

Beim Gedanken an den vergangenen Abend ballte er die Fäuste. Er hätte diesen geschwätzigen Dr. Stein nicht einladen sollen …

Andreas verwarf sein Vorhaben, nach dem losen Laden zu sehen, ging stattdessen hinunter ins Wohnzimmer und schloss die Tür hinter sich.

Der Raum lag im Dunkeln, das Mondlicht reichte nicht bis zur Kaminecke, wo die letzte Glut im Sog des Sturms aufglomm.

Auf dem Beistelltisch stand eine halb leere Flasche Wein. Andreas nahm eines der Gläser, goss sich ein und durchquerte das Wohnzimmer, bis er vor der Fensterfront zum Garten stand.

Immer noch zerrte der Sturm an den Ästen, Blätter flogen durch die Luft und wurden in die Dunkelheit fortgetragen.

Der Sturm drückte durch die Ritzen der undichten Fenster, und Andreas verwünschte nicht zum ersten Mal den Tag, an dem er diesen riesigen, baufälligen Kasten gekauft hatte.

Das Haus war viel zu groß für sie beide.

So viele Türen, hinter denen sich nur Stille befand, Möbel mit Laken verhüllt, wie längst vergessene Tote.

Manchmal träumte er von diesem Haus, näherte sich von der Gartenseite, wie ein Fremder. Hinter der Eingangstür erstreckte sich die Halle, und immer hörte er die Standuhr ticken, die wie ein Wächter den Raum überblickte.

Irgendwann würde das Haus verfallen, die Fassade bröckeln, überzogen von grünen Schlieren und Moos. Die Fensterhöhlen leer und dunkel. Die Eingangstür, die jetzt seidig schimmerte, würde schräg an einer Angel hängen, von dichtem, pelzigem Schimmel bedeckt. Die schwarz-weißen Fliesen in der Halle gesprungen, die Treppe, die in einem Bogen nach oben führte, brüchig und morsch, das Geländer vermodert und lückenhaft. Räume, die sich an Räume und weitere Räume reihten, so lange Flure, leere Flure.

Im Garten der Pool, Brackwasser und Algen.

Die Treppe, die tief unter die Erde führte, in den dunklen Keller.

Er trank einen Schluck, versuchte, diese Bilder abzuschütteln, aber es gelang ihm nicht.

Er hatte eines der teuersten Grundstücke in der gesamten Stadt gekauft, fuhr einen Oberklassewagen, trank nur die erlesensten Weine und doch …

Er gehörte nicht dazu.

Es wurde von Tag zu Tag schwerer, die glänzende Fassade des erfolgreichen Anwalts aufrechtzuerhalten.

Trotzdem arbeitete er jeden verdammten Tag daran, noch weiter nach oben zu kommen.

Versuchte, eine Leere in sich zu füllen, die sich nicht füllen ließ. Die mit jedem erreichten Ziel nur gieriger wurde, nach mehr verlangte. Etwas fraß ihn von innen auf, schien ihn auszuhöhlen. Vielleicht hatte er sich deshalb Anna ausgesucht. Weil da von Anfang an etwas in ihrem Blick gewesen war, das ihm verriet, dass auch sie diese Leere in sich trug.

Doch nun drohte ihre Leere ihn endgültig hinabzureißen, seine Leere zu einem schwarzen Loch zu machen, das alles um sich herum verschlingen würde. Zuletzt ihn selbst.

Andreas trank den letzten Schluck Wein, stellte das Glas auf den Tisch, lief zum Regal und zog das Fotoalbum heraus.

Tamara.

Bald wäre es so weit, und er würde sie treffen müssen.

Aber er musste es geschickt einfädeln, es wie einen Zufall wirken lassen. Ein Fehler, und er würde alles vermasseln.

Manchmal ertappte er sich bei dem Gedanken, dass das alles sinnlos war. Aber seit er ihr Foto in Annas Album entdeckt hatte, war dieses Treffen und alles, was er sich dadurch erhoffte, zu einer fixen Idee geworden.

18

Mit einem Angstschrei erwachte Paul und saß senkrecht im Bett.

Sein Herz raste, tief zog er den Atem ein, versuchte, die Bilder abzuschütteln. Tamara drehte sich auf die Seite, und er zuckte zurück. Bestürzt stellte er fest, dass er es nicht länger neben ihr im Bett aushielt, nicht hier im Haus. *Frische Luft.* Er brauchte dringend frische Luft. Eilig zog er sich an, schloss leise die Eingangstür, eilte die Treppe hinunter und trat auf die nächtliche Straße. Beschämt fühlte er, wie erleichtert er war, das Haus zu verlassen. Unschlüssig blieb er stehen. Wind zerrte an ihm, Regen schlug ihm ins Gesicht, und nach kurzer Zeit war er durchnässt bis auf die Knochen. Paul lief los. Erst langsam, dann schneller, bis er fühlte, wie sein Körper den Rhythmus annahm, seine Lungen die feuchte, kühle Luft aufsaugten, sein Kopf klarer wurde, seine Gedanken anfingen, sich zu ordnen. Die Stadt schlief, hinter den Fenstern war Dunkelheit, die regennasse Stuttgarter Straße reflektierte das Licht der Straßenlaternen, er überquerte den Silcherplatz, immer geradeaus, entlang der Oststraße, vorbei an den Tankstellen. Der Sturm riss ihm fast die Beine weg, rüttelte an Verkehrsschildern, ließ Bäume sich biegen und pfiff um Häuser, als suche er etwas. Die Bilder aus diesem Traum drängten in Pauls Bewusstsein, aber er wischte sie weg, konzentrierte sich auf seine Atmung, verfiel in einen Rausch, wollte weiter und weiter laufen, nicht anhalten, nicht an Tamara denken …

Erst, als seine Muskeln brannten, seine Beine schwer wurden, blieb er vornübergebeugt stehen und keuchte. Als sein Herzschlag sich allmählich beruhigte, bemerkte er, dass er irgendwo in der Nähe des Pfühlparks angekommen war. Hinter hohen Zäunen versteckt, säumten große, herrschaftliche Häuser die Straße. Wie er hierhergekommen war, wusste er nicht. Er blickte sich um, orientierte sich. Er kannte diese Gegend: Hier wohnten Menschen, die es sich leisten konnten, ihre Häuser das Jahr über leer stehen zu lassen, um irgendwo im Süden ihr

Leben zu genießen. Wie einfach mochte so ein Leben sein? Ohne den ständigen Druck, Rechnungen zu bezahlen, das Atelier abzustottern … Er hatte die Entscheidung begrüßt, als Tamara beschlossen hatte, sich ganz ihrer Malerei zu widmen. Auch, weil er gedacht hatte, das würde sie psychisch festigen, ihr Halt geben. Vielleicht heilsam wirken. Aber es war schlimmer geworden, und beharrlich weigerte sie sich, ihre Therapie wieder aufzunehmen. Und alles blieb an ihm hängen. Wenn diese Vernissage vorbei wäre, müsste er ihr endlich sagen, dass er die finanzielle Belastung nicht mehr allein tragen konnte. Um sie zu schonen, hatte er ihr verschwiegen, wie düster es aussah. Die letzte Rate fürs Atelier musste er sich bei seinem Bruder leihen. Wann er sie zurückzahlen könnte, wusste er nicht.

Er hätte ihr nichts von diesem verdammten Traum erzählen dürfen. Damit hatte er ihren Wahnideen doch nur Nahrung gegeben! Und es nahm allmählich wahnhafte Züge an. Warum sollte Jo sie suchen? Es war fünfzehn Jahre her! Und auch er musste sich schützen. Er schlief nicht mehr, hörte nachts diese Geräusche, die da gar nicht sein *konnten*. Bestimmt war er einfach so übermüdet, dass er Traum und Wirklichkeit langsam nicht mehr auseinanderhalten konnte. Oder Tamara hatte ihn mit ihren Ängsten irgendwie angesteckt. Egal, was es war, eines war sicher, und zwar, dass er dem Burn-out nur entkam, wenn er es schaffte, die Notbremse zu ziehen. Verdammt, er war sich inzwischen noch nicht mal mehr sicher, dass er nicht tatsächlich vergessen hatte, die Fenster im Atelier zu schließen. Er war so müde gewesen, hatte so viel getrunken, dass er eigentlich gar nicht mehr hätte fahren dürfen. Nicht auszudenken, wenn er in eine Polizeikontrolle geraten wäre.

Auch jetzt fühlte er, wie Müdigkeit sich um ihn legte. Schlafen, alles, was er jetzt wollte, war zu schlafen. Doch zuerst musste er den weiten Weg zurück. Es dämmerte bereits. Immer noch regnete es, er war nass und fror. Langsamer als vorher machte er sich auf den Rückweg. Vorbei an Häusern, in denen gerade Menschen erwachten, an den ersten Pendlern, die die Stadt verließen, an herabgewehten Blättern, abgebrochenen Zweigen und Ästen, die der Sturm wie Spielzeug durch die Luft gewirbelt hatte. Als er endlich zu Hause ankam, war es zu spät, sich noch hinzulegen. Vielleicht war es besser so. Zurück in der Wohnung, wo Tamara noch schlief und nicht ahnte, dass er weg gewesen war, überfielen ihn die widerlichen Bilder aus seinem Traum.

Wieder war er dort im Keller, aber nicht allein. Tamara lag auf dem Boden, nackt, ihr Bauch angeschwollen. Sie bekommt ein Kind, dachte er und eilte ihr zu Hilfe, kauerte sich zwischen ihre Beine und sah einen schwarzen Haarschopf. Doch es war kein Kind, das da mit einem Schwall Blut aus ihr herausbrach. Es war ein Tier. *Eine Katze …*

19

Andreas war bereits gegangen, als Anna am nächsten Morgen aufwachte. Bei dem Gedanken, dass sie sich nun allein um die Gäste zu kümmern hätte, wurde ihre Laune zusehends schlechter.

Nachdem sie geduscht hatte, rief sie die Feuerwehr an und wurde auf später vertröstet. Einige Straßen waren durch umgestürzte Bäume blockiert, und das hatte Vorrang.

Als sie gerade mit den Vorbereitungen für das Frühstück fertig war, betrat jemand das Wohnzimmer, und ohne sich umzudrehen, wusste Anna, dass es Dr. Stein war. Gleich darauf erschienen Christine und Christian ausgeschlafen und bester Stimmung.

Anna war erleichtert. Die einsame Begegnung mit Dr. Stein in der Küche hatte ihr gereicht, und sie wünschte keine Fortsetzung.

Nachdem alle eingehend die Verwüstung im Garten, nun bei Tageslicht, begutachtet hatten, setzten sie sich.

Es entstand eine lockere Unterhaltung über alltägliche Dinge. Anna bemühte sich, an den passenden Stellen zu lachen oder einen interessierten Blick aufzusetzen. Christine war eine Künstlerin des belanglosen Small Talks und unterhielt die Runde mit albernen Anekdoten aus ihrem Privatleben. Christian hing ihr förmlich an den Lippen. Das war Anna nur recht. Sie war in Gedanken bei Andreas' Termin. Sie hatte ihm heimlich folgen wollen, aber dafür war es jetzt zu spät. Sie überlegte gerade, dass sie zu der Adresse fahren würde, die auf dem Papierfetzen gestanden hatte, als Christine das Gespräch wieder auf den gestrigen Abend brachte.

Sie beugte sich über den Tisch und setzte eine ernste Miene auf. »Wissen Sie«, fing sie an Dr. Stein gewandt an, »Ihre Geschichte gestern hat mich einfach nicht losgelassen. Ich verstehe nicht, warum dieses Mädchen nicht gesagt hat, wo sie war. Es konnte ihr doch nichts mehr passieren, sie war zurück zu Hause, in Sicherheit. Also ich hätte gewollt, dass dieser Mensch seine Strafe bekommt!«

Anna wollte davon nichts mehr hören. Sie verstand nicht, warum, doch dieses Thema nervte sie.

Dr. Stein ließ sich mit seiner Antwort Zeit, endlich sagte er: »Ja, so sieht es wohl von außen betrachtet aus. Aber ganz so einfach ist das nicht. Sie müssen sich vorstellen, dass dieses Mädchen zwei Wochen allein in einem Keller saß. Zwar ›besuchte‹ ihr Peiniger sie auch, um mit ihr gemeinsam Filme anzuschauen. Aber in seiner Abwesenheit wurde das Licht ausgeschaltet. Es war dunkel. Sie sah und hörte nichts. Sagt Ihnen der Ausdruck ›Deprivation‹ etwas?«

Christine verneinte.

»Wenn man einen geistig völlig gesunden Menschen vollständig von sensorischen Reizen isoliert, fängt er an zu halluzinieren. Das geschieht bei einigen früher und bei einigen später. Das Gehirn bekommt keine Informationen mehr und schafft sich, vereinfacht gesagt, selbst welche. Das Gefühl für Raum und Zeit geht verloren, sogar der Stoffwechsel verändert sich. Die Suggestibilität wird extrem erhöht. Deshalb wird diese Methode auch zu Verhörzwecken oder zur sogenannten Gehirnwäsche eingesetzt. In den Genfer Menschenrechtskonventionen gilt Deprivation als Foltermethode. Verstehen Sie? Ihr Peiniger verschaffte sich direkten Zutritt zu ihrem Unterbewussten. Sie sah ihn auch, wenn er gar nicht bei ihr im Keller war. In ihrer Phantasie konnte sie das, was reine Wahnvorstellung und Halluzination war, nicht mehr von dem trennen, was dort wirklich geschah. In der Vorstellung dieses Mädchens wurde er übermächtig. Fähig, über Leben und Tod zu entscheiden. Fähig, Freude und Leid über sie zu bringen. Auch über ihre Gefangenschaft *hinaus*.«

Anna fröstelte und schlang unwillkürlich die Arme um ihren Oberkörper.

Dr. Stein fuhr fort: »So musste er sie auch nicht weiter gefangen halten. Sie war zurück zu Hause, in Sicherheit. Aber das Gefühl der Abhängigkeit, das Gefühl der *Ohnmacht*, saß so tief, dass sie im Grunde genommen über Jahre weiter gefangen war … Ja, und das ist das Traurige, ich konnte ihr einfach nicht helfen. Irgendwann brach sie die Therapie ab. Ich wüsste zu gern, was aus ihr geworden ist … Aber sie war nie bereit, ihrer Angst ins Gesicht zu sehen. Nur so hätte sie es schaffen können. Verstehen Sie? Das fängt schon bei einfachen Phobien an. Wer Angst vor Spinnen hat, muss sie betrachten, anfassen. Er muss sich konfrontieren. Nur so kann die Angst kleiner werden und irgendwann verschwinden. Wenn man wegläuft, läuft die Angst hinterher. Und irgendwann packt sie dich …«

Ein betroffenes Schweigen füllte den Raum.

Dann ergriff Christian das Wort. »Aber das heißt, dass dieser Mensch immer noch frei herumläuft. Was ist, wenn er es wieder tut, oder vielleicht hat er es schon getan?«

»Das kann man nicht sagen. Es *kann* eine einmalige Episode gewesen sein. Der Mensch, der das getan hat, ist selbst sehr krank. Es könnte sein, dass er seine Tat verdrängt oder fehlinterpretiert hat …«

»Das kann doch nicht sein, wie soll man denn so was vergessen?«, ereiferte sich Christine und biss von ihrem Brötchen ab.

Dr. Stein lehnte sich in seinem Stuhl zurück, blickte hinaus in den Garten und trank einen Schluck seines Tees. »Vergessen kann man so was nicht, da haben Sie recht. Aber Erinnerung ist nicht das, was man im Allgemeinen glaubt.«

Anna spürte eine Hand auf ihrem Arm, blickte auf und sah Christines Gesicht über sich.

»Oje, Anna, du siehst ganz blass aus. Geht es dir nicht gut?«

Anna stand auf, und im gleichen Moment fühlte sie ein Kribbeln im ganzen Körper.

Ihr ging es tatsächlich nicht besonders gut.

Ihr Kopf schwirrte. Ihr war schlecht.

»Es ist nie gut, sich an nur einen Menschen zu klammern …« Kurz flackerte ein Bild vor ihr auf: Andreas, wie er das Foto ihrer Freundin betrachtete.

Andreas …

Doch bevor sie es greifen konnte, diesen Gedanken zu Ende denken konnte, wurde es schwarz um sie.

Das Letzte, was sie bewusst mitbekam, war, dass sie hart auf dem Boden aufschlug.

Als Anna zu sich kam, nahm sie als Erstes wahr, dass sie in ihrem Bett lag. Ihr war immer noch schlecht, und ihr Kopf schmerzte.

Von oben schob sich etwas in ihr Blickfeld. Es war Christine, die sie besorgt anschaute.

»Mensch, Anna. Du hast uns allen einen ziemlichen Schrecken eingejagt. Geht es dir wieder besser?«

Anna schloss ihre Augen.

»Christian hat versucht, Andreas zu erreichen, aber er ist nicht in der Kanzlei, und sein Handy ist aus.«

Anna versuchte, sich aufzusetzen, und sackte wieder zurück aufs Kissen, als ihr dabei speiübel wurde.

»Ich habe Durst …«

Christine reichte ihr ein Glas Wasser und stützte beim Trinken Annas Kopf.

»Christian und Dr. Stein sind schon gegangen. Ich soll dir Grüße ausrichten. Wir haben uns alle solche Sorgen gemacht. Du bist einfach umgekippt. Zuerst dachten wir, du hättest eine Gehirnerschütterung. Christian hat den Notarzt verständigt.«

Mit einem Blick auf ihre Armbanduhr fuhr sie fort: »Der müsste eigentlich gleich da sein …«

Anna setzte sich nun doch mit Mühe auf. Das Wasser hatte ihr gutgetan. Sie wollte nicht, dass ein Arzt käme.

»Mir geht es schon besser … Ich brauche auch keinen Arzt. Mir war nur schwindelig, das ist alles.«

»Ja, aber dein Kopf. Du hast eine ziemliche Beule …«

»Nein, ehrlich, es geht wieder. Bitte ruf den Arzt an und sage ihm, er muss nicht kommen.«

In diesem Moment klingelte es an der Tür.

»Das ist er, er soll dich kurz anschauen, wo er schon mal da ist. Keine Widerrede!«

Damit verschwand Christine, und gleich darauf klopfte es an der Schlafzimmertür.

Ein junger Mann kam herein, setzte sich auf die Bettkante und fragte, wie es ihr ginge. Er fühlte ihren Puls, danach legte er ihr eine Blutdruckmanschette an. Zum Schluss leuchtete er ihr mit einer kleinen Taschenlampe in jedes Auge, um die Pupillenreflexe zu prüfen.

»Ihr Blutdruck ist noch etwas schwach. Legen Sie Ihre Beine hoch.« Er schob ihr ein Kissen unter die Kniekehlen.

»Aber sonst sehe ich keinen Grund, Sie mitzunehmen, wenn Sie es nicht ausdrücklich wünschen. Ihre Freundin sollte Sie heute nicht allein lassen. Wenn Sie sich in den nächsten vierundzwanzig Stunden nicht übergeben, dürfen Sie wieder aufstehen.«

Er verabschiedete sich, und Christine begleitete ihn zur Tür.

Anna versuchte, Klarheit in ihre wirren Gedanken zu bringen. Sie versuchte herauszufinden, woher dieses eigenartige Gefühl einer bevorstehenden Katastrophe kam. Aber die Schmerzen in ihrem Kopf wurden davon nur noch stärker.

Christine kam zurück und setzte sich auf die Bettkante.

»Ich bleibe heute bei dir, okay? Du hast ja gehört, was der Arzt gesagt hat.« Sie strich Anna mit der Hand über die Stirn.

Es fühlte sich gut an. Anna schloss ihre Augen und entspannte sich. Christine würde bei ihr bleiben. Sie würde sie nicht allein lassen. Die Gedanken in ihrem pochenden Kopf fingen an, auf angenehme Weise in den Hintergrund zu treten, und alles, was sie fühlte, war diese warme, liebevolle Hand auf ihrer Stirn. Langsam glitt sie in einen tiefen Schlaf.

Vor ihr erscheinen im Schwarz zwei grüne Katzenaugen, sie leuchten aus der Dunkelheit heraus, erst dann erscheint der Körper.

Das einzige Bild, das ihr keine Angst mehr macht.

An die anderen will sie nicht denken.

Die Katze läuft auf sie zu, den Schwanz steil in die Luft erhoben, schmiegt sich an sie, schnurrt. Sie will das weiche Fell streicheln, aber ihre Fesseln erlauben es nicht. Als hätte die Katze das gespürt, kommt sie mit ihrer Schnauze ganz nah, reibt sich an ihrem Gesicht. Tränen laufen über ihre Wangen, versickern im Fell der Katze.

Die Tür geht auf. Die Katze verschwindet unter einer Decke, die vor ihr auf dem Boden liegt, sie kann sie darunter erkennen, die Konturen ihres Körpers ausmachen.

»Nein, nicht auf die Decke! Die Katze, meine Katze!«

»Da ist keine Katze! Ich bin hier, schau, ich hab dir was zu trinken mitgebracht!«

»Nicht auf die Decke!«

»Verdammt, bist du jetzt total durchgeknallt? Da ist nichts, siehst du?«

Als der Fuß auf die Decke tritt, schreit sie, schreit und hört es trotzdem. Den Schrei der Katze, das Knacken, dann Stille.

Sie übergibt sich, würgt raus, wo nichts rauszuwürgen ist, erbricht bittere Galle, würgt, bis nichts mehr kommt.

Weiss

1

Tamara verabschiedete sich von Paul, er sah schrecklich müde aus. Sein Gesicht wirkte grau, als habe er nächtelang durchgefeiert. Bevor er die Tür hinter sich zuzog, drehte er sich zu ihr um. »Kann ich dich wirklich allein lassen, Schatz? Ich kann mich krankmelden, das ist kein großes Problem.«

Tamara wusste, dass das eine glatte Untertreibung war. Wie an jeder Schule waren die Lehrkräfte knapp, und es fielen ohnehin schon etliche Stunden aus. Er stellte seine Tasche ab und blickte sie fragend an. Er sah aus, als hoffe er, sie würde ihn zurückhalten.

»Nun geh schon, du kommst zu spät. Mir geht es gut.«

Sie küsste ihn auf den Mund und schob ihn sanft zur Tür hinaus.

Ihre Galeristin hatte auf den AB gesprochen und sich nach ihren Fortschritten erkundigt. Tamara wusste, dass sie dringend weiterarbeiten sollte. Diese Vernissage war ihre große Chance, auf dem Kunstmarkt Fuß zu fassen, und sie hatte vor, sie zu nutzen. Die Galeristin war durch einen Zufall auf sie aufmerksam geworden. Tamara war auf der Straße vor ihrem Atelier förmlich über sie gestolpert. Wie so oft hatte sie die vorbeiziehenden Wolken beobachtet. *Irgendwann rennst du noch in einen Laternenpfahl*, hörte sie Paul lachen. Nein, sie war in ihre zukünftige Galeristin gerannt, hatte sie vor dem Fallen bewahren wollen und beherzt zugegriffen. Das Ergebnis war ein mit Acrylfarbe verschmiertes Kostüm. Schnell bat Tamara die verärgerte Frau mit hinauf, wo sie mit Wasser die noch feuchte Farbe abwischen könnte, ehe sie zu einer festen Schicht getrocknet, und das Kostüm unrettbar verloren wäre. Die anfängliche Verärgerung war schnell einer Bewunderung für Tamaras Bilder gewichen. Das Eis war gebrochen, und sie konnten bei einer Tasse Kaffee über diesen seltsamen Zufall lachen. Kurze Zeit später trafen sie sich auf einer Vernissage wieder, einer Gruppenausstellung, an der Tamara mit einem einzigen großformatigen Bild beteiligt war. Mit der Zeit entwickelte sich ein freundschaftlicher Kontakt, immer öfter und immer unangemeldet schneite Frau Clemens in Tamaras Atelier herein. Sie redeten nicht nur über Kunst, sondern verbrachten viel Zeit in dem kleinen Garten hinter dem Haus, in dem sich Brombeerranken, Farn und wilder Wein einen ewigen Kampf lieferten. Dort saßen sie auf einer steinernen Bank, vor ihnen der rostige Gartentisch, jede eine Tasse Kaffee oder ein Glas Wein in der Hand. Der Traum, sich ganz ihren Bildern zu widmen, ihren ohnehin schlecht bezahlten Job in einer Taxizentrale aufzugeben, wurde greifbarer, als die Galeristin ihr den Vorschlag machte, eine Einzelausstellung zu organisieren. Zu Tamaras Überraschung war Paul nicht abgeneigt. Im Gegenteil: Ihre Kündigung feierten sie, saßen bis tief in die Nacht in der Wildnis hinter ihrem Atelier, schmiedeten Pläne für eine gemeinsame Zukunft, die gerade begonnen hatte, neue Gestalt anzunehmen. Paul unterstützte sie, wo er nur konnte, jeden Durchhänger fing er mit seinen starken Armen auf, jeden Zweifel wischte er zur Seite. Er war überzeugt davon, dass Tamara den richtigen Weg eingeschlagen hatte.

Würde ihr Vater noch leben, er wäre so stolz auf sie.

Tamara versuchte, sich vorzustellen, wie es wäre, wenn ihre Eltern noch lebten. Wie sie auf ihrer Vernissage zu Gast wären und mit ihr anstoßen würden. Ihre Mutter hätte das dunkelblaue Kleid an, in dem ihr Vater sie so gern gesehen hatte. Bald jährte sich ihr Todestag zum zwölften Mal …

Tamara fing an zu zittern.

Sie ballte ihre Hände zu Fäusten, und ihre Fingernägel bohrten sich scharf in ihr Fleisch.

Und plötzlich, so unvermittelt, dass die Wucht dieser Emotion sie förmlich zu Boden zwang, war da wieder die nackte Angst.

Eine Flut von Bildern riss sie fort.

Dunkelheit. Eine Chipstüte, grellorange. Ein Gesicht. Nackte Wände. Grau. Eine getigerte Katze. Eine Axt.

All diese Bilder fingen an, sich zu drehen, immer schneller

und schneller. Bis sie sich vermischten und eine schwarze rotierende Fläche zurückblieb.

»… aber ich liebe dich! Ich habe dich so lieb. Du hast mich doch auch lieb. Ja, das hast du. Vergiss die Axt nicht … Du musst mich lieb haben … Schau, deine Eltern, sie schlafen. Ich kann sie berühren …

Tamara hatte sich auf dem Boden im Flur zusammengekrümmt.

»Aber sie sind doch schon tot! Meine Eltern sind tot!«

Ihr Schrei ging in unkontrolliertes Schluchzen über.

Die Trauer brach über ihr zusammen wie eine Welle und spülte sie davon.

Tamara wusste nicht, wie lange sie dort gelegen und geweint hatte. Sie wischte sich den Rotz mit dem Ärmel ab, stand auf, wankte ins Bad und wusch sich das Gesicht mit eiskaltem Wasser.

Sie beugte sich übers Waschbecken, stützte sich, atmete tief durch, bis sie allmählich ruhiger wurde. Sie beschloss, sofort ins Atelier zu gehen. Das letzte Bild wartete auf sie, und es war das wichtigste. Eilig zog sie sich an, lief ins Wohnzimmer und steckte ihr Handy in die Hosentasche. Dann machte sie sich auf den Weg.

Der Sturm hatte sich gelegt, aber es war immer noch windig. Überall lagen heruntergefallene Zweige, und Tamara hörte eine Motorsäge aufheulen. In der Straße, in der sich ihr Atelier befand, lag ein dicker Ast quer über dem Gehweg. An der Stelle, an der er abgebrochen war, sah man das helle, frische Holz. Tamara stieg über ihn hinweg und ging über die Straße zum Gemischtwarenladen.

Der alte Mann hörte das Läuten der kleinen Glocke, die an der Tür angebracht war, und kam aus dem Hinterzimmer hervor.

»Guten Morgen.«

Als er ihre kurzen Haare sah, stutzte er. »Sie sehen aber verändert aus, Frau Deile! Ich hätte Sie beinahe nicht erkannt.«

Man sah dem Mann an, dass er von der Veränderung nicht überzeugt war. Unwillkürlich schlich sich ein Lächeln in Tamaras Gesicht.

»Keine Sorge, sie wachsen bestimmt nach!«

Nun war es dem alten Mann peinlich, schüchtern sagte er: »Es tut mir leid, aber daran muss ich mich immer noch gewöhnen, dass Frauen jetzt auch kurze Haare tragen.«

»Ich muss mich auch erst daran gewöhnen«, erwiderte Tamara und fuhr sich mit der Hand durch die Haare.

Sie kaufte wie immer ein Päckchen Zigaretten und zwei Flaschen Mineralwasser.

Sie verließ den Laden und überquerte die Straße. Im Laufen zog sie den Schlüssel aus der Tasche ihrer Jeans. Sie schloss auf und verharrte kurz am Fuß der Treppe, gab sich dann einen Ruck und lief, zwei Stufen auf einmal nehmend, nach oben.

Die Leinwand stand nackt und unberührt im Raum. Sie maß vier auf zwei Meter und war damit um einiges größer als ihre bisherigen Werke. Sie brauchte die verlorene Ansichtskarte nicht.

Sie sah das Bild, das bald entstehen würde, genau vor sich.

Sie holte zwei tiefe Teller aus dem Schrank unter der Spüle. In den ersten drückte sie aus einer Tube schwarze Acrylfarbe, in den zweiten ein leuchtendes Reinweiß.

Zum Schluss gab sie in beide Farben etwas Trocknungsverzögerer. Mit einer energischen Bewegung begann sie, eine gezackte schwarze Linie quer über die große Leinwand zu ziehen. Sie trat einen Schritt zurück und betrachtete ihr Werk. Auch wenn die Fläche sehr groß war, hatte sie sich für einen relativ kleinen Pinsel entschieden. In quadratzentimetergroßen Stückchen bedeckte sie das Weiß der Grundierung. Einige Male trat sie zurück, legte den Kopf schräg, begutachtete die akkuraten Pinselstriche. Langsam gab sie dem Schwarz Struktur.

Erst als sie das dringende Bedürfnis nach Nikotin verspürte, machte sie eine Pause. Sie lehnte sich an die Arbeitsplatte neben der Spüle und ließ ihren Blick über die Leinwand schweifen.

Die schwarze Fläche stellte ihre Zeit im Keller dar, die Dunkelheit. Und darüber würde bald eine ebenso große Fläche in reinem Weiß erstrahlen. Wie frisch gefallener Schnee, der alles bedeckte. Tamara drückte die Kippe aus, wollte weitermachen, trat auf die Leinwand zu und verharrte mitten in der Bewegung.

Etwas stimmte nicht.

Sie hatte dieses Bild jahrelang im Kopf gehabt. Ja, aber etwas hatte sich verändert, und auf einmal passte es nicht mehr.

Ihr Herz beschleunigte, ihr wurde heiß.

Sie würde wie geplant die untere Hälfte mit Schwarz bedecken und die obere mit Weiß. Aber danach würde sie ein feuriges Rot wählen und das Schwarz der unteren Hälfte damit auslöschen.

Wie Feuer.

Mit neuer Kraft ging sie ans Werk und legte den Pinsel erst wieder zur Seite, als einige Stunden später ihr Handy klingelte.

Sie drückte auf die grüne Taste und meldete sich.

Am anderen Ende der Leitung hörte sie ein Atemgeräusch, dann wurde aufgelegt.

Tamara bekam Gänsehaut. Die Kraft, die sie beim Malen in sich gespürt hatte, verschwand. Sie starrte auf das Display, aber die Nummer war unterdrückt gewesen.

»Verdammte Scheiße!«

Es tat gut, ihre eigene Stimme zu hören.

Sie wollte das Handy zurück in die Hosentasche stecken, da klingelte es erneut. Diesmal wurde eine Nummer angezeigt.

Sie meldete sich, und mit Erleichterung erkannte sie die Stimme.

»Hallo, Tamara, hab gedacht, ich muss mich mal bei dir melden, wir haben uns schon so lange nicht mehr gesprochen!«

Es war Laura, ihre einzige Freundin aus der Studienzeit.

»Wie geht's dir, was treibst du so?«, fragte Laura.

»Ich bin im Atelier. Hab ich dir schon erzählt, dass ich bald die Vernissage habe? Schön, deine Stimme zu hören. Ich wollte erst gar nicht drangehen, weil grade irgendein Perverser angerufen hat!«

»Ich bin auch pervers, du kennst mich doch!«

Tamara musste lachen.

»Sag mal, hast du grade Zeit? Sollen wir uns auf einen Kaffee treffen?«

»Lieber auf was Alkoholisches. Was sagst du zum Biergarten am Trappensee? So in einer Stunde?«

In einer Stunde würde sie den Weg zu Fuß schaffen, wahrscheinlich würde es sogar länger dauern, wenn sie den Bus nähme.

Bevor sie losging, räumte sie ihre Malutensilien auf und wusch die Pinsel. Sie schrieb Paul eine SMS, dass sie später nach Hause kommen würde.

Das Wetter war immer noch recht ungemütlich. Der Wind war schwach, aber sehr kühl. Bis auf ein Pärchen mit Hund, das am Rande des kleinen Sees saß, war Tamara der einzige Gast.

Sie setzte sich an einen Tisch, an dem die Wahrscheinlichkeit, einen der wenigen Sonnenstrahlen abzubekommen, am größten war.

Sie war zu früh und bestellte bei der Kellnerin, die in ihrem weit ausgeschnittenen Dirndl zu frieren schien, ein Kellerpils.

Obwohl es Tamara und Laura durch Zufall in dieselbe Stadt verschlagen hatte, sahen sie sich selten. Laura betrieb gemeinsam mit ihrem Mann Artur einen Antiquitätenhandel. Wenn sie nicht hinter der Ladentheke stand, bereiste sie Deutschland, um stets die besten Stücke aufzutreiben.

Tamara war immer wieder vor zu engen Freundschaften zurückgeschreckt. Aber Laura war hartnäckig geblieben, was Tamara erst misstrauisch gemacht und dann davon überzeugt hatte, dass Laura tatsächlich etwas an ihr lag. Das, was Tamara letztlich bewogen hatte, ihre Scheu zu überwinden, war aber, dass Laura nichts von ihr zu erwarten schien.

Sie war ein fröhlicher, unkomplizierter Mensch und nahm alles so, wie es kam. Als Tamara einmal angedeutet hatte, was ihr damals zugestoßen war, hatte Laura still zugehört und keine allzu unangenehmen Fragen gestellt.

Tamara trank einen ersten großen Schluck, als sie Laura auch schon zwischen zwei Bäumen hindurch den Biergarten betreten sah. Tamara winkte, und Laura lief lachend auf sie zu. Ihre roten Haare wurden von einem Windstoß erfasst. Sie strahlte eine so positive Energie aus, dass Tamara augenblicklich davon angesteckt wurde. Sie stand auf und lief auf Laura zu.

»Hallo, Laura! Sag nichts. Ich habe sie abgeschnitten, sie wachsen ja wieder nach.«

Sie umarmten sich, und Laura wuschelte ihr mit beiden Händen durch die Haare. »Mensch, sieht doch gut aus!« Im Setzen fragte sie: »Was ist es? Wenn Frauen sich ihre Mähnen rappelkurz abschneiden, gibt es nur drei Erklärungen dafür: Eine Beziehung ist in die Brüche gegangen, dazu siehst du aber zu fröhlich aus … Der Friseur hat Mist gebaut, oder es hat irgendeine wahnsinnig tief greifende Veränderung gegeben. Also, was ist es?«

Die Bedienung kam und unterbrach Lauras Redefluss. Sie bestellte ebenfalls ein Bier, stützte dann ihr Kinn in die Hände und zwinkerte Tamara zu.

»Na? Red schon!«

Tamara trank einen Schluck und bot Laura eine Zigarette an.

»Hm, vielleicht am ehesten eine Veränderung …«, sagte sie und blies Laura Rauch ins Gesicht. Laura schien immer instinktiv zu wissen, wie es um Tamaras Seelenleben bestellt war.

Sie setzte eine ernste Miene auf und betrachtete Tamara kritisch.

»Man sieht's dir auch so an. Du hast mindestens fünf Kilo abgenommen. Ist es was Ernstes?«

»Nein, ich weiß nicht. Der Stress wegen der Vernissage hat mich wahrscheinlich irgendwie aus der Bahn geworfen.«

Tamara überlegte, ob sie Laura von ihren Befürchtungen erzählen sollte. Es wäre gut, mit jemandem darüber zu sprechen, der nicht so nah dran war wie Paul. Und Laura war genau die Richtige dafür. Sie würde nichts so leicht umwerfen.

Tamara zog ihre dünne Jacke enger um sich.

»Also gut. Aber bitte halt mich nicht für verrückt. Es gibt noch was anderes, es ist nicht nur die Arbeit.«

Tamara wusste nicht recht, wie sie anfangen sollte.

Laura prostete ihr aufmunternd zu.

»Spuck's aus, Süße, ich halt dich sowieso für verrückt, da kann also gar nix schiefgehen.«

Tamara erzählte ihr von dem Mann, den sie beobachtet und in der Nähe ihres Hauses wiedergesehen hatte. Von dem Mann, der im Laden nach ihr gefragt hatte. Von den offenen Fenstern, von der verschwundenen Postkarte und davon, dass sie die Befürchtung hatte, Jo hätte jemanden auf sie angesetzt. Laura hörte ihr schweigend zu. Tamara erwartete einen von Lauras flapsigen Sprüchen. Mit einem Lächeln würde sie einen Großteil von Tamaras Sorgen wegwischen. Für diesen Moment zumindest.

Dem war aber nicht so.

Laura zog tief an ihrer Zigarette und stieß dann hörbar den Rauch aus.

»Vielleicht bist du jetzt dran, mich für verrückt zu halten … Aber ich war nicht ganz ehrlich zu dir. Es gibt einen Grund, warum ich mich gerade jetzt bei dir gemeldet habe.«

Laura wich Tamaras Blick aus, schaute auf den See hinaus und blickte dann direkt in Tamaras Augen.

Sie holte tief Luft.

»Also … es hat damit angefangen, dass ich vor ein paar Wochen von dir geträumt habe. Es war kein schöner Traum, aber man träumt halt manchmal einfach was zusammen. Das hat nichts zu bedeuten. Doch dann hatte ich diesen Traum wieder. Da hab ich mir, um ehrlich zu sein, immer noch nicht viel gedacht. So was kann schon mal passieren. Nur als sich dieser Traum heute Nacht wiederholte, habe ich gedacht, dass das vielleicht *doch* irgendwas zu bedeuten hat. Deshalb hab ich mich gemeldet. Ich wollte mit eigenen Augen sehen, dass es dir gut geht …«

Laura versuchte ein Lächeln, doch es gelang ihr nicht.

»Jetzt denkst du wahrscheinlich, dass ich komplett am Durchdrehen bin …«

Tamara schluckte. Das war jetzt schon der zweite Mensch, der ihr nahestand, der sich Sorgen um sie machte, weil er von ihr geträumt hatte. Tamara schaute Laura an und versuchte, beiläufig zu klingen.

»Und was hast du geträumt?«

Diese Frage blieb einen Moment zwischen ihnen in der Luft hängen. Dann sah Laura sie mit einem seltsam ernsten Blick an.

»Ich habe von einem Keller geträumt.«

Tamara starrte Laura fassungslos an. Sie hatte ihr zwar erzählt, was ungefähr passiert war, doch sie war sich sicher, dass sie ihr nie gesagt hatte, dass sie in einem Keller gefangen gehalten wurde. Sie versuchte, ihre Bestürzung zu verbergen. Es gelang ihr nicht.

»Oh mein Gott, Tamara … war es ein Keller? Warst du damals in einem Keller gefangen?«

Es fiel Tamara schwer, zu antworten. Sie zwang sich, Laura direkt anzuschauen.

»Ja.«

Ein sanfter Windhauch ließ ein paar trockene Blätter raschelnd über den Kies wehen. Es hörte sich an wie Schritte, und instinktiv warf Tamara einen Blick über die Schulter.

Sie spürte, wie die ihr so vertraute Panik sanft ihre Finger nach ihr ausstreckte. Noch einen Augenblick länger und sie würde sie packen. Die grässlichen Bilder würden sie überfluten, und sie wäre diesem Ansturm hilflos ausgeliefert.

Laura fasste sie hart am Arm.

»Tamara, was ist los? Hey, hör auf damit! Schau mich an!«

Tamara fühlte den Griff und hörte von fern Lauras Stimme.

Plötzlich spürte sie einen brennenden Schmerz an der Wange. Laura war aufgestanden und hatte sie geschlagen. Tamara schüttelte ihren Kopf, und alles wurde wieder deutlicher.

Das Pärchen lachte und der Hund bellte. Ein Sonnenstrahl ließ das Wasser des Sees glitzern und blendete Tamara. Auch Lauras besorgte Stimme war jetzt wieder klar und ganz nah.

»Tamara, steh auf! Hier, nimm meine Hand.«

Tamara gehorchte und stand auf. Ihre Knie waren weich, und sie stolperte in Lauras Arm.

Laura hielt sie fest.

»Schau mich an! Hier bin ich.«

Sie sah Lauras verängstigtes Gesicht direkt vor ihrem. Die Kellnerin kam eilig herbeigelaufen.

»Ist bei Ihnen alles in Ordnung? Soll ich einen Arzt rufen?«

Laura hatte Tamaras Gesicht zwischen die Hände genommen. Ohne ihren Blick abzuwenden, sagte sie zu der Kellnerin: »Nein, keinen Arzt. Es geht wieder. Bringen Sie uns zwei Klare.«

Langsam schien sich Laura wieder zu entsinnen, was ihre Stärken waren. Beherzt drückte sie Tamara an sich.

»Willst du dich wieder setzen? Ist alles okay?«

Tamara nickte. Ja, es ging wieder.

Die Panik, die gedroht hatte, sie zu überfallen, war verschwunden. Einzig ein unbestimmtes Gefühl, wie ein leichter Schwindel, war in ihrem Kopf zurückgeblieben. Es war das erste Mal überhaupt, dass sie es geschafft hatte, einem dieser Flashbacks, in denen sie sich nicht nur erinnerte, sondern alles wieder und wieder durchlebte, zu entgehen. Es war ein Fortschritt. Tamara setzte sich, und Laura nahm neben ihr Platz. Sie zündete eine Zigarette an und steckte sie Tamara zwischen die Lippen. Dann zündete sie sich selbst auch eine an. Schweigend saßen sie nebeneinander.

Wie zwei Schiffbrüchige, die nur knapp dem Ertrinken entgangen waren.

Die Kellnerin kam und stellte zwei Klare vor sie hin.

»Die gehen aufs Haus. Kommt, Mädchen, trinkt. Das weckt ganz neue Lebensgeister.«

Tamara trank ihr Glas in einem Zug leer.

Auch Laura nahm ihr Glas, nippte aber nur an der klaren Flüssigkeit.

»Tamara, du hast ausgesehen, als ob du gleich umkippst. Ich habe dich noch nie so gesehen. Was war denn *los* mit dir?«

Tamara fehlte die Kraft, zu erklären, was dieser Zusammenbruch bedeutete. Zu erklären, wie es war, dieses Grauen immer und immer wieder von Neuem zu durchleben. Sich nicht nur zu erinnern, *sondern zu fühlen, zu sehen, zu riechen, zu schmecken und zu hören.* Wieder dort unten zu sein. Deshalb sagte sie nur: »Ein Flashback. Sagt dir das was?«

Laura verneinte.

»Man erlebt es wieder …«

Laura schien nicht ganz zu verstehen, aber wie sollte sie

auch? Tamara war ihr dankbar, dass sie trotzdem nicht weiter nachhakte.

Die Sonne kam heraus, als hätte sie die letzte Wärme des bald endenden Sommers für diesen Moment aufgespart.

Der See leuchtete golden, und das Licht der Sonne verfing sich in den Haaren der beiden Frauen, die dort eng nebeneinandersaßen.

2

Laura bestand darauf, Tamara mit ihrem Wagen ins Atelier zu bringen. Tamara war froh, dass sie nun den weiten Weg nicht zurücklaufen musste. Noch immer fühlten sich ihre Beine wackelig an. Während der Fahrt vermieden sie es, über den Vorfall im Biergarten zu sprechen. Laura redete von ihrem bevorstehenden Urlaub in Skandinavien und wie sehr sie sich darauf freute, endlich ein paar gemeinsame Tage mit ihrem Mann zu verbringen, der zurzeit beruflich stark eingespannt war. Tamara hörte nur halb hin. Ihre Gedanken schweiften immer wieder ab.

Laura und Paul hatten von einem Keller geträumt. Das konnte doch kein Zufall sein. Es passte alles so gut zusammen. War das Gefühl einer echten Bedrohung vorher nur wie ein sanftes Kratzen an der Tür gewesen, so schien die Tür sich nun zu öffnen. Bald würde es so weit sein. Bald würden sie sich Auge in Auge gegenüberstehen. Tamara müsste sich wappnen. *Aber wie?*

Sie waren am Atelier angelangt, und Laura folgte ihr die Treppe hinauf.

»Ich kann's kaum glauben, dass das hier wirklich dir gehört. Das Haus ist wunderschön!«, platzte sie heraus.

Eine Unbeschwertheit, die Tamara an sich selbst so schmerzlich vermisste, kam unter Lauras Sorgen zum Vorschein. Sie blieb an der Eingangstür stehen und erfasste mit einem staunenden Blick das Atelier. Dann bemerkte sie das große Fenster, das zum Garten zeigte. Sie durchquerte den Raum und öffnete es.

»Wow! Der Garten ist der Wahnsinn! Du hast mir gar nicht gesagt, dass du den Geheimen Garten direkt hinter deinem Haus hast!«

Sie drehte sich mit einem Lächeln um. »Das hast du dir immer gewünscht … Ich freu mich so für dich, dass dein Wunsch in Erfüllung gegangen ist.«

Tamara setzte Kaffee auf.

»Unten ist ein Laden, ich hoffe, dass ich bald einen Mieter finde. Und die zwei Etagen über dem Atelier wollen wir ausbauen, um darin zu wohnen. Paul hat schon angefangen, die alten Tapeten abzureißen. Aber es wartet noch eine Menge Arbeit auf uns. Bis wir endlich einziehen können, vergehen wahrscheinlich noch Jahre!«

Tamara geriet ins Schwärmen und konnte gar nicht aufhören, von ihren Plänen zu erzählen. In diesem Moment waren alle Ängste weit weg. Am Fenster stehend, tranken sie Kaffee.

»Du wirst mich erst los, wenn ich hier jeden Winkel mit eigenen Augen gesehen habe. Mensch, das ist so aufregend. Ich kann mir schon richtig gut vorstellen, wie sich das alles verändert.«

Die Tür zur zweiten Etage öffnete sich mit einem erbärmlichen Quietschen. Von oben rieselte feiner Staub auf sie herab, und Laura musste niesen. Durch die großen Fenster schien die Sonne herein, und der Staub tanzte in ihrem Licht. Alles sah verzaubert aus. Es war still, und Tamara blieb, wie jedes Mal, wenn sie hier hochging, einen Moment stehen. Sie wollte das alles in sich aufnehmen. Es erinnern, wenn sie schon längst hier wohnten und alles anders wäre. Noch mehr als in ihrem Atelier konnte sie hier Kraft schöpfen. Genau wie eine unberührte Leinwand war hier alles offen. Paul und Tamara könnten diese Etage und die darüberliegende frei gestalten. Als erstes größeres Projekt war ein Deckendurchbruch vorgesehen, der beide Etagen miteinander verbinden würde. Und natürlich eine Treppe. Danach würden einige der Zwischenwände fallen, um große, offene Räume zu schaffen. Wenn die Vernissage vorbei wäre, würde sich Tamara aber als Erstes daranmachen, die Dielenböden abzuschleifen. Sie waren unter mehreren Schichten Lack verborgen, und Tamara konnte es kaum erwarten, das Holz darunter wieder zum Vorschein zu bringen.

Laura hatte ihr bei ihrem Bericht staunend zugehört. Nachdem sie noch eine Treppe weiter hinaufgegangen waren und kurz die Räume besichtigt hatten, die den darunterliegenden glichen, kletterten sie auf den Dachboden. Laura hatte nicht übertrieben, als sie gesagt hatte, dass sie alles sehen wollte. Sie schreckten eine Taube auf, die laut mit den Flügeln schlagend durch eine Dachluke entkam. Hier standen lediglich einige Kisten und Kartons herum, die der Vorbesitzer zurückgelassen hatte. Irgendwann würde sich Tamara die Zeit nehmen, alles durchzuschauen und wegzubringen.

Dort oben war es staubig gewesen, und Laura, die ständig hatte niesen müssen, war doch froh, wieder unten zu sein. Tamara schloss die Luke.

»So, das war's. Jetzt hast du alles gesehen … Das Haus hat noch einen tiefen Gewölbekeller. Aber da unten sieht man rein gar nichts. Paul muss da mal nachschauen. Die Lampen gehen alle nicht. Ich hoffe, dass der Fehler nicht in den alten Leitungen liegt, sonst wird es teuer.«

Zum Glück hatte Laura keine Taschenlampe dabei. Bei ihrer ausgeprägten Neugierde hätte sie bestimmt darauf bestanden, hinunterzugehen.

Tamara war nur einmal dort unten gewesen. Zusammen mit Paul. Sie würde nie allein in dieses dunkle Verlies hinabsteigen …

Laura hatte noch einen Termin, und mit einem Blick auf die Uhr stellte sie fest, dass sie sich nun beeilen musste. Tamara begleitete sie die Treppe hinunter. Bevor Laura ging, nahm sie Tamara noch mal in den Arm.

»Wir telefonieren. Und … pass auf dich auf, okay? Ruf an, wenn irgendwas ist. Auch mitten in der Nacht. Versprochen?«

Tamara versprach es.

Langsam stieg sie die Treppe zum Atelier hoch.

Die Stufen knarrten, und ihr wurde bewusst, wie still es in dem alten Haus war, seit Laura gegangen war. Sie war froh, oben anzukommen, und schloss die Tür hinter sich ab. Das Bild wartete auf sie. Sie drückte frische Farbe auf einen Teller und machte sich ans Werk. Bald war die untere Hälfte der Leinwand vollkommen schwarz.

Da sie Trocknungsverzögerer benutzt hatte, musste sie mit dem Auftragen der roten Farbe noch etwas warten.

Sie lauschte auf die Stille des Hauses, und auf einmal war ihr bewusst, wie viele leere Zimmer, Flure und Treppen es um sie herum gab.

Und dass tief unter ihr der dunkle Keller lag. Es gab Zeiten, in denen sie es nicht ausgehalten hätte, sich in diesem Haus aufzuhalten. *Ganz allein zu sein.*

Sie hatte geglaubt, das längst überwunden zu haben. Sie war meistens allein im Atelier. Doch nun beschlich Tamara ein Gefühl, als könne sie die Leere um sich herum körperlich spüren. Als würde diese Leere von allen Seiten auf sie eindringen, aus den Fugen und Ritzen des Gemäuers aufsteigen wie giftiges Gas. Ihr Puls beschleunigte sich, und sie nahm ihre raschen Atemzüge überdeutlich wahr. Vor ihren Augen schien sich das Schwarz des Bildes auszudehnen, bald würde es alle Helligkeit um sie herum auslöschen. *Es wäre dunkel …*

… so dunkel. Es ist so dunkel. Und still … Ist es Tag oder Nacht? Wie lange ist sie schon hier? Sie weiß es nicht. Vielleicht Stunden oder Tage.

Es ist schwarz und vollkommen still.

Nicht atmen. Das lockt die Schatten hervor. Und als hätte sie diese allein durch ihre Gedanken gerufen, beginnen sie, sich aus der Dunkelheit zu lösen. Sie sammeln sich, ballen sich zusammen, verdichten sich, dringen von allen Seiten auf sie ein.

Bitte nicht, denkt sie verzweifelt. Vielleicht sagt sie es auch. Aber sie kommen näher, und aus der Schwärze ihrer Konturen formen sich Hände. Sie berühren sie, sie fühlt die Kälte dieser Berührungen … Und jetzt steht Jo vor ihr. Mit einer Axt. Sie versucht, sich an den Gedanken zu klammern, dass Jo nicht wirklich da ist, gerade gegangen ist, nicht da sein kann.

Sie schreit …

Tamara schrie und fand sich zusammengekauert in einer Ecke des Ateliers wieder. Sie spürte ein Brennen in den Augen. Tränen liefen ihr über die Wangen.

Wann würde das alles endlich vorbei sein?

Am ganzen Körper zitternd, schlang sie die Arme um sich

und wiegte sich vor und zurück. Unablässig liefen Tränen über ihre Wangen.

Sie musste eine ganze Weile dort gesessen haben, denn als sie aufstand, waren ihre Füße eingeschlafen. Beim Auftreten spürte sie einen stechenden Schmerz.

Ihr Hals war ausgetrocknet, brannte. Vielleicht durch das Schreien. Sie humpelte zur Spüle, nahm ein Glas und ließ Wasser hineinlaufen.

Gierig trank sie.

Verdammte Scheiße! Wieder stiegen Tränen in ihre Augen.

So konnte das doch nicht weitergehen!

Sie packte das Glas und schleuderte es auf den Boden. Der Knall und das Splittern des Glases hallten von den Wänden des Ateliers wider.

Überall lagen feine Scherben. Tamara griff einen der rasiermesserscharfen Glassplitter, zog ihren Ärmel bis zum Ellenbogen hoch und ritzte sich in die Haut. Als ihr Blut in feinen Perlen zum Vorschein kam, schnitt sie tiefer. Erst als das Blut in dicken Tropfen aus der Wunde hervorquoll, ließ sie die Scherbe fallen. Tamara betrachtete die Wunde, beobachtete fasziniert, wie Blut an ihrem Arm hinunterlief, ihr weißes T-Shirt rot färbte. Bis ihr bewusst wurde, was sie getan hatte. *Paul! Er durfte das unter keinen Umständen sehen.* Ein zartes Netz aus Narben überzog ihren Unterarm. Als Paul sie anfangs gefragt hatte, woher diese Narben stammten, hatte sie ihm die Wahrheit gesagt. Er war bestürzt gewesen. Doch sie hatte das seit Jahren nicht mehr gemacht. Er durfte auf keinen Fall wissen, wie nah sie sich wieder am Abgrund befand.

Langsam trocknete das Blut und nahm eine rostrote Farbe an.

Rot …

Das große, noch unvollendete Bild würde alles verändern.

Tamara nahm eine Tube roter Farbe, drückte sie auf einen Teller, bis sie leer war. Fieberhaft trug sie die Farbe auf, Zentimeter für Zentimeter bedeckte das Rot die schwarze Fläche, fraß sich wie ein alles verzehrendes Feuer über die Leinwand und löschte das Dunkel aus.

3

Anna lag im Bett und dämmerte vor sich hin. Wenn sie die Augen aufschlug, sah sie Christine. Sie hatte sie nicht allein gelassen. Christine fragte, ob sie etwas trinken wolle, aber Anna verneinte. Alles, was sie wollte, war schlafen. Die Schmerzen in ihrem Kopf wurden langsam schwächer, aber sie war erschöpft. So unendlich müde. Christine fuhr ihr wieder mit der Hand über die Stirn und murmelte etwas, das Anna nicht verstand. Es war auch nicht wichtig. Sie wollte einfach dort liegen, und Christine wäre bei ihr. Sie wollte, dass das nie aufhörte.

Anna drehte sich auf die Seite und zog ihre Knie eng an den Körper. Bevor sie wieder einschlief, sah sie Christines freundliches Gesicht. Sie lächelte. *Verlass mich nicht. Lass mich nicht allein …*

Sie läuft einen Feldweg entlang und spürt die ganze Zeit, dass ihr irgendetwas folgt. Aus den Augenwinkeln nimmt sie einen Schatten wahr, der sich dicht hinter ihr bewegt.

Sie läuft schneller, fängt an zu rennen, aber dieser Schatten hält Schritt.

Dann ist jemand neben ihr. Ein Mädchen. Mit fremder und doch seltsam vertrauter Stimme sagt es: »Bleib stehen! Dreh dich um! Du kannst nicht mehr entkommen …«

Aber Anna will nicht stehen bleiben. Sie will das, was hinter ihr herläuft, nicht sehen.

Sie rennt und rennt.

Das Mädchen hat sie schon weit hinter sich gelassen.

Aber sie spürt, dass sie bald keine Kraft mehr hat …

Anna erwachte und setzte sich ruckartig im Bett auf. Der Schmerz schoss zurück in ihren Kopf. Sie stöhnte. Sie war allein. Ein beißender Geruch brannte in ihrer Nase, und ihre Augen tränten.

Von unten hörte sie ein Geräusch, das sie nicht einordnen konnte. Und Christines aufgeregte Stimme.

Anna stutzte. Vorsichtig stand sie auf. Ihr wurde schwindelig. Einen Moment blieb sie stehen, stützte sich auf den Nachttisch und wartete, bis der Schwindel nachließ. Dann verließ sie das Schlafzimmer. Warum war Christine nicht bei ihr? Und was hatte dieser scheußliche Geruch zu bedeuten?

Als sie die Treppe betreten wollte, kam ihr Christine entgegen.

»Anna, was machst du denn hier? Du sollst doch im Bett bleiben!«

Als sie Annas verständnislosen Blick sah, fügte sie hinzu: »Es hat gebrannt. Keine Angst, nichts Schlimmes. Es riecht nur noch ein bisschen. In Andreas' Arbeitszimmer, ein Schwelbrand. Wahrscheinlich ein altes Kabel. Die Feuerwehr kam gerade, um den umgestürzten Baum im Garten zu beseitigen.« Christine schüttelte ungläubig den Kopf. »Zum Glück ist das nicht nachts passiert … Ich kann Andreas immer noch nicht erreichen. Das wird eine böse Überraschung für ihn. Erst das mit dir und dann dieser Brand …«

Christine schien sich auf einmal zu erinnern, dass sie Anna zurück ins Bett schicken wollte. »Komm, leg dich wieder hin. Es ist alles in Ordnung, mach dir keine Gedanken.« Dabei fasste sie Anna sanft am Arm und wollte sie Richtung Schlafzimmer führen. Anna schüttelte ihre Hand ab. Sie musste sich beeilen.

Aus dem Garten war das Kreischen einer Motorsäge zu hören.

»Danke, Christine, aber mir geht es wirklich wieder gut. Kannst du hierbleiben, solange die Feuerwehr noch da ist? Ich muss weg.«

Ohne eine Antwort abzuwarten, lief sie an Christine vorbei die Treppe hinunter.

In der Garage stand Annas Wagen, und als sie einsteigen wollte, bemerkte sie, dass sie ihre Handtasche vergessen hatte. Sie lief zurück in die Halle, griff ihre Handtasche und öffnete sie. Da fiel ihr die Ansichtskarte in die Hand, die sie vor Kurzem gefunden hatte. Einen Augenblick zögerte sie, dann steckte sie sie zurück und suchte den Schlüsselbund. Ganz unten fand sie ihn.

Sie stieg in den Wagen, drückte das Gaspedal voll durch und bemerkte kaum, dass sie deutlich zu schnell fuhr. Sie gab den Straßennamen in ihr Navigationsgerät ein, folgte den Anweisungen. Nach ungefähr einer halben Stunde fand sie sich am Rand des Industriegebiets am Kanalhafen wieder.

Zwischen zwei Sattelschleppern parkte sie ihren Wagen, stieg aus und schaute sich um. Die Straße war sehr breit, und am rechten Rand verliefen Gleise. Auf einem vertrockneten Grasstreifen lagen leere Flaschen und anderer Müll.

Laut hupend fuhr ein Lkw an ihr vorbei, und der Fahrtwind ließ ihren dünnen Rock um ihre nackten Beine flattern.

Was hatte Andreas in so einer Gegend zu tun? Sie dachte an seine schicke Kanzlei, an seine gehobene Klientel. Das passte doch alles nicht zusammen.

Auf dem Papierfetzen hatte sie die Ziffer Sieben gesehen.

Mit etwas Glück war damit tatsächlich die Hausnummer sieben gemeint, sonst hätte sie eine längere Suche vor sich. Das Problem war auch, dass sie gar nicht wusste, nach was sie eigentlich suchte. Aber diese Adresse war ihr einziger Anhaltspunkt.

Auf der gegenüberliegenden Straßenseite befanden sich die lang gestreckten Gebäude einer Speditionsfirma. Sie ließ ihren Blick über die graue Fassade schweifen und entdeckte an einer Tür die Ziffer Dreiundneunzig. Das hieß, dass sie die Straße noch weiter hinunterfahren musste.

Als sie bei den Siebziger-Hausnummern angekommen war, stellte sie fest, dass sich auf der linken Straßenseite ein riesiger Schrottplatz befand, der sich von Hausnummer einundsiebzig bis neunundsiebzig erstreckte. Auf der anderen Seite türmten sich hinter einem rostigen Maschendrahtzaun riesige Sand- und Kiesberge. Sie konnte sich beim besten Willen nicht vorstellen, was diese Visitenkarte mit einem dieser Betriebe zu tun haben könnte.

Sie würde weiterfahren, bis sie bei der Sieben angelangt war. Was sie unternehmen würde, wenn sie dort etwas Ähnliches vorfand, konnte sie später überlegen.

Die Hausnummer sieben hing schief an einem heruntergekommenen, dreistöckigen Wohnhaus. Es stand allein zwischen einem eingezäunten Gelände, auf dem einige Wohncontainer für Wanderarbeiter standen, und einem flachen Gebäude, in dem sich ein Imbiss befand.

Sie blieb im Wagen sitzen und beobachtete das Haus. Im Erdgeschoss befand sich offenbar eine Spielhalle. Die Fenster waren mit braunem Packpapier von innen gegen neugierige Blicke abgedichtet. Die Fenster in den zwei darüberliegenden Etagen waren mit fadenscheinigen Gardinen geschmückt. Das bedeutete wohl, dass es sich um Wohnungen handelte. Bei dem Gedanken, dass in dieser unwirtlichen Gegend tatsächlich irgendjemand sein Zuhause hatte, schauderte Anna.

In der Tür des Imbisses erschien ein Mann und lehnte sich gegen die Wand. Sein schütteres Haar war ungepflegt, er steckte in einem schlecht sitzenden Anzug. Er zündete sich eine Zigarette an und schaute zu ihr herüber.

Anna erinnerte sich an einige Campingwagen, an denen sie vorbeigefahren war. Vor einem hatte eine Frau gestanden, offenbar auf der Suche nach einem Kunden. Ihr wurde bewusst, was für Phantasien ihr Anblick bei dem Mann auf der anderen Straßenseite auslösen könnte, dieser Gedanke ekelte sie, sie zögerte auszusteigen.

Sie fasste ihre Handtasche, öffnete die Tür des Wagens, stieg aus und strich ihren Rock glatt. Der Blick des Mannes haftete an ihr, als sie über die Straße lief. Er kratzte sich an seinem rundlichen Bauch, ließ seine Augen nun ungeniert über ihren Körper wandern, dann räusperte er sich geräuschvoll, spuckte aus und verschwand im Inneren des Imbisses.

An der Eingangstür des Hauses mit der Nummer sieben zählte Anna fünf Klingelschilder. Lediglich an zweien befanden sich Namen. Auf einem braunen Verbandspflaster, das eine der Klingeln bedeckte, stand mit Kugelschreiber der Familienname »Gluczinsky«.

In dem zweiten Klingelschild steckte ein verblichener Papierstreifen, auf dem »Cordes Inve…« zu lesen war. Der Rest des Schriftzuges war von einem Kaugummi überdeckt, den irgendjemand auf die Klingel geklebt hatte.

Anna überlegte, wie dieses Wort weitergehen könnte, aber ihr fiel nichts ein. Auf jeden Fall verbarg sich dahinter keine Privatadresse, sondern irgendeine Firma oder ein Gewerbe.

Mist!

Sie hatte nicht die geringste Ahnung, was sie hier finden sollte. Warum hatten die Gäste übernachten müssen? Heute stand wieder dieses »A« in Andreas' Terminkalender. Wäre sie ihm heimlich gefolgt, wüsste sie jetzt sicherlich mehr.

Anna beschloss, in die Spielhalle zu gehen. Zum einen hoffte sie, dort einen Hinweis auf Andreas' Geheimnis zu finden, zum anderen hatte sie Durst. In den Imbiss zu diesem schmierigen Mann würde sie bestimmt nicht gehen.

Beherzt öffnete sie die Tür und wappnete sich innerlich gegen die zu erwartenden Blicke der Gäste.

Aber sie wurde einzig von einer jungen Frau bemerkt, die hinter der Theke stand und dabei war, eine SMS in ihr Handy zu tippen. Keiner der Männer, die an den Automaten saßen, nahm Notiz von ihr.

Sie setzte sich auf einen Barhocker an der Theke, die Frau schrieb ihre SMS zu Ende und wandte sich ihr zu.

»Kann ich Ihnen helfen?«

Anscheinend fiel Anna in diesem Etablissement so sehr auf, dass sie sich nicht vorstellen konnte, dass Anna ohne Not hier eingetreten war. Und das stimmte ja auch.

Anna bestellte einen Kaffee und ein stilles Wasser.

Die Frau brachte ihr beides.

»Spielen Sie?«

»Nein, ich will nur etwas trinken.«

Die junge Frau zuckte mit den Schultern.

»Ich frag nur, weil Getränke für Spieler umsonst sind. Das macht dann zwei fünfzig.«

»Ich suche jemanden. Ich habe aber nur zwei Namen an den Klingeln gefunden. Ein Familienname und …«

»Die sind schon weg. Sonst gibt's da nur noch irgendein Büro oder so was. Das Haus wird bald abgerissen, steht nicht mehr lange.«

»Was ist das für ein Büro?«

»Weiß ich nicht, interessiert mich auch nicht. Hab den Typ nur ein- oder zweimal gesehen. Ich bin sowieso bald weg hier.«

Damit drehte sie Anna den Rücken zu und beschäftigte sich weiter mit ihrem Handy.

Da ein Aschenbecher vor ihr stand, zündete sich Anna eine Zigarette an. Andreas würde spät nach Hause kommen, sie hatte noch genug Zeit, sich zu duschen und ihre Kleider in die Wäsche zu schmeißen.

Während Anna ihren Kaffee trank, dachte sie nach.

Sie wusste, dass Andreas etwas vor ihr geheim hielt. Und sie hatte von Tag zu Tag mehr das Gefühl, dass sie selbst sich durch dieses Geheimnis in Gefahr befand.

Der gestrige Abend. Da war etwas, was dieser Psychologe gesagt hatte …

Angestrengt dachte sie nach, aber sie konnte sich beim besten Willen nicht entsinnen, was das gewesen war.

Alles gründete sich auf unbestimmte Ahnungen und einen Fetzen Papier, der sie zu dieser Adresse geführt hatte. Und doch …

Ein Gedanke beschlich Anna. Ihr Puls beschleunigte sich, noch ehe sie diesen Gedanken zu fassen bekam.

Sie hatte irgendetwas übersehen.

Diese Adresse … Heute stand das »A« im Terminkalender …

Plötzlich war ihr klar, was sie übersehen hatte: Was war, wenn Andreas genau *jetzt* unterwegs zu diesem Treffen war? Und wenn sie richtig vermutet hätte und der Treffpunkt befände sich *hier*?

Er durfte sie nicht erwischen!

Anna sprang von ihrem Barhocker auf. Beim Aufstehen kam sie gegen das Wasserglas, es kippte um und zerbrach. In einer reflexhaften Bewegung versuchte sie, es festzuhalten, und spürte einen brennenden Schmerz in der Hand. Ohne sich darum zu kümmern, verließ sie die Spielhalle.

Die Bedienung rief ihr etwas hinterher, aber Anna war schon draußen und rannte über die Straße zu ihrem Wagen. Sie öffnete die Tür und stieg ein. In diesem Moment raste ein Auto an ihr vorbei. Fast hätte es sie erwischt.

Anna war schlecht, und ihr Herz schlug hart und schnell gegen ihre Rippen. Sie kauerte sich in ihrem Sitz zusammen, um sich so gut es ging unsichtbar zu machen, versuchte, gleichmäßig tief ein- und auszuatmen.

Allmählich wurde sie etwas ruhiger.

Sie steckte gerade den Zündschlüssel ins Schloss und wollte losfahren, da bemerkte sie, dass ihre Hand am Ballen aufgeschlitzt war und immer noch blutete. Ihr Rock hatte einiges abbekommen. Sie suchte in der Handtasche nach einem Papiertuch, fand eines und drückte es auf die Wunde.

Sie wartete, bis die Blutung gestillt war, und schaute nervös aus dem Fenster. Andreas war nicht zu sehen, nur dieser widerliche Mann stand wieder vor dem Imbiss und sah zu ihr herüber.

Als sie losfuhr, sah sie mit einem Blick in den Rückspiegel, dass er auf den Gehweg getreten war und ihrem Wagen hinterherschaute.

4

Er schaute dem Wagen hinterher, bis er an der nächsten Kreuzung abbog und verschwunden war.

Er hatte diese Frau schon einmal gesehen. Groß und schlank, wie sie war, mit blondem Haar, das ihr bis über den Rücken fiel, war sie ein echter Blickfang.

Langsam lief er zum Haus Nummer sieben. Irgendein Idiot hatte sein Klingelschild mit Kaugummi beklebt. »Cordes Investigations«. Das war aber auch nicht mehr wichtig, in zwei Monaten müsste er hier raus, wusste nicht, wohin. Sein Büro befand sich in der zweiten Etage, und er schnaufte heftig, als er dort ankam. Sein Refugium bestand aus einem düsteren Zimmer, in dem er arbeitete und auch schlief. Er setzte sich aufs ungemachte Bett, öffnete den kleinen Kühlschrank, der ihm auch als Nachttisch diente, und griff sich eine Dose Bier.

Er stand wieder auf und ging ans Fenster. Direkt gegenüber hatte diese Frau vorhin geparkt. *Der Wagen …*

Ein weißer A6, der ihm gleich aufgefallen war. Ein sehr teurer Wagen.

Und auf einmal wusste er, wer diese Frau war: Anna Ackermann, die Frau seines Auftraggebers …

An diesem Auftrag war ihm von Anfang an etwas faul vorgekommen. Ackermann wollte alles über Tamara Deile wissen. Bis ins Detail. Unwichtige Dinge. Mit der Zeit hatte er sich gefragt, was er von dieser Frau *wollte*. Denn Tamara Deile schien in keiner Verbindung zu Ackermann zu stehen, nie hatte er die beiden zusammen gesehen, auch seine Recherche hatte nichts zutage gefördert, was ihn an ihr so brennend interessieren könnte. Mein Gott, er war sogar in ihr Atelier eingebrochen, nur um irgendetwas zu finden, von dem er noch nicht einmal wusste, was genau das sein sollte. Hatte sie unnötig aufgeschreckt, nur damit endlich etwas *passierte*. Dann war er dazu übergegangen, Ackermann zu beobachten. Was er aber bald wieder aufgegeben hatte. Er war einige Male bei einem Internisten gewesen, vielleicht war er krank, er sah zumindest so aus. Ansonsten war er in seiner Kanzlei oder vor Gericht. Manchmal auch bei einer Sitzung des Stadtrats. Bei jedem weiteren Treffen schien er abgekämpfter, unzufriedener. Blätterte die Fotos eilig durch, erkundigte sich nach Tamaras Tagesablauf, bezahlte ihn und vereinbarte das nächste Treffen.

Und jetzt war *seine Frau* hier aufgetaucht …

In diesem Augenblick fiel ihm ein, wo er sie schon einmal gesehen hatte: genau vor Tamara Deiles Atelier!

Das war kein Zufall. Konnte es sein, dass Anna Ackermann ihrem eigenen Mann hinterherschnüffelte? Es sah ganz so aus. *Aber warum?* Dass Ackermann keine Affäre mit dieser Künstlerin hatte, war klar. Auch, dass es in den letzten fünf Jahren keinen Kontakt zwischen ihnen gegeben hatte. Das hatte er recherchiert, da war er sich sicher. Aber vielleicht lag das, was Ackermann mit Tamara Deile verband, auch weiter zurück? Cordes beschloss, noch etwas genauer hinzuschauen. Er war sich sicher, dass es etwas geben *musste.* Wenn seine Vermutung zutraf, wenn er sich auf sein *Gefühl* verlassen konnte, war das vielleicht wirklich etwas, aus dem sich Profit machen ließ …

5

Anna fand sich in der Garage wieder, ohne zu wissen, wie sie dort hingekommen war. Sie erinnerte sich, dass sie eine rote Ampel überfahren hatte, ein Fahrradfahrer konnte gerade noch ausweichen und schickte ihr wüste Beschimpfungen hinterher. Auch jetzt musste sie sich beeilen. Das Garagentor schloss sich hinter ihr, vorsichtig betrat sie die Eingangshalle, lauschte, aber Christine schien schon gegangen zu sein. Sie schreckte auf, als sie meinte, Schritte von oben zu hören, stand wie erstarrt. Sie rief Andreas' Namen. Lauschte wieder, aber nur das Ticken der Standuhr antwortete.

Sie musste ihre Kleider loswerden, bevor er kam. Wenn sie nach Rauch roch und zudem noch blutverschmiert war, würde er Fragen stellen. Nachdem sie geduscht und gründlich ihre Haare gewaschen hatte, warf sie die dreckigen Kleider in einen Wäschesack. Die Kellertür schlug mit einem dumpfen Schlag gegen die Betonwand, eilig lief sie die steile Treppe hinunter und stopfte alles in die Waschmaschine.

Die Trommel begann sich zu drehen und alle Spuren ihres Ausfluges wegzuwaschen.

Immer noch lag Brandgeruch in der Luft. Sie warf einen Blick in Andreas' Büro, um sich den Schaden anzusehen. Hier war der Geruch beißend, schnell zog sie die Vorhänge zurück und öffnete das Flügelfenster. Direkt neben der Tür war die Seidentapete schwarz und der Teppichboden darunter versengt.

Christine hatte recht gehabt, wie gut, dass das nicht nachts passiert war, während sie schliefen.

Sie schloss die Tür hinter sich, blieb in der Eingangshalle stehen, wandte sich Richtung Küche, drehte sich wieder um und schaute zur Galerie hinauf. War da etwas vorbeigehuscht? Ein Schatten? Eine feine Gänsehaut breitete sich über ihren Körper aus. Auf einmal schien es kälter zu werden.

Das Mädchen …

Sie hatte irgendwas gesagt. *Bleib stehen! Dreh dich um!* Oder etwas Ähnliches. Anna lachte nervös auf. Das war nur ein Traum, sie sollte ihm keine Bedeutung beimessen. Sie war unausgeschlafen, überreizt. Das war alles.

Trotzdem war sie froh, als sie die Wohnzimmertür hinter sich schloss. Hatte sie sich vor wenigen Minuten noch vor Andreas' Ankunft gefürchtet, so wünschte sie sich jetzt nichts sehnlicher, als dass er endlich nach Hause käme. Alles sollte wieder *normal* sein. Sie wollte seine Nähe spüren.

Nicht mehr allein in diesem großen, grässlichen Haus, in dem es viel zu viele leere Räume, Treppen und Flure gab. Ritzen und undichte Fenster, die Zugluft Einlass gewährten, die Türen, Dielen und Wände zum Knarren brachte …

Beim Blick auf die Terrasse sah sie, dass der große Baum beseitigt worden war. Aber es sah immer noch wüst aus, und eine Seite der Poolwand war beschädigt. Erst der Pool und dann auch noch der Brand im Büro, hoffentlich würde Andreas sich nicht zu sehr darüber aufregen. Sie würde ihm seinen Lieblingswein aus dem Keller holen, mit Andreas über irgendetwas Belangloses reden, nicht mehr an diesen seltsamen Mann und diese Spielhalle denken. Nur für einen Abend all das vergessen.

Mein Gott, was hatte sie eigentlich in der Hand? Lediglich vage Vermutungen. Sie musste überlegter vorgehen, nicht überstürzt handeln und noch einmal über alles nachdenken.

Zur Ruhe kommen.

Die Klinke der Tür zur Kellertreppe lag kalt in ihrer Hand. Wieder war ihr, als huschte etwas nur knapp an ihr vorbei. Sie zögerte und öffnete dann die Tür.

Langsam stieg Anna die gewundene Treppe hinunter, von unten war nichts zu hören, anscheinend war die Wäsche schon fertig. Sie warf sie in den Trockner, lief durch den langen Flur und öffnete die Tür, hinter der sich die steilere Treppe zum darunterliegenden Keller befand. Das Licht flackerte.

Wahrscheinlich hatte der Sturm eine elektrische Leitung beschädigt. Anna beeilte sich. Wenn das Licht ganz ausginge, würde sie in kompletter Dunkelheit stehen. Wieder kam ihr der Schatten in den Sinn, den sie aus dem Augenwinkel gesehen hatte, und ihr Herzschlag beschleunigte sich. Rasch eilte sie durch den niedrigen Gang, öffnete die schwere Tür zum Weinkeller und machte das Licht an. Gelblich schwach erleuchtete es das Gewölbe. Es roch nach kalter Erde und Schimmel.

Direkt hinter der Tür befand sich eine weitere kurze Treppe. Andreas hatte ihr erzählt, dass dieser Teil des Kellers im Krieg als Luftschutzbunker gedient hatte. Die Vorstellung, dass hier unten vor vielen Jahren Menschen gesessen hatten, während sie Angst hatten, dass das Haus über ihnen zu Schutt und Asche zerbombt wurde, ließ Anna frösteln.

Sie lief zur hinteren Wand, die von einem Weinregal bedeckt wurde, und suchte einen Château Lafite aus, den Andreas besonders gern trank. Wieder flackerte das Licht, und sie spürte einen kühlen Luftzug; im selben Moment hörte sie hinter sich ein leises Quietschen, und die Tür fiel zu.

Das Licht flackerte stärker und ging ganz aus.

Jetzt war es stockdunkel.

Anna bekam Gänsehaut.

Bis zur Treppe waren es nur ein paar Schritte. Langsam tastete sie sich vor, bis sie mit dem Fuß gegen etwas Festes stieß. Das musste die erste Stufe sein.

In diesem Augenblick hörte sie etwas. *Genau hinter sich.*

Ein sanftes Scharren.

Anna stolperte die Treppe hoch, fand den Griff, riss die Tür auf und stürzte hindurch. Sofort schlug sie sie fest zu und ließ den Griff einrasten. Kurz stand sie wieder im Dunkeln, dann ging das Licht an.

Ihr Herz raste.

Was war das für ein Geräusch gewesen?

Sie vergewisserte sich, dass die Tür wirklich fest verschlossen war.

Dann lauschte sie.

Es war nichts zu hören. Anna strich sich die Haare hinters Ohr, drückte sich gegen das kalte Metall der Tür.

Ihr Herz schlug immer noch heftig. Zuerst hörte sie nur das Rauschen ihres eigenen Blutes.

Da war es wieder.

Ein Kratzen oder Scharren.

Gedämpft, aber doch deutlich zu hören.

Direkt hinter der Tür!

Ihr erster Impuls war, den Gang zurückzurennen. Nein, sie musste wissen, was da war. Die Tür war zu, was immer sich dort drin befand, konnte ihr nichts anhaben. Wieder legte sie ihr Ohr ans kalte Metall der Tür, hielt den Atem an und horchte konzentriert.

Wieder dieses Kratzen. Ihr Herz machte einen Satz, ihre Kehle schnürte sich zusammen. Ohne es zu wollen, drehte sie um und lief eilig den Gang entlang, blickte über ihre Schulter. Fast hatte sie Angst, etwas könne sie packen. Gerade als sie die Treppe erreichte, den steilen Gang vor sich sah, nur noch hinaufrennen musste, hörte sie es: ein klägliches Miauen. Mitten in der Bewegung hielt sie inne, drehte sich mit einem Ruck um.

Eine Katze!

Irgendwie musste sie dort eingeschlossen worden sein. Wie war dieses Tier nur in den Keller gekommen? Vielleicht als Andreas gestern Abend Wein für die Gäste geholt hatte …

Nur langsam beruhigte sich ihr rascher Herzschlag. Immer noch zitterten ihre Hände, aber sie fühlte eine unglaubliche Erleichterung, die sie unwillkürlich auflachen ließ.

Nur eine Katze.

Anna bewegte den Griff und öffnete vorsichtig die Tür.

Die Katze, die sie oben am Fenster gesehen hatte. Aber jetzt war sie struppig und abgemagert. Anscheinend hatte sie keine Angst, denn sie schaute Anna ruhig aus zwei großen grünen Augen an.

Anna ging in die Hocke und streckte ihre Hand aus. Sofort kam die Katze, und Anna nahm sie auf den Arm.

Sie trug sie nach oben und gab ihr in der Küche etwas Wasser zu trinken. Im Kühlschrank war noch ein Stück Hühnchen.

Die Katze schnupperte erst daran, dann fraß sie es auf.

Anna hatte es sich auf dem Sofa gemütlich gemacht. Die Katze rollte sich neben ihr zusammen und schnurrte zufrieden. Die tiefe Stille im Haus und das Schnurren der Katze ließen Anna den Tag vergessen, ihre Befürchtungen zu einem unwirklichen Bild verblassen, sie schläfrig werden.

Annas sechster Geburtstag, sie wartet vor dem Zimmer. Sie ist so aufgeregt und glücklich, sie wird eine Katze bekommen! Eine eigene Katze. Sie weiß auch schon, wie sie heißen wird: Muriel, ihre Muriel!

Ist Muriel in diesem Paket? Aber wie soll sie darin Luft bekommen? Mit zitternden Fingern reißt sie das rote Papier herunter und erstarrt. Ein bunter Karton. Eine Babypuppe ist darauf abgebildet.

Sie rennt in ihr Zimmer, schlägt die Tür hinter sich zu und kauert sich auf den Boden.

Tränen brennen in ihren Augen.

Die Stimme ihrer Mutter dringt durch die schwere Tür zu ihr:

»Schau dir die Puppe doch wenigstens an, sie wird dir gefallen!«

Sie will keine Puppe!

»Wo ist meine Katze?«

»Schatz, Karin kann sich nicht noch zusätzlich um eine Katze kümmern, wenn wir weg sind …«

Das Knirschen des Kieses auf der Einfahrt kündigte Andreas an, Anna schreckte aus ihren Gedanken, stand auf und lief ihm entgegen. Er nahm sie in den Arm und küsste sie.

»Christian hat mich angerufen. Tut mir leid, dass mein Handy aus war. Der Akku war leer. Wie geht's deinem Kopf, Kleines?«

So entspannt hatte er schon lange nicht mehr gewirkt. Sie sagte ihm, dass es ihrem Kopf schon wieder besser ginge. Dann schmiegte sie sich dicht an ihn und genoss einen Moment seine Nähe. Endlich war er da. Es würde ein schöner Abend werden.

Als Andreas ins Wohnzimmer kam, sprang die Katze auf, streckte sich ausgiebig, lief mit erhobenem Schwanz auf Andreas zu und strich ihm um die Beine. Er runzelte die Stirn. »Woher kommt diese Katze?«, sagte er mit einem deutlichen Anflug von Gereiztheit und schob das Tier mit seinem Fuß unsanft zur Seite. Mit einem Satz sprang die Katze auf das Sofa.

»Sie war im Weinkeller eingesperrt. Bitte, darf ich sie behalten?«

Ohne das Tier weiter zu beachten, erwiderte Andreas: »Wenn es sein muss. Aber die kommt uns nicht ins Schlafzimmer, verstanden?«

Anna war so erleichtert, dass ihr Tränen in die Augen traten. Sie war selbst überrascht, wie sehr sie sich darüber freute.

Andreas hatte ihre Tränen nicht bemerkt, wandte sich dem Garten zu und schüttelte den Kopf.

Schnell wischte sie die Tränen mit dem Handrücken ab und führte Andreas zum Tisch.

Mit einem Seufzen setzte sich Andreas. Seine Miene hellte sich auf, als Anna ihm Wein eingoss.

»Ich war in letzter Zeit ziemlich beschäftigt. Ich hatte da einen schwierigen Fall …«

Er legte die Serviette akkurat neben seinen Teller, strich sie glatt und blickte Anna an.

»Aber das ist jetzt erst mal vorbei. Was hältst du davon, wenn wir uns irgendwo etwas Erholung gönnen? Ich hatte an einen Kurzurlaub gedacht. Was meinst du? Nur wir beide.«

In diesem Moment sprang die Katze auf den Tisch, Andreas' Weinglas kippte und ergoss seinen Inhalt über die weiße Tischdecke.

»Verdammt!« Andreas sprang vom Stuhl auf, hob die Hand und wollte die Katze schlagen.

Anna schrie auf, und abrupt stoppte er seine Bewegung.

»Wenn du dieses Tier hier unbedingt behalten willst, dann sorge dafür, dass es nie wieder auf den Tisch springt!«

Mit einer Handbewegung wischte er sein Weinglas vom Tisch, klirrend zerschellte es auf dem Boden. Er verließ das Wohnzimmer, eilte durch die Halle, und Anna hörte, wie die Tür zu seinem Büro zugeknallt wurde.

Die Katze saß kerzengerade auf dem Tischtuch und schnurrte.

6

Es war geschafft. Die obere weiße Hälfte glänzte seidig. Sie schien von innen heraus zu leuchten, ein sanfter Schimmer lag über ihr. Keine Unebenheit hatte Tamara sich erlaubt, klar und rein sollte diese Fläche sein. Das Rot der unteren Bildhälfte hatte sie großzügig aufgetragen, ihm eine Struktur gegeben, die bald zu einer rauen Landschaft aus winzigen Zacken und Erhebungen erstarren würde.

Die feuchte Farbe brannte im Licht der Abendsonne, die die Leinwand tastend erkundete, schien durch den Raum nach ihr zu greifen, an ihr zu ziehen, und sie spürte deutlich, welche Kraft von ihr ausging. Einen Moment noch stand sie mitten im Raum, atmete tief ein und aus und versuchte, diese Kraft in sich aufzunehmen. Atmete das Rot, bis es durch ihren Körper flutete und sie ganz erfüllte.

Sie ging zur Spüle und öffnete einen der Unterschränke. Dort hatte sie für diesen Augenblick eine Flasche Sekt deponiert. Sie war nicht gekühlt, aber das war egal.

Es ploppte leise, und der feine Nebel, der aus dem Flaschenhals waberte, erinnerte Tamara nicht zum ersten Mal an den Pulverdampf einer gerade abgefeuerten Pistole.

»Auf mich!«

Sie setzte die Flasche an den Mund und trank einen großen Schluck. Dann ging sie zu der alten, farbfleckigen Anlage und legte eine ihrer Lieblings-CDs ein.

Sie drehte am Lautstärkeregler, bis die dumpfen Bässe, begleitet von der rauen Stimme der Sängerin, das Atelier füllten, zündete sich eine Zigarette an, hob die Sektflasche an die Lippen.

Mit der Flasche in der einen und der Zigarette in der anderen Hand tanzte sie durchs Atelier. Sie hatte nicht vor, mit dem Trinken aufzuhören. Keine halben Sachen mehr, dachte sie, schon leicht beschwipst. Ihr Mut, allem, was da noch kommen sollte, entgegenzutreten, wurde mit jedem Schluck größer.

Sie würde kämpfen. Sie hatte diesen Kampf jahrelang aufgeschoben, hatte sich nicht stellen wollen. Doch nun war der Punkt erreicht, an dem es kein Zurück mehr gab. Wenn sie es jetzt nicht schaffte, würde sie es nie schaffen. Ja, sie würde kämpfen und diesen Kampf auch *gewinnen*. Die rote Fläche schien zu pulsieren, zog ihren Blick immer wieder an, bis sie alles auszufüllen schien. *Eine Welt in Rot.* Tamara blieb stehen, warf den Kopf in den Nacken, drehte sich so lange im Kreis, bis ihr schwindelig wurde, und lachte. Sie würde ihre Welt *rot* malen, nur noch diese eine Farbe gelten lassen. Diese Farbe, neben der keine andere bestehen konnte. *Rot wie Liebe, rot wie Feuer, rot wie Blut und wie Hass.*

Als Paul kam, dämmerte es bereits. Tamara hatte den ganzen Sekt getrunken, saß an die Wand gelehnt und starrte das Bild an. Das schwächer werdende Licht ließ das Rot dunkler erscheinen, fast schwarz. Taumelnd stand Tamara auf.

»Das Bild! Schau dir dieses Rot an, Schatz!«

Er musste sie stützen, sonst wäre sie die Treppe hinuntergefallen. Zu Hause angekommen, legte er sie sanft aufs Bett. Alles drehte sich. In Tamaras Kopf herrschte ein Durcheinander von Bildern und Eindrücken. Als sie die Augen aufschlug, sah sie Paul, der am Rand des Bettes saß und sie ansah. Er drückte ihre Hand so fest, dass es schmerzhaft gewesen wäre, hätte sie nicht so viel Alkohol getrunken. Paul hatte Tränen in den Augen. Sie wollte ihm sagen, dass alles wieder gut würde, besser, als es je gewesen war. Sie würden glücklich sein, vielleicht endlich Kinder haben. Kinder, die er sich so sehr wünschte und die sie nie bekommen hatte, weil ihre Furcht alles andere in ihr aufgefressen hatte … Aber sie brachte die Worte nicht mehr heraus.

Die Müdigkeit legte sich wie ein Bleischurz über sie, drückte sie nach unten, immer tiefer.

Am nächsten Tag erwachte Tamara mit einem schweren Kopf. Der Sekt gestern … Ihr Magen rebellierte, sie versuchte, sich aufzusetzen, aber dabei wurde ihr so übel, dass sie das Gefühl hatte, sich übergeben zu müssen. Als ihr Handy auf dem Fußboden neben ihrem Bett klingelte, tastete sie mit der Hand danach und schaute auf das Display. Tante Marga ... Sie ließ ihre Hand sinken.

Verdammt!

Wie hatte sie das nur vergessen können? Wie jedes Jahr würde Tante Marga sie heute abholen. Es war der Todestag ihrer Eltern ...

Der Tag, an dem sie aus dem Unterricht geholt wurde, der Schuldirektor sie in sein Büro führte und ihr sagte, ihre Eltern hätten einen Unfall gehabt. Wie sie sich bis zuletzt an den Gedanken klammerte, dass es ein Irrtum wäre, nur ein schrecklicher Irrtum sein *konnte*. Und dann die Gewissheit, die ihr wie eine Faust ins Gesicht geschlagen wurde: Deine Eltern sind tot.

Dein Vater war schuld, betrunken am Steuer ...

Sie ließ das Handy sinken. Es hörte auf zu klingeln. Sie würde später zurückrufen.

Tamara ging in die Küche und öffnete den Kühlschrank, nahm sich eine Packung Orangensaft und trank gierig die Hälfte, bevor sie mit dem Rest zwei Aspirin runterspülte.

Nachdem sie ausgiebig und sehr heiß geduscht hatte, fühlte sie sich etwas besser und nahm sich das Telefon, um Tante Marga zurückzurufen. Sie meldete sich sofort, und Tamara hörte, dass sie schon unterwegs war. In einer Stunde würde sie sie abholen.

Sie sahen sich nur noch selten, da Tante Marga zwei Autostunden entfernt in Frankfurt lebte. Aber der Todestag ihrer Eltern war ein fester Termin zwischen ihnen. Tante Marga würde sie abholen, und gemeinsam würden sie weiter nach Bad Rappenau fahren. Der Stadt ihrer Kindheit. Tamara zog sich einen schwarzen Hosenanzug an und setzte sich in die Küche. Die Aspirin hatten den Schmerz in ihrem Kopf zum Verstummen gebracht. Der Kaffee war fertig, und sie beschloss trotz guter Vorsätze, auf den Balkon zu gehen, um eine Zigarette zu rauchen. Es nieselte, und der Himmel zeigte sich grau in grau. Deprimierend.

Tamara fror und ging zurück in die Küche.

Das trübe Wetter schien die Atmosphäre in der ansonsten so gemütlichen Wohnung zu verändern. Das glatte Holz des Tisches spiegelte kaltes Licht, und das stete Summen des Kühlschranks hörte sich an wie Wind. Trostlos, dachte Tamara und rührte in dem kalt gewordenen Kaffee.

Einerseits freute sie sich darauf, Tante Marga wiederzusehen, aber sie fürchtete sich auch davor, das Grab zu besuchen und durch die Straßen ihrer Kindheit zu fahren. Alles wiederzusehen. Dieser Termin stellte jedes Jahr eine Zäsur dar. Ein kurzes Innehalten. Die Zeit wie eingefroren. Zurück in eine Vergangenheit, die für immer unerreichbar wäre. Ihre Heimatstadt. So vertraut und doch fremd geworden.

Als sie ein Hupen hörte, schreckte sie hoch. Rasch nahm Tamara ihre Handtasche und verließ die Wohnung.

Der Wagen ihrer Tante stand quer auf dem Gehweg, das Fenster der Fahrerseite war heruntergekurbelt.

»Hallo, Tamara, los, rein mit dir, ich bin spät.«

Tante Margas naturblondes Haar war seit dem letzten Mal, als sie sich gesehen hatten, sichtlich ergraut, und die feinen Fältchen um die Augen waren tiefer geworden. Tamara war erst sechzehn Jahre alt, als ihre Eltern starben, und für Tante Marga, die jüngere Schwester ihres Vaters, war es selbstverständlich gewesen, sie zu sich zu nehmen. Es war für beide eine schwere Zeit. Tante Marga war alleinstehend. Aber nach und nach waren sie zu einer Art Familie zusammengewachsen, wenn man das so bezeichnen konnte. Tante Marga hatte versucht, Tamara ein normales Leben zu ermöglichen, und hatte sie später in ihrem Wunsch, Kunst zu studieren, voll unterstützt. Die Trennung, als Tamara fürs Studium nach Berlin zog, war beiden sehr schwergefallen.

Tamara setzte sich auf den Beifahrersitz, und Tante Marga nahm sie in den Arm. Tamara roch den vertrauten Duft ihres Eau de Toilette und erwiderte die stürmische Umarmung. Tante Marga legte den Gang ein und fuhr mit einem Ruck an.

»Kind, du siehst nicht gut aus! Entschuldige, dass ich so direkt bin, aber du kennst mich ja. Gibt es was, was du mir erzählen willst?«

Tamara zuckte mit den Schultern.

»Nein, es ist gar nichts. Ich bin nur ständig im Atelier und schlafe zu wenig. Wenn die Vernissage vorbei ist, wird das schon wieder …«

Als sie die letzten Häuser der Stadt hinter sich gelassen hatten und sich auf der Autobahn befanden, legte Tante Marga eine CD ein. Tamara lehnte sich in ihrem Sitz zurück und betrachtete den tristen Autobahnwald, der an ihnen vorbeizog. Langsam fielen ihre Augen zu, und sie erwachte erst wieder, als sie ihr Ziel erreicht hatten.

Sie standen auf dem Parkplatz vor den Mauern des alten Friedhofes, und Tamara brauchte eine Weile, um zu sich zu kommen. Sie stieg aus, und das Zuschlagen der Autotür brachte sie mit seinem harten Klang zurück ins Hier und Jetzt.

Da war sie also wieder.

Tante Marga kaufte ein paar frische Blumen in einem Laden direkt neben dem Parkplatz. Während Tamara auf sie wartete, fing es wieder an zu nieseln. Eine graue Katze, die auf der Friedhofsmauer gesessen hatte, sprang hinunter und verschwand zwischen den geparkten Autos.

Tante Marga kam aus dem Blumenladen zurück, und gemeinsam betraten sie den Friedhof. Eine schwarz gekleidete alte Frau harkte den Kiesweg. Auf einigen Gräbern brannten rot ewige Lichter.

Das Grab lag auf dem neueren Teil des Friedhofs, und sie mussten eine Weile laufen, bis sie es erreicht hatten.

Es sah ungepflegt aus, und schweigend begannen sie, es von Unkraut und dornigem Gestrüpp zu befreien.

Tamara spürte, wie die feuchte Kälte des Erdbodens langsam durch den Stoff ihrer Hose drang. Ihr war bewusst, dass sie nur eine Schicht schwarzer Erde von dem trennte, was von ihren Eltern übrig geblieben war.

Als sie fertig war, wischte sie sich die erdigen Hände an einem Taschentuch ab und stand auf.

Tante Marga kniete mit gesenktem Kopf vor dem Grab. Sie würde als Erste zurück zum Wagen gehen, um Tamara noch etwas Zeit zu lassen, dort allein zu verweilen. So hatten sie es sich über die Jahre angewöhnt.

Als Tante Marga gegangen war, setzte sich Tamara auf eine Bank, dem Grab direkt gegenüber. Sie stützte ihre Ellenbogen auf die Knie und den Kopf in die Hände. Hier, auf dem Friedhof, fühlte sie sich ihren Eltern tatsächlich sehr nahe.

In ihrer Vorstellung erhoben sich ihre Eltern aus dem dunklen Boden, bis sie durchsichtig wie Schemen zwischen den frisch eingepflanzten Blumen standen. Fast konnte sie sie vor sich sehen. Ihre Mutter, mit den braunen Locken, die ihr rundes, fröhliches Gesicht umarmten, in ihrem blauen Kleid. Ihren Vater, eine stattliche Erscheinung in seinem Malkittel, als wäre er direkt aus seinem Atelier hierhergekommen … In Gedanken berichtete sie ihren Eltern, wie es ihr ging, was sie im letzten Jahr erreicht hatte.

Nicht einmal in diesen innigen Zwiesprachen hatte sie ihnen verraten, wer sie damals gefangen gehalten hatte.

Tamara wollte gerade aufstehen, als sie in den Pflanzen neben dem Grabstein eine Bewegung ausmachte.

Die Katze, die sie vorhin auf dem Parkplatz gesehen hatte, lief mit erhobenem Schwanz auf die Bank zu und strich um Tamaras Beine. Tamara streckte ihr die Hand entgegen, und die Katze rieb sich an ihr. Dann leckte sie ihr über den frischen Schnitt am Unterarm. In einem Reflex zog Tamara ihre Hand weg. Die Katze schreckte kurz zurück, sprang dann aber auf Tamaras Schoß, rollte sich zusammen und begann zu schnurren.

Tamara betrachtete das Tier genauer, und einen Moment hatte sie den Eindruck, als erkenne sie die Zeichnung des Felles wieder. Der helle Fleck hinter dem rechten Ohr …

Die Kellerkatze.

Sie wischte diesen unsinnigen Gedanken weg und stand auf.

Die Katze war zu Boden gesprungen und schaute Tamara aus unergründlichen Augen an, kaum konnte sich Tamara von diesem Blick lösen.

Und mit einem Mal hatte sie das Gefühl, als müsse sie ihren Eltern endlich, nach all den Jahren, die Wahrheit sagen.

Nach der ersten großen Erleichterung, sie äußerlich wohlbehalten zurückzuhaben, hatten ihre Eltern vergebens versucht zu erfahren, wo sie gewesen war. Tamara saß nur still da und sagte nichts. Sie wollte alles erzählen, in ihr schrie es geradezu, die Worte wollten heraus. Aber jedes Mal, wenn sie das schreckliche Geheimnis preisgeben wollte, kam wieder all das Grauen in ihr hoch. Und je länger sie geschwiegen hatte, umso unmöglicher wurde es ihr, ihren Eltern die Wahrheit zu erzählen. Ihr Schweigen hatte sich wie ein Leichentuch über ihre Eltern gelegt. Hatte ihre Heiterkeit durch Gedanken verdrängt, die sich sinnlos im Kreis drehten, die ihren Vater dazu brachten, zur Flasche zu greifen, und ihrer Mutter das Lachen nahmen. Ihr Schweigen hatte sie erstickt. Hätte sie damals nur die Wahrheit gesagt, vielleicht wäre alles anders gekommen … Es wäre so einfach, und sie war es ihnen schuldig.

Tamara stand nun direkt vor dem Grab. Sie kniete sich hin und flüsterte: »Jo, es war Jo …«

Als sie aufblickte, sah sie die Katze im Gebüsch verschwinden.

7

Vor dem Schlafengehen hatte Anna die Katze zurück in den Weinkeller gebracht. Außer den Weinflaschen war dort nichts, was das Tier hätte beschädigen können. Aus der Garage hatte Anna einen flachen Pappkarton geholt und ihn mit Blumentopferde gefüllt. Sie hoffte, die Katze würde darin ihre Notdurft verrichten. Falls nicht, wäre es auch nicht schlimm, da der Boden des Weinkellers aus Lehm bestand. Außerdem hatte sie ihr etwas Wasser und einen Rest des Steaks vom Abendessen gegeben. Die Katze hatte sich gewehrt, als sie bemerkte, dass sie eingesperrt werden sollte. Als Anna den Flur zurück zur Kellertreppe lief, hatte sie ihr klägliches Schreien gehört.

Aber gleich morgen früh wollte Anna einkaufen und alles besorgen, was die Katze benötigte, um sich bei ihr wohlzufühlen.

Als sie morgens kurz nach der Katze schaute, ihr Futter und frisches Wasser brachte, wäre sie fast entwischt. Aber Anna packte das Tier am Nackenfell und warf es unsanfter als beabsichtigt zurück in den dunklen Raum und schloss eilig die Tür.

Einige Stunden später kam sie voll bepackt mit den verschiedensten Dingen vom Einkaufen zurück. Sie hatte an alles gedacht. Zuallererst einige Säcke Katzenstreu und die dazugehörigen Plastikschalen. Die würde sie in den Stockwerken des Hauses verteilen. Zwei Kratzbäume. Sie waren natürlich ein grober Stilbruch in dem ansonsten geschmackvoll und teuer eingerichteten Haus. Anna hoffte, Andreas würde verstehen, dass sie nichtsdestotrotz nötig waren. Daneben allerlei Spielzeug und auch zwei Terrakottaschalen, in denen sogenanntes Katzengras wuchs. Die Verkäuferin hatte sie davon überzeugt, dass das absolut notwendig wäre. Und, last but not least, drei Paletten des besten Futters.

Sofort machte sich Anna an die Arbeit, um alles vorzubereiten.

Als sie fertig war, lief sie aufgeregt in den Keller.

Sie hatte wirklich an alles gedacht, die Katze sollte sich bei ihr wohlfühlen. *Sie würde sich wohlfühlen.*

Als Anna die schwere Tür öffnete, kam das Tier sofort heraus. Anscheinend hatte es hinter der Tür gesessen und auf sie gewartet. Maunzend strich es ihr um die Beine, doch als Anna die Katze hochnehmen wollte, fauchte sie und zerkratzte Annas Arm. Anna fluchte.

»Wir werden uns schon noch anfreunden«, sagte Anna und schluckte ihren Zorn herunter.

Die Kratzer auf ihrem Arm brannten, und sie desinfizierte sie rasch. Man konnte nicht wissen, in welchem Dreck sich das verwahrloste Tier herumgetrieben hatte.

Anstatt ihr ins Bad zu folgen, lief die Katze zur Haustür und setzte sich dort.

Als Anna aus dem Gästebad kam, fing sie gerade an, mit der Pfote am Holz der Tür zu scharren. Die Katze wollte hinaus. Doch das ging nicht. Anna war sich sicher, dass sie nicht wiederkommen würde, würde sie ihr jetzt die Tür öffnen. Aber wenn sie erst bemerkte, wie gut es ihr hier ging, würde sie sicher gern bleiben.

Anna lockte sie mit etwas Futter. Doch die Katze schnupperte nur daran, um sich dann wieder vor die Tür zu setzen.

So platzierte Anna das Futter in der Nähe der Wohnzimmertür und setzte sich dort aufs Sofa. Sie musste der Katze Zeit lassen. Sie würde sich schon noch daran gewöhnen, hier zu sein.

Nach einer Weile kam die Katze ins Wohnzimmer und schaute sich dort um. Strich an den Wänden entlang, beschnupperte den Teppich, lief mit hoch erhobenem Schwanz über den Kaminsims. Schließlich setzte sie sich vor die Terrassentür und beobachtete zwei Spatzen, die davor herumhüpften.

Ihr Schwanz zuckte nervös hin und her.

Anna saß still auf dem Sofa, drehte eine Strähne ihres Haars zwischen den Fingern und betrachtete die Katze.

Es war schön, sie hier zu haben.

Anna hatte es sich mit einer Zeitschrift gemütlich gemacht. Die Katze hatte es wohl fürs Erste aufgegeben, nach draußen zu gelangen, und sich auf ihrem Schoß zusammengerollt.

Anna legte die Zeitschrift zur Seite und kraulte die Katze.

Ein schönes Tier, hinter dem rechten Ohr hatte das graue Fell eine hellere Färbung.

Anna schreckte auf, als sie hörte, dass Andreas' Wagen in die Einfahrt einbog. Normalerweise flossen die Stunden, die sie allein zu Hause verbrachte, zähflüssig wie Sirup dahin. Heute war das anders gewesen.

Rasch stand sie auf, um Andreas zu begrüßen. Die Katze folgte ihr.

Andreas kam herein und küsste sie flüchtig, bevor er sein Jackett an die Garderobe hängte und ohne sie weiter zu beachten hinaufging, um zu duschen.

Nach dem Abendessen setzten sich Andreas und Anna auf die Terrasse. Andreas hatte beiden einen Whisky gebracht. Mit einem Schluck trank er seinen aus und lehnte sich in seinem Sessel zurück. Die tief stehende Abendsonne schien durch das dichte Blätterwerk einer alten Eiche am Rand des Gartens, und die bernsteinfarbene Flüssigkeit in Annas Glas schien von innen heraus zu leuchten.

Andreas seufzte und trank einen weiteren Whisky, dann griff er unter dem Tisch nach Annas Hand und drückte sie. Anna bemerkte, wie müde und abgeschlagen seine Haltung war. Ohne sie anzuschauen, den Blick irgendwo in die Ferne gerichtet, fragte er: »Anna … bist du glücklich mit mir?«

Anna zuckte zusammen.

Ja, natürlich war sie glücklich, sie hatte doch alles. Wie sollte sie nicht glücklich sein?

Aus dem Augenwinkel sah sie die Katze, die hinter dem Glas der Terrassentür saß.

»Ja, Andreas. Natürlich bin ich glücklich. Es geht mir gut.«

Mit einem Kopfnicken deutete Andreas auf die Katze, die ihr Maul zu einem unhörbaren Schrei geöffnet hatte.

»Willst du sie nicht rauslassen?«

»Nein. Sonst läuft sie davon …«

Andreas erwiderte nichts.

Er trank den Rest seines Whiskys aus und stand auf. Die Hände in den Hosentaschen, blieb er stehen. Sein Gesicht war von den letzten Strahlen der untergehenden Sonne in ein rotes Licht getaucht, er wandte sich zu Anna und reichte ihr die Hand, zog sie zu sich und legte seinen Arm um sie. Anna lehnte sich an seine Schulter. Gemeinsam standen sie so, bis die Sonne hinter der alten Eiche verschwunden war.

8

Anna war früh ins Bett gegangen. Andreas hatte sich zu ihr gelegt, doch Schlaf hatte sich nicht einstellen wollen. In seinem Kopf kreisten Gedanken, immer wieder tauchte dort Anna auf. Anna, wie sie einsam in diesem Dornröschenschloss umherwandelte, Anna, wie sie sich an ihn klammerte, ihm die Luft zum Atmen nahm. Anna, die ihn anlog, *nicht* glücklich war, wie sie gesagt hatte, der er *nicht* geben konnte, was sie brauchte.

Andreas betrat sein Büro, nahm den Schlüssel aus der Tasche und öffnete eine Schublade des Schreibtisches. Er zog den Laborbericht, den sein Hausarzt ihm geschickt hatte, heraus. Es war ausgemacht, dass sie ihn besprechen würden, sobald Andreas zum nächsten Termin kam. Einer der Werte war stark erhöht. Andreas wollte im Grunde gar nicht wissen, was das bedeutete. Krankheit konnte er sich schlicht und einfach nicht leisten. Obwohl es ihn nicht wundern würde, hätte er etwas Ernsthaftes. Er fühlte sich in letzter Zeit schlapp, hatte zudem das Gefühl, ihm wüchse allmählich alles über den Kopf. Vielleicht hatte er sich zu viel vorgenommen. Sollte mit dem, was er erreicht hatte, zufrieden sein … Einen Gang zurückschalten.

Er wischte sich mit der Hand über die Stirn, steckte den Laborbericht in den Umschlag zurück und holte stattdessen die Fotos aus seiner Aktentasche, die Cordes ihm gegeben hatte.

Tamara in Shorts, Tamara vor ihrem Atelier, Tamara …

Einmal hatte er sogar bei ihr angerufen, war aber zurückgeschreckt, als er ihre Stimme hörte. Es war lange her. Vielleicht zu lange …

9

Tamara strich mit den Fingerspitzen über die raue Oberfläche ihres letzten Gemäldes. Die Farbe war getrocknet. Bald würde ein Mitarbeiter der Galerie kommen, um alles transportfertig zu machen und abzuholen. Die anderen Bilder standen aneinander gelehnt an der Wand neben der Tür. Es würde ihr schwerfallen, sich von ihnen zu trennen. Auch wenn Tamara es kaum erwarten konnte, mit der Galeristin durch die Ausstellungsräume zu gehen und für jedes Bild den geeigneten Platz zu finden.

Monatelang hatte sie an diesen Bildern gearbeitet, mit ihnen gelebt. Sie trat einen Schritt zurück und ließ ihren Blick über das letzte Bild wandern. Das Rot, das sie gewählt hatte, strahlte eine so große Energie aus, dass Tamara förmlich spürte, wie diese den Raum durchdrang. Für dieses Gemälde würde sie einen ganz besonderen Platz wählen: eine Wand, die es mit seiner schieren Größe dominieren würde.

Vor dem Haus hörte sie einen Transporter, und kurz darauf ertönte die Türglocke. Eilig zog sie sich ihre Jacke über und lief die Treppe hinunter.

Als sie die Tür zur Straße öffnete, stand ein Fremder vor ihr. Tamara zuckte zurück.

Er hatte Tamaras Erschrecken wohl bemerkt. »Entschuldigung. Ich wollte Sie nicht überrumpeln.«

Er war nur ein kleines Stück größer als sie und mittleren Alters, vielleicht etwas älter als Paul. Sein schütteres graues Haar war zu einem Zopf gebunden, eine braune Cordhose und ein lockeres weißes Hemd vervollständigten seine Erscheinung.

Er streckte ihr seine Hand entgegen, lächelte ihr aufmunternd zu.

Tamara brauchte einen Moment, bis sie seinen Händedruck erwiderte.

»Helge Wortmann. Ich habe vor einiger Zeit gesehen, dass der Laden zu vermieten ist. Es tut mir leid, dass ich erst jetzt vorbeikomme. Aber wie ich sehe, hängt das Schild ja noch da.«

Dann hatte *er* sich wohl bei dem alten Mann nach ihr erkundigt …

Er erklärte ihr, dass er Kunstschmied sei und geeignete Räumlichkeiten suche, in denen er ein Atelier mit gleichzeitigem Verkaufsbereich eröffnen könne.

Nach kurzem Zögern bat sie ihn herein und zeigte ihm die Räumlichkeiten im Erdgeschoss. Er schien interessiert und war Tamara sympathisch. Nach dem ersten Schrecken begriff sie nun, dass die lange Suche nach einem Mieter wohl endlich Erfolg hatte.

Ein Mieter und er war wie sie Künstler!

Aber erst müsste sie ihn überzeugen.

Sie waren durch die Räume im Erdgeschoss gelaufen, hier und da hatte er eine Frage gestellt. Vor allem schien ihn zu interessieren, ob sie vorhätte, neue Schlösser anbringen zu lassen. Seine Werkzeuge seien sehr wertvoll, im Falle eines Einbruchs würde die Versicherung nicht zahlen, sähen sie die alten Schlösser. Tamara sagte, dass sie bereits darüber nachdenke, sie durch moderne Sicherheitsschlösser zu ersetzen.

Herr Wortmann war schon auf halbem Weg zur Tür raus, da drehte er sich noch einmal um. »Ach, ich vergaß zu fragen, ob es nicht noch einen Keller gibt, in dem ich mir einen Lagerraum einrichten kann.«

Tamara schluckte.

In ihr sträubte sich alles dagegen, mit ihm hinunterzugehen, und sie ärgerte sich darüber. Über Herrn Wortmanns Schulter hinweg sah sie den alten Mann aus dem Laden treten. Er nahm sich einen Apfel aus seiner Auslage, biss hinein und zwinkerte Tamara zu.

»Ja, es ist genug Platz. Folgen Sie mir!«

Als sie den Schlüssel zur Kellertür ins Schloss steckte, war sie stolz auf sich. Sie würde ihrem neuen Mieter alles zeigen. Das war doch das Normalste, was sie tun könnte, oder nicht?

Mit einem Quietschen öffnete sich die Tür.

Die steile Treppe lag im Dunkeln.

Sie hatte vergessen, dass das Licht nicht funktionierte.

Trotz ihres Vorsatzes, mit ihm hinunterzugehen, war Tamara

erleichtert. »Ach, ich vergaß, dass das Licht nicht geht. Mein Mann wird danach schauen.«

Herr Wortmann griff in seine Hosentasche und zog einen Schlüsselbund hervor.

»Ich habe eine Taschenlampe am Schlüsselbund.«

Tamara schluckte. Er reichte ihr den Schlüsselbund, an dem sich ein kleiner Halogenleuchter befand.

Der Strahl der Lampe erleuchtete die Treppe. Ein schmaler Korridor aus Licht schien die umgebende Dunkelheit hervorzuheben …

Tamara machte einen zögernden Schritt Richtung Treppe. Hier war es kühl, und es roch nach jahrealtem Moder. Sie zog ihre Jacke enger um sich. Sie spürte das kalte Metall des Geländers, ihre Beine zitterten, als sie den ersten Schritt nach unten machte. Der Mann folgte ihr. Als sie im unteren Flur angelangt waren, zeigte Tamara mit dem Strahl der Lampe nach rechts. »Dort befinden sich einige Verschläge, die Sie als Lager nutzen können. Sie lassen sich abschließen.«

Das Licht verlor sich im Dunkel des Flurs, an dessen Ende die Holzgitter der Verschläge schwach erkennbar waren.

Sie richtete die Lampe nach vorne. Eine grau lackierte Metalltür reflektierte den Strahl.

»Dahinter ist eine Treppe in das zweite Kellergeschoss.«

Ihr Herz pochte hart, und sie wollte umdrehen. Es war genug. Sie würde nicht auch noch *dort* hinuntersteigen. Ihre Hände waren schweißnass, sie fror.

»Dürfte ich diese Räume auch noch sehen?«

Wozu wollte er das sehen? Sie könnte ihm auch so sagen, was sich dort unten befand. Tamara war ärgerlich. Auf diesen Mann, aber noch mehr auf sich selbst.

Warum konnte sie nicht einfach dort hinuntergehen? Es war nur ein Keller.

Der Schlüsselbund lag schwer in ihrer Hand, schien sie nach unten zu ziehen. Als sie ihre Hand hob, hallte das Scheppern der Schlüssel durch den Flur.

Sie steckte den Schlüssel ins Schloss und versuchte, ihn zu drehen. Er klemmte.

»Moment, ich helfe Ihnen.«

Damit griff der Mann über ihre Schulter hinweg. Er stand dicht hinter ihr. Sie spürte seinen Atem, während er versuchte, den Schlüssel zu drehen. Tamaras Nackenhaare stellten sich auf.

Mit einem Ruck öffnete er die Tür.

Länger und steiler als die erste Treppe, verloren sich die Stufen in der Tiefe. Tamaras Atem ging flach, und sie spürte, wie ihr kalter Schweiß von der Stirn tropfte.

Aber hinter ihr stand dieser Mann, und sie konnte nicht zurück. Was sollte sie ihm sagen? Sie würde sich lächerlich machen.

Tamara hoffte, der Mitarbeiter der Galerie würde kommen, dann hätte sie einen Grund, nach oben zu gehen. Jeden Moment müsste es an der Tür klingeln, sie lauschte gebannt, aber von oben war nichts zu hören.

Ihr Herzschlag beschleunigte sich, und Tamara fühlte, wie Angst sich als Gänsehaut über ihren Rücken ausbreitete.

Nein, nicht jetzt!

Sie durfte jetzt keinen Flashback bekommen.

Nicht hier.

Nicht vor diesem Fremden!

Die Erinnerung an das Grauen wurde mit jedem Schlag ihres Herzens lebendiger. Näherte sich mit raschen Schritten, schon spürte sie das vertraute Ziehen in ihrem Nacken.

Nein!

Plötzlich tauchte etwas anderes vor ihrem inneren Auge auf.

Ein leuchtendes Rot.

Ihr letztes Bild.

Tamara versuchte, sich darauf zu konzentrieren. Aber sofort drängte Panik in den Vordergrund, schloss sich mit eisernem Griff um ihre Kehle.

…

In einem verzweifelten Kraftakt schob sie die Eindrücke, die sich ihr aufdrängen wollten, zur Seite.

Das Bild erschien.

Leuchtend und klar sah sie das Rot vor sich.

Sie atmete tief durch und fühlte, wie sich ihre Muskulatur wieder entspannte, ihr Körper weich wurde.

Die Enge in ihrem Hals löste sich. Sie konnte wieder atmen.

Das alles konnte nur wenige Augenblicke gedauert haben, denn der Mann hatte offenbar nichts davon bemerkt.

Tamara ging die Treppe hinunter, und er folgte ihr.

Unten war eine weitere Tür, die nicht verschlossen war.

Als sie sie öffnete, war ein Rascheln und Trippeln zu hören. Ratten, die sich in irgendwelche Winkel und Verstecke zurückzogen. Noch schwärzer als die Dunkelheit, die das Licht der Taschenlampe gelblich erleuchtete.

»Ratten«, sagte Tamara mehr zu sich selbst, und ihre Stimme klang hohl, hallte dumpf von den leeren Wänden wider.

Ein dichtes Netz aus schwarz gewordenen Spinnweben bedeckte sie.

Tamaras Blick wurde von den Schatten angezogen, die sich in den Ecken des Raumes ballten. Das Dunkel pulsierte, schien Figuren und Muster zu gebären, mit eisigen Fingern nach dem Licht zu greifen, um es zu verschlingen.

Als sie Herrn Wortmann die Treppe hinauf folgte, spürte sie wieder Kälte, die sich in ihr auszubreiten drohte. Dunkelheit, die an ihr zu ziehen schien. Die Tür am Ende der Treppe, das Viereck aus Tageslicht, kam unendlich langsam näher. Doch dann tauchte sie hindurch.

Nachdem Herr Wortmann gegangen war, zog Tamara die Tür mit einem Seufzer zu und lehnte sich dagegen. Von draußen hörte sie noch, wie sein Wagen anfuhr.

Erst jetzt bemerkte sie, *wie* groß ihre Erleichterung war, wieder hier oben zu sein.

Hier gab es Luft. Und vor allem *Licht*.

Wärme breitete sich in ihr aus und wurde zu Euphorie, als ihr klar wurde, was sie soeben geleistet hatte: Sie hatte es geschafft, *ganz allein* die drohende Panik zu bewältigen. Noch vor wenigen Tagen wäre sie unter dem Druck zusammengebrochen …

Ein Lächeln breitete sich über ihr Gesicht aus.

Sie war dabei, sich zu verändern. Das fühlte sie ganz deutlich.

10

Paul stand an der Tafel und erklärte seinen Schülern eine Aufgabe. Kurvendiskussion.

Er war mit seinem Stoff in letzter Zeit nicht recht vorangekommen, er war nicht bei der Sache. Zwar hatten die nächtlichen Störungen seit dem letzten scheußlichen Traum abrupt aufgehört, und er schlief wieder besser, aber er fühlte sich ausgelaugt. Dass sie nun endlich einen Mieter hatten und er seine finanziellen Sorgen los war, war natürlich eine große Erleichterung. Aber das war auch alles. Er war nervös.

Die Aufgabe war fertig, Paul legte die Kreide weg und wischte sich die Hände am Tafellappen ab.

Der Pausengong erlöste ihn. Redend und lachend verließen die Schüler das Klassenzimmer.

Er hatte noch eine Schulstunde vor sich, dann könnte er endlich gehen und würde Tamara wieder im Atelier abholen.

Tamara …

Es war etwas in ihrem Verhalten, was ihn störte. Stören war vielleicht nicht der richtige Ausdruck: *befremden* war passender.

Sie hatte sich beobachtet gefühlt. Jeden Tag hatte er versucht, sie zu überzeugen, dass das Unsinn war. Fast hatte sie auch ihn hineingezogen in diesen Wahn. Bei der Vorstellung, wie nahe er selbst am Abgrund gestanden hatte, fröstelte ihn. Noch ein paarmal hatte er versucht, sie davon zu überzeugen, dass sie sich endlich Hilfe holen musste, aber jedes Mal war sie ärgerlicher und abweisender geworden. *Und jetzt diese überraschende Veränderung …*

Der neue Mieter. Sie war sogar mit ihm im Keller gewesen. Paul erinnerte sich deutlich daran, wie er vor Monaten mit Tamara dort unten gewesen war. Er hatte ihre Hand halten müssen, und mit jedem Schritt die Treppe hinunter war sie nervöser geworden. Sie hatte seine Hand so fest gedrückt, dass es schmerzhaft war. Er hatte befürchtet, Tamara würde zusammenbrechen.

Dass sie jetzt sogar bereit gewesen war, mit diesem fremden

Mann dort hinunterzugehen, wunderte ihn. Als sie ihm davon erzählt hatte, war sie regelrecht euphorisch gewesen. Ihre Augen hatten fiebrig geglänzt …

Sie hatte eine verdammt schwere Zeit hinter sich, und das schien nun überwunden. Aber die rechte Freude blieb aus.

Es ging alles zu schnell.

Es *passte* einfach nicht zu der Tamara, die Paul nun schon seit sechs Jahren kannte. Sie hatte immer mit ihrer Vergangenheit zu kämpfen gehabt, und oft war es so schlimm gewesen, dass er mit der Zeit die Hoffnung aufgegeben hatte, sie könne sich eines Tages ganz von diesen Ängsten befreien.

Natürlich hatte er sich nichts sehnlicher gewünscht, als dass sie das alles eines Tages hinter sich lassen könnte. Aber selbst die Therapie, die sie lange, bevor sie sich kennengelernt hatten, begonnen und dann abgebrochen hatte, hatte ihr nicht helfen können.

Nach all diesen Jahren dieser plötzliche Wandel.

Ihm schien, als wären diese irrationalen Ängste von etwas abgelöst worden, was gleichermaßen ungesund war. Was das war, konnte er nicht sagen.

Paul wischte die Tafel und wusch den Schwamm im Waschbecken aus. Er beschloss, die Pause nicht gemeinsam mit seinen Kollegen im Lehrerzimmer zu verbringen. Alle kannten ihn als stets gut gelaunten Menschen, den nichts so leicht aus der Ruhe brachte. Er hatte keine Lust auf Fragen und war sicher, dass diese kommen würden. Morgens hatte ihn die Sekretärin auf sein schlechtes Aussehen angesprochen, und Paul musste ihr recht geben. Er sah müde und krank aus. Er *fühlte* sich müde und krank.

Dass er vor Kurzem ein Unwohlsein vorgeschoben hatte, um zu Tamara zu kommen, machte die Sache nicht besser.

Paul setzte sich an den Lehrertisch und holte seine Brote aus der Tasche. Er packte das erste aus und biss hinein. Langsam kaute er darauf herum, bis er merkte, dass er keinen Appetit hatte. Er wickelte es wieder ein und legte es zur Seite.

Er stand auf und ging zum Fenster.

Unten war der Pausenhof. Die älteren Schüler standen in

Grüppchen zusammen, und dazwischen rannten einige der jüngeren umher und spielten Fangen. Durch die Scheibe gedämpft, drang ausgelassenes Rufen und Lachen. Auf einem Baum hatte sich ein Schwarm Krähen niedergelassen. Paul mochte diese Vögel nicht.

Seine Eltern hatten einen kleinen landwirtschaftlichen Betrieb gehabt, in Scharen waren diese Vögel über die frische Saat hergefallen …

Ein Kind kickte einen Ball hinauf in den Baum, und die schwarzen Vögel stoben in einem lärmenden Schwarm auf.

Als Paul die letzte Schulstunde endlich hinter sich gebracht hatte, beeilte er sich, zu seinem Wagen zu kommen. Wieder bemerkte er vereinzelte Krähen in den Ästen der Bäume. Eine hatte sich auf seinem Wagen niedergelassen. Paul beschleunigte seinen Schritt, das Tier schwang sich in die Luft und flog davon.

Am anderen Ende des Parkplatzes sah er eine Referendarin auf sich zulaufen. Er tat so, als bemerke er sie nicht, drehte den Zündschlüssel, setzte zurück und fuhr los.

Die Schule lag etwas außerhalb Heilbronns, in Böckingen, doch wenn der Verkehr nicht zu dicht wäre, könnte er in einer halben Stunde beim Atelier sein.

Er schaltete das Radio ein und suchte einen Sender. Aber alles, was er hörte, war weißes Rauschen. Ein Schüler hatte ihm gestern die Antenne abgebrochen, wahrscheinlich lag es daran.

Paul schaltete das Radio wieder aus.

Er fühlte sich gehetzt, als müsse er sich beeilen, zu Tamara zu kommen. *Als liefe ihm die Zeit davon.*

Vor ihm schoben sich die Autos quälend langsam voran. Paul kurbelte das Fenster herunter. Ihm war heiß.

Es war seltsam, doch in bestimmter Hinsicht hatten sich ihre Rollen vertauscht.

Er hatte ihre Angst, verfolgt zu werden, als reines Hirngespinst abgetan. Jetzt hatte er selbst Angst.

Als Tamara ihm von dem Mann erzählt hatte, der ihr Atelier beobachtete und den sie scheinbar vor ihrem Haus wiedergesehen hatte, war er der festen Überzeugung gewesen, das hätte nichts zu bedeuten. Warum sollte Jo Tamara hinterherspionieren lassen? Nach fast fünfzehn Jahren.

Das ergab doch keinen Sinn.

Aber es hatte auch keinen Sinn ergeben, ein Kind in einem Keller gefangen zu halten, oder?

Woher wusste er eigentlich, was in so einem kranken Charakter vor sich ging?

Bei genauer Betrachtung gab es einige Dinge, die in letzter Zeit zusammengekommen waren. Wenn man *wollte*, konnte man darauf schließen, dass irgendjemand sie beobachtete. Aber der Gedanke war so verrückt, dass er Tamara einiges verschwiegen hatte, um sie nicht noch in ihren Ängsten zu bestätigen …

Vor einigen Wochen hatte ein Brief der Bank im Briefkasten gelegen. Als er ihn öffnete, hatte er bemerkt, dass er nicht fest verklebt war. So, als hätte ihn schon jemand geöffnet und ihn dann einfach wieder zugemacht.

Und das war nicht alles.

Es war schon einige Zeit her, aber jetzt fiel es Paul wieder ein. Ein Mann hatte vor ihrem Haus gestanden und das Schild auf dem Briefkasten gelesen. Als er Paul gesehen hatte, schien er kurz zusammenzuzucken.

Paul wollte ihn fragen, ob er ihm helfen könne, vielleicht wollte er einen ihrer Nachbarn besuchen. Aber der Mann war über die Straße zu einem alten Fiat gegangen, eingestiegen und weggefahren. Auf Pauls Frage hatte er nicht reagiert. So, als hätte er ihn nicht gehört.

Am nächsten Tag hatte er einen Fiat gleicher Farbe und Bauart auf dem Parkplatz der Schule gesehen. Er hatte sich gefragt, wem der Wagen gehören könne, und sich gedacht, dass er wohl einer der jungen Referendarinnen gehörte.

Dazu kamen die Dinge, die Tamara beobachtet hatte …

Je länger Paul darüber nachdachte, desto fester stand sein Entschluss, Tamara davon zu erzählen. Vielleicht steckte hinter allem doch mehr als bloße Zufälle. Und vielleicht sollten sie sich an die Polizei wenden.

Nur, um sicherzugehen.

Als er in die Straße einbog, in der Tamaras Atelier lag, sah er, dass ein Transporter vor dem Haus parkte. Eigentlich hatten die Bilder schon gestern abgeholt werden sollen, doch dann hatte die Galeristin angerufen und gesagt, dass der Mitarbeiter krank geworden war und sie auf die Schnelle niemanden hätte, der einspringen könnte.

Anscheinend hatte sie doch jemanden gefunden, denn Paul sah, dass ein Arbeiter mit einer der Leinwände aus dem Haus kam. Hinter ihm trat Tamara auf den Gehweg. Wie immer in eine ihrer dünnen Strickjacken gehüllt, die Arme um sich geschlungen.

Paul parkte den Wagen und lief auf Tamara zu. Mit einem breiten Grinsen auf dem Gesicht kam sie ihm entgegengeeilt.

»Hallo, Schatz.«

Sie fiel ihm um den Hals und bedeckte ihn mit Küssen.

»Schau! Die ersten Bilder sind schon eingeladen. Bald geht's los, ich fahr natürlich mit zu den Ausstellungsräumen. Nicht dass einem der Bilder was passiert.«

Sie runzelte die Stirn. »Du siehst müde aus, geht's dir nicht gut?«

»Doch. Tamara, ich muss mit dir reden.«

Tamara lachte und strich ihm mit der Hand über die unrasierte Wange. »Ja, gut. Aber erst, wenn ich fertig bin. Willst du mitkommen?«

Als sie die Bilder eingeladen hatten, setzte sich Tamara zu Paul ins Auto, und sie fuhren dem Transporter hinterher.

Sie bemerkten nicht, dass im selben Moment ein alter Fiat, der in einiger Entfernung auf dem Bordstein gestanden hatte, anfuhr und ihnen folgte.

Tamara rauchte während der Fahrt eine Zigarette nach der anderen und beschrieb ihm ihr letztes Bild. Danach fing sie an, von den Ausstellungsräumen zu schwärmen.

Hätte Paul sie nicht so gut gekannt, hätte er nicht bemerkt, dass unter der dünnen Schicht ihrer augenscheinlichen Fröhlichkeit Nervosität und Anspannung lagen. Aber die Art, wie sie an ihrer Zigarette zog, tief und energisch, und den Rauch hektisch aus dem geöffneten Fenster blies, zeigte ihm deutlich, dass sie nicht so entspannt war, wie sie vorgab.

An einer roten Ampel nach der Stuttgarter Brücke mussten sie anhalten, und der Transporter verschwand aus ihrem Blickfeld.

»Verdammt, warum fährst du so langsam?«, fuhr sie ihn zornig an.

Auch das war ein Verhalten an ihr, das er so nicht kannte. Tamara war eher ruhig und zurückhaltend. Es geschah selten, dass sie die Beherrschung verlor. Und noch seltener, dass sie ihn so direkt anging. Doch immer häufiger schien sie aggressiv, unbeherrscht.

Paul beschloss, darüber hinwegzugehen. Sie würden später in Ruhe reden.

Auf dem Zubringer, kurz nach Donbronn, holten sie den Transporter wieder ein und bogen einige Zeit später bei Untergruppenbach in Richtung der Burg Stettenfels ein. Ein paar Minuten fuhren sie einen Feldweg entlang, dann durch einen Wald, bis sie bei der Burg angelangten. Hoch thronte sie über der kleinen Ortschaft. Es war ein unglaublicher Glücksfall, dass Tamara dort ihre Bilder ausstellen konnte, das Ambiente war wie geschaffen, um die Ausstellung zu einem Erfolg werden zu lassen.

Am Eingang wartete schon die Galeristin, Frau Clemens, auf sie.

Noch ehe er richtig angehalten hatte, riss Tamara die Beifahrertür auf und sprang aus dem Wagen, lief auf Frau Clemens zu, und Paul sah, wie sie sich überschwänglich umarmten.

Die Galeristin war eine große, kräftig gebaute Frau, und Tamara verschwand fast in ihrer Umarmung. Sie war so dünn geworden. Sie sah zerbrechlich aus, und Paul spürte, wie sich etwas in ihm krampfhaft zusammenzog. Er liebte Tamara, wie er noch niemanden vorher geliebt hatte.

Er wüsste nicht, was er machen würde, sollte er sie verlieren.

Wieder fühlte er Angst wie einen schweren Stein in seinem Magen liegen.

Die Frauen verschwanden lachend und redend im Inneren der Burg.

Zögernd stieg Paul aus dem Wagen. Der Park rund um die

Burg war im Sommer ein beliebtes Ausflugsziel. Heute war Ruhetag, die Tische standen verlassen. Auf der Mauer, die die Burganlage umgab, stand ein vergessener Bierkrug. Paul lief zur Brüstung, lehnte sich dagegen und ließ seinen Blick in die Ferne schweifen, wo sich die Ebene im Dunst verlor. Er brauchte dringend Erholung und wünschte sich weit weg von allem. Von seiner Arbeit, von diesen Sorgen und auch von der bevorstehenden Vernissage.

Bevor Tamara damit begonnen hatte, wie eine Besessene an ihren Bildern zu arbeiten, war alles noch gut gewesen.

Und normal.

So normal, wie es eben sein konnte, wenn man mit einer Frau zusammen war, die immer wieder von ihrer Vergangenheit heimgesucht wurde.

Paul kickte einen Stein zur Seite. Er hatte keine Lust, hineinzugehen. Hoffentlich würde das alles nicht zu lange dauern. Er wollte endlich mit Tamara reden.

Die Brücke, die den tiefen Burggraben überspannte, lag im Schatten, dahinter befand sich ein eisernes Tor, das sich zum Innenhof öffnete.

Paul ließ seinen Blick an der Fassade hochwandern. Ein imposantes Gebäude, wie geschaffen für eine großartige Ausstellung. Oben war eine Krähe, sie bewegte sich seitwärts auf dem Dachfirst entlang, blieb stehen und legte ihren Kopf schief. Als würde sie ihn beobachten.

Paul nahm einen Stein vom Boden und warf ihn in ihre Richtung, verfehlte sie aber um einen Meter. Der Vogel ließ sich dadurch nicht aus der Ruhe bringen. Paul hob einen weiteren, größeren Stein auf und zielte. Der Stein streifte den Vogel. Der flatterte auf, ließ sich in die Tiefe gleiten und verschwand hinter dem Dachfirst. Paul schaute sich um. Gut, dass ihn niemand gesehen hatte.

In diesem Moment trat Tamara durch das Tor. »Wo bleibst du denn? Los, komm, ich muss dir was zeigen!«

Dem Eingang direkt gegenüber lehnte ein Bild an der Wand. Paul kam es bekannt vor, es musste Tamaras letztes Bild sein. Ihr wichtigstes, wie sie es nannte. Oft hatte sie ihm beschrieben, wie es aussehen sollte, hatte ihm die Postkarte gezeigt, die als Vorlage gedient hatte.

Doch sie hatte es verändert. Das grelle Rot, das ihm von der Leinwand entgegenleuchtete, ließ ihn in seinem ohnehin schon langsamen Schritt noch zögerlicher werden. Er war kein Kunstkenner, und hätte Tamara nicht selbst gemalt, so hätte er um jede Ausstellung einen weiten Bogen gemacht.

Aber in diesem Bild steckte so viel offensichtliche Wut, dass er schützend seine Arme um sich schlang.

Tamara hatte ihn hineingerufen, war aber gleich wieder verschwunden. Im Nebenraum unterhielt sie sich angeregt mit der Galeristin über ebenjenes Bild. Gemeinsam betraten die zwei Frauen den Raum.

»Hier ist es. Ist es nicht der Wahnsinn? Es musste genau so werden, verstehst du?«, sagte Tamara und fuhr mit einer weit ausholenden Geste durch die Luft.

Die Galeristin blieb, genau wie Paul, stehen und betrachtete mit geöffnetem Mund das Gemälde.

»Ich muss schon sagen …« Sie schüttelte den Kopf. »Es ist *unglaublich*! Ich *wusste*, dass ich auf dich setzen kann!« Den Blick weiter auf die rote Fläche gerichtet, meinte sie: »Wir müssen uns einen angemessenen Preis dafür überlegen.« Tamara schlenderte auf das Bild zu und strich mit der Hand darüber. Während sie an Paul vorbeilief, meinte er, ein Knistern in der sie umgebenden Luft wahrzunehmen. Die Härchen an seinen Unterarmen stellten sich auf.

Tamara wirkte vor der großen Leinwand noch zierlicher.

In ihrer schwarzen Jacke bildete sie einen scharfen Kontrast zur weiß-roten Fläche des Gemäldes.

»Es ist nicht zu verkaufen.«

11

Als sie sich auf den Rückweg machten, dämmerte es bereits. Feiner Nieselregen streute das Licht der Autos auf der anderen Spur, sodass man den Mittelstreifen kaum sehen konnte. Trotzdem setzte Tamara auf einer unübersichtlichen Stelle zum Überholen an. Der Wagen, der ihnen unvermittelt entgegenkam, musste stark bremsen. Tamara zog das Lenkrad herum. Kurz gerieten sie ins Schleudern.

»Pass auf!«, entfuhr es Paul.

Tamara legte eine CD ein und warf lachend den Kopf in den Nacken. »Hast du Angst?«

Ohne auf eine Antwort zu warten, drehte sie die Lautstärke voll auf, und »Firestarter« von The Prodigy erfüllte mit seinen hektischen Rhythmen das Innere des Wagens. Tamara wippte im Takt und beschleunigte weiter. Dann steckte sie sich eine Zigarette an und warf wieder einen Blick in den Rückspiegel, um einen Lkw zu überholen.

Der Zubringer, der nach Heilbronn runter führte, wand sich steil und kurvig durch den Wald. Paul war froh, als sie endlich das Ortsschild passierten.

Tamara bremste abrupt runter, fuhr aber immer noch deutlich zu schnell.

»Verdammt noch mal, was ist eigentlich los mit dir? Wenn du so weiterrast, bist du deinen Führerschein bald los! Oder dein Leben!«

»Mein Gott, Paul! Irgendwann müssen wir alle sterben!«, lachte Tamara.

»Aber nicht hier und heute, okay?«

Die Luft im Wagen war stickig und verqualmt. Paul machte die CD leiser und kurbelte sein Fenster herunter. Feuchte Luft schlug ihm entgegen.

Es war inzwischen dunkel, und der nasse Asphalt spiegelte das rote Licht einer Ampel. Tamara hielt an und wandte sich ihm zu.

»Nein, du hast recht. Nicht hier und auch nicht *heute*.«

Mit einem Ruck fuhr sie an, und anstatt rechts abzubiegen, fuhr sie weiter geradeaus, überquerte in einem irrsinnigen Tempo die Brücke und eine rote Ampel, die Oststraße hinunter bis zur Kreuzung, an der sich zwei Tankstellen befanden.

»Heute müssen wir feiern.« Ein geheimnisvolles Lächeln spielte um ihre Mundwinkel.

»Was denn? Dass wir nicht an die Leitplanke geknallt sind?«

Er hatte einfach nur das Bedürfnis, nach Hause zu kommen und mit ihr zu reden. Ihr riskanter Fahrstil war auch so eine Sache. Normalerweise war er derjenige, der von Tamara aufgefordert wurde, langsamer zu fahren. Tamara ließ sich ihre gute Laune anscheinend nicht von ihm verderben. Sie setzte den Blinker und bog rechts zu einer der Tankstellen ab.

Die Hand an der Tür, beugte sie sich zu ihm hinunter. »Was darf's denn sein? Sekt, Champagner, Whisky … Du darfst aussuchen.« Sie zog ihre Augenbrauen nach oben und lächelte ihn an. »Mir ist es heute egal. Also?«

Paul gab auf. »Okay. Kauf eine Flasche Champagner!«

Eilig lief sie auf das hell erleuchtete Tankstellengebäude zu.

An einen schäbigen Lieferwagen gelehnt, standen zwei Arbeiter, einer pfiff ihr anerkennend hinterher. Tamara warf ihm einen Kussmund zu. Paul drückte sich tiefer in seinen Sitz.

Er schaltete die CD ganz aus. Der harte Sound ging ihm entschieden auf die Nerven.

Kurze Zeit später kam Tamara zurück. Sie schwang die Flasche triumphierend durch die Luft, riss die Tür auf, ließ sich auf den Sitz fallen und reichte ihm den Champagner.

Sofort drehte sie die Musik wieder auf. »Warum hast du denn ausgemacht?«

Sie fuhr an, blieb auf der linken Spur Richtung Jägerhausstraße.

Hoch über der Stadt, auf dem Aussichtspunkt, hielt Tamara an. Als sie ausgestiegen war, blieb Paul noch einen Moment sitzen. Er betrachtete ihre Silhouette, die sich scharf gegen die Lichter der Stadt abhob. Dann stieg auch er aus.

Es hatte aufgehört zu nieseln, und ein frischer Wind trieb

kleine Wolken über den schwarzen Nachthimmel, dazwischen funkelten hin und wieder Sterne auf.

Er stellte sich dicht hinter Tamara und legte seine Arme um sie.

Tamara lehnte sich sanft an ihn, er spürte die Wärme ihres Körpers, und sein Glied richtete sich auf. Er drückte sich fester an sie und begann, sanft ihren Hals zu küssen.

Tamara atmete tief ein. »Mach den Champagner auf!«

Paul löste sich von ihr und drehte den Metallverschluss. Der Korken knallte, und die Hälfte des schaumigen Inhalts ergoss sich über seine Hand.

Tamara griff sich die Flasche und trank in tiefen Zügen, wischte sich den Mund mit dem Ärmel ab und reichte ihm die Flasche. Er nahm auch einen Schluck, stellte die Flasche ab und wollte Tamara wieder an sich ziehen. Doch sie kam ihm zuvor. Sanft, aber bestimmt zog sie sein Gesicht zu sich und küsste ihn. Ihre Zunge strich über seine halb geöffneten Lippen, Paul drückte seinen Körper an sie, und ihr Kuss wurde drängender.

Tamaras Hände wanderten über seinen Rücken hinunter, nach vorne, und er fühlte, wie sie langsam begann, seinen Gürtel zu öffnen. Dann ging sie auf die Knie.

Sein hartes Glied reckte sich ihr entgegen, und er spürte, wie ihr heißer, feuchter Mund sich darum schloss.

Zuerst sanft und langsam, spielte ihre Zunge mit seiner Eichel, dann nahm sie sein Glied ganz in sich auf.

Seine Erregung steigerte sich. Er wollte nicht, dass sie aufhörte. Alle Gedanken waren weit weg, und er ließ sich ganz fallen.

Ein Scheinwerfer tauchte Tamaras Gesicht in Helligkeit, der Kies knirschte, und ein Wagen parkte direkt neben ihnen. Paul wandte seinen Kopf, und ein Mann schaute ihm entgegen. Tamaras Bewegungen wurden rhythmischer. Paul sah hinunter, auch Tamara hatte den Fremden bemerkt.

Anstatt aufzuhören, fing sie an, sein heißes Glied mit der Zunge zu umkreisen und ihn tiefer in sich hineinzuziehen.

Mit einem Stöhnen ergoss sich Paul in ihren Mund.

Zurück lenkte Paul den Wagen. Er verspürte kein Bedürfnis, sich noch einmal Tamaras neuem Fahrstil auszusetzen. Sie ließ sich seufzend in ihren Sitz fallen und steckte sich eine Zigarette an. Die Zigarette im Mundwinkel, beugte sie sich vor und schaltete die Anlage an. Die Musik war aggressiv und zu laut. Nach kurzer Zeit war der Wagen wieder so verqualmt, dass Paul sein Fenster runterkurbelte. Kommentarlos schaltete er das Radio aus.

»Hey, was soll das?«

Tamara drehte wieder voll auf, und als sie wieder auf die Oststraße abbogen, rief sie ihm über den Lärm hinweg zu, er solle an der Tankstelle halten. Anscheinend hatte sie immer noch nicht genug.

»Meinst du nicht, es reicht für heute?«

Tamara lehnte sich zu ihm und küsste sanft seine Wange. »Schatz, noch eine Flasche für zu Hause. Ich bin noch nicht müde.«

Mit einem Ruck riss Paul das Lenkrad herum, und der Wagen holperte über die Bordsteinkante. Tamara öffnete die Tür und wollte aussteigen, doch Paul hielt sie am Ärmel ihres Pullovers fest. »*Ich* gehe.«

Tamara grinste ihn breit an.

»Du bist ein echter Gentleman.«

Paul schlug die Wagentür zu und schnaubte. Er war kein Gentleman, sondern ein Feigling. Tamara hatte in den letzten Monaten immer häufiger getrunken. Sie war nie richtig betrunken gewesen, nicht so wie jetzt. Trotzdem. Paul wusste, wie sehr Tamara den maßlosen Umgang mit Alkohol verabscheute. Er sollte sie bremsen. Und jetzt ging er brav los und besorgte noch etwas …

Er betrat den von Neonlicht erhellten Verkaufsraum, griff sich eine Flasche Wein und ging zur Kasse. Während die Kassiererin nach einer Tüte suchte, beobachtete er Tamara. Sogar hier drinnen konnte er das Dröhnen der Bässe hören. Tamara hatte die Knie angezogen und wippte leicht zur Musik, ihre Lippen bewegten sich, als würde sie mitsingen. Paul schüttelte den Kopf, konnte aber ein Lächeln nicht unterdrücken. Anfangs hatte ihm ihre neue Frisur nicht gefallen, doch die kurzen Haare unterstrichen ihr jungenhaftes Aussehen, und ihre vollen Lippen kamen besser zur Geltung.

Bei dem Gedanken an ihre Lippen, die ihn noch vor wenigen Minuten berührt hatten, richtete sich unwillkürlich sein Glied auf. Rasch wandte er seinen Blick ab. Die Kassiererin reichte ihm die Tüte mit dem Wein und das Wechselgeld.

Spitzbübisch lächelte Tamara ihn an, als er einstieg. Sie nahm ihm die Tüte aus der Hand, griff sich die Weinflasche, drehte den Verschluss auf und trank. Danach reichte sie ihm die Flasche, doch Paul lehnte ab.

Die Straße, in der sie wohnten, lag um diese Uhrzeit wie ausgestorben da. Nur vereinzelt war hinter vorgezogenen Gardinen noch schwach das bläuliche Flackern von Fernsehern zu sehen. Der Mond war aufgegangen, und sein Licht ließ den feuchten Asphalt silbern schimmern. Die Büsche und Bäume in den Gärten vor den Häusern wirkten, als seien sie aus Granit gemeißelt. Tamara hatte endlich die Musik ausgeschaltet und schaute, den Kopf an die Nackenstütze gelehnt, aus dem Fenster. Die ganze Szenerie schien Paul wie eingefroren. Alles schien unbewegt, nur in Höhe ihres Hauses flackerte das orangefarbene Licht einer kaputten Straßenlaterne.

Als er in die schmale Einfahrt einbog, schien es ihm, als verschwände ein Schatten hinter der Ecke des Hauses. Doch bestimmt hatte ihn das unruhige Licht der Laterne getäuscht.

Er schaltete den Motor aus, zog die Handbremse, und erst jetzt schien Tamara zu realisieren, wo sie war. »Schon da?«

Sie stieg aus und streckte sich. Paul legte seinen Arm um sie, und gemeinsam gingen sie zur Haustür. Er fand den Schlüssel nicht sofort, und während er in seiner Tasche kramte, war es ihm, als höre er Schritte hinter dem Haus.

»Sei leise!«, unterbrach er flüsternd Tamaras Bitte, sich zu beeilen. »Da war was.«

Paul lauschte gebannt auf das Wiederkehren des Geräusches, bis Tamara ihn in die Seite zwickte. »Los, mach schon auf, ich muss dringend zur Toilette!«

Er schloss auf, Tamara drängelte sich an ihm vorbei und rannte die Treppe hinauf. Paul verharrte noch einen Moment, und bevor er die Tür hinter sich zuzog, schaute er noch einmal rechts und links die Hauswand entlang. *Nichts.*

Auf halbem Weg die Treppe hinauf blieb er noch einmal stehen.

Er war sich sicher, irgendetwas war hinten im Garten umgefallen. Ganz deutlich hatte er ein Poltern, gefolgt von einem Scheppern, gehört. Schnell und so leise wie möglich, lief er die Treppe hinunter. Vorsichtig drehte er den Schlüssel und öffnete die Tür. Es war wieder windig, eine Wolke hatte sich vor den Mond geschoben, und der Kiesweg ums Haus lag im Dunkeln.

Den Türgriff in der Hand, lugte Paul in die Schatten des Gartens, aber er konnte nichts erkennen. Es war ungewöhnlich dunkel, und mit einem Seitenblick Richtung Straße sah er auch, warum: Die Straßenlaterne, die vorhin noch kränklich geflackert hatte, war ganz erloschen.

Er trat noch einen Schritt weiter hinaus, blieb aber, die Türklinke immer noch in der Hand, dicht an der Hauswand. Dann ließ er die Klinke los und wandte sich nach links. Langsam tastete er sich vor, wobei er versuchte, kein Geräusch zu machen, doch der Kies knirschte unter den Sohlen seiner Turnschuhe.

Paul blieb stehen.

Wenn dort in den Schatten der Bäume jemand stand, würde er Paul mit Sicherheit hören. Einen Meter weiter lehnte ein Spaten an der Hauswand. Paul streckte seinen Arm aus und griff ihn. Der harte Schaft des Gartengeräts lag gut in seiner Hand. Paul bewegte sich vorsichtig auf die Ecke des Hauses zu. Kurz erhellte der Mond den Garten, bevor der Wind die nächste Wolke vor sein Antlitz schob. Paul lief weiter, bis ihn nur noch wenige Zentimeter von der Kante trennten. Wenn dort tatsächlich jemand stand, *musste* er Paul gehört haben …

Sein Puls beschleunigte sich.

Er fasste den Spaten mit beiden Händen, hob ihn über die Schulter, bereit zuzuschlagen.

Da! Ein Geräusch.

Paul hob den Spaten ein Stück höher. Jede Faser seines Körpers gespannt, trat er nach links.

Ein Igel …

Eilig bahnte er sich seinen Weg durch das sommerlich hohe Gras und verschwand unter der Hecke, die den Garten vom Nachbargrundstück trennte.

Paul ließ den Spaten mit einem Seufzer sinken und wischte sich Schweiß von der Stirn. Jetzt sah er, was das scheppernde Geräusch verursacht hatte: Das Tier hatte eine metallene Gießkanne umgekippt. Paul stellte sie wieder hin und ließ seinen Blick über den nächtlichen Garten schweifen.

Er lehnte den Spaten an die Wand. Sein Herz beruhigte sich. Tief sog er die würzige Luft ein, die der Wind mit sich brachte. Ein Fenster wurde geöffnet, und die sanfte Stimme der Sängerin von Massive Attack erfüllte die Stille der Nacht.

Als er ein Kribbeln in seinem Nacken spürte, drehte er sich noch einmal um. Ihm war, als würde er beobachtet. Doch einzig die tiefen Schatten des Gartens blickten ihn an. Paul schüttelte ungläubig seinen Kopf und lief den Kiesweg entlang zur Haustür, zog sie hinter sich zu und ging hinauf zu Tamara.

Aus der Küchentür fiel der Schein von Kerzenlicht als orangerotes Rechteck auf den Flurboden. Tamara bewegte sich geschmeidig zu den Klängen der Musik, die er im Garten gehört hatte.

Als sie ihn bemerkte, tanzte sie auf ihn zu, nahm ihn bei der Hand und zog ihn zu sich. Paul versteifte sich.

»Schatz, nicht jetzt.«

Er lief zum Küchentisch, auf dem die Weinflasche und ein gefülltes Glas standen. Er trank es aus, goss sich ein zweites ein, das er, wie das erste, mit einem Zug leerte. Dann stellte er die Flasche auf den Küchenschrank und setzte sich. Tamara tanzte weiter selbstvergessen über den Dielenboden. Sie sah wunderschön aus. Paul hätte ihr am liebsten einfach zugesehen und das bevorstehende Gespräch auf morgen verschoben.

Er fasste Tamara bei der Hand.

»Komm, setz dich, Schatz, wir müssen reden.«

Tamara zog einen Stuhl zu ihm und setzte sich rittlings darauf. Sie stützte ihren Kopf in die Hände, und Paul konnte erkennen, dass sie betrunkener war, als er gedacht hatte. Ihr Blick war glasig, und ein schiefes Lächeln lag auf ihrem Gesicht.

»Tamara«, begann er zögernd.

»Hab ich schon ausgetrunken?«, unterbrach sie ihn mit einem Blick auf das leere Glas und stand auf, um sich nachzuschenken.

»Jetzt lass das! Du bist schon betrunken!«

»Sei nicht so streng, Lumberjack, nur noch ein Glas.«

Damit griff sie nach der Flasche und füllte ihr Glas so voll, dass sie, ohne es zu bemerken, einiges verschüttete.

Im Hinsetzen prostete sie ihm zu. »So, ich bin bereit.«

Sie versuchte, eine ernste Miene aufzusetzen, aber es gelang ihr nicht, um ihre Mundwinkel spielte ein Lächeln.

Paul fuhr mit dem Zeigefinger die Linie ihrer Wange nach, Tamara streifte seine Hand mit einem Kuss und sah ihn fragend an. In ihren Augen spiegelte sich das Kerzenlicht.

Sie sah so glücklich aus, so entspannt. Paul verspürte immer weniger Lust, mit ihr zu reden. Seit heute Morgen hatte er fast nichts gegessen, die halbe Flasche Champagner und die zwei Gläser Wein ließen ihn alles vergessen, was ihm vorher noch so wichtig erschienen war. Er betrachtete Tamara und fühlte, wie sich eine angenehme Ruhe in seinem Kopf ausbreitete.

Sie zog die Augenbrauen hoch und legte den Kopf schief.

»Na, was wolltest du sagen?«

»Gar nichts«, erwiderte er, bevor er sie küsste.

Während Paul und Tamara sich liebten, löste sich eine Gestalt aus den dichten Schatten der Obstbäume im hinteren Teil des Gartens. Eine Tasche tragend, verschwand sie Richtung Straße. Kurze Zeit später wurde ein Wagen gestartet und fuhr davon.

12

Cordes' Hände zitterten immer noch, sodass er den Wagen an der nächsten Ampel abwürgte. Er brauchte dringend ein Bier oder etwas Härteres. Zum zweiten Mal wäre er beinahe ertappt worden. Was war nur mit ihm los? Er wurde unvorsichtig. Die Aussicht, an etwas Geld zu kommen, hatte ihm seinen Blick vernebelt. Aber vielleicht war es auch nur diese ungewöhnliche Hitze dieses Jahrhundertsommers. Diese Hitze, die ihn tags träge denken und nachts nicht schlafen ließ. Die im Beton und Zement dieser elenden Stadt gespeichert wurde und auch nach Sonnenuntergang nicht verging. Die Ampel schaltete auf Grün, und er drückte das Gaspedal voll durch, raste die leere Oststraße hinunter.

Ein eiskaltes Bier …

Dieser geschniegelte Herr Ackermann hatte das Leben dieser Künstlerin von ihm durchleuchten lassen, ja, hatte alles wissen wollen. Hätte dieser Ackermann einen Sohn im passenden Alter, hätte man annehmen können, diese Tamara wäre eine der Kandidatinnen. Alles, was gefehlt hatte, was ihn irritiert hatte, war, dass es scheinbar keine Verbindung zwischen Ackermann und dieser Frau Deile gab. Aber dann war *seine* Frau vor der Spielhalle erschienen.

Sie wusste etwas, sonst wäre sie nicht dort aufgetaucht, hätte nicht ihrem eigenen Mann hinterhergeschnüffelt …

Das war der Zeitpunkt gewesen, an dem er sich sicher war, dass es da irgendetwas geben *musste*.

Wenn er nur weit genug in der Zeit zurückginge, würde er das fehlende Glied finden.

Und er war bereit gewesen, die Lebenslinien dieser Menschen immer weiter zurückzuverfolgen. Hätte es sein müssen, bis zu Adam und Eva, dachte er und musste über seinen eigenen Vergleich lachen. *Ja, bis zu Adam und Eva.*

Aber so weit hatte er nicht zurückgehen müssen. Nur fünfzehn Jahre, um genau zu sein.

Die Zeitungen waren voll davon gewesen.

Obwohl sie inzwischen einen anderen Namen hatte, war dieses Gesicht unverkennbar ihres.

Tamara Deile, das verschwundene Mädchen, das nie einer Menschenseele verraten hatte, wo sie gewesen war.

Ja, und dann war die nächste Frage aufgetaucht: Warum interessierte sich *Herr Ackermann* so brennend für sie?

Konnte es sein …?

An der Tankstelle hielt er an. Das Tagebuch lag neben ihm auf dem Beifahrersitz. Im Neonlicht schimmerte der seidene Umschlag, und am liebsten hätte er sich auf der Stelle vergewissert, ob dieser Einbruch sich gelohnt hatte. Ob Tamara irgendetwas ihrem Tagebuch anvertraut hatte, was ihn in dieser Sache weiterbringen würde.

Sorgsam verstaute er es im Handschuhfach, schloss den Wagen ab und lief auf die hell erleuchtete Tankstelle zu.

Er griff sich zwei Dosen billiges Bier und einen Klaren, bezahlte und machte sich auf den Weg zu seinem Apartment.

13

Anna öffnete den Verschluss einer langen goldenen Kette, die sie um ihren Hals trug, und ließ sie über den Boden gleiten.

Die Katze versuchte, sie zu erhaschen. Doch immer, wenn sie es fast geschafft hatte, zog Anna die Kette mit einem Ruck nach oben. Irgendwann verlor das Tier das Interesse an diesem Spiel, lief zur Terrassentür, setzte sich davor und miaute kläglich.

Ärgerlich warf Anna die Kette auf den Esstisch. Es war sowieso sinnlos. Dieser verdammte Traum.

Nachdem er sie geweckt hatte, war sie wieder in Andreas' Büro geschlichen.

Ein »A« war nicht im Terminkalender eingetragen gewesen, lediglich ein Laborbericht seines Hausarztes hatte zwischen den Seiten gelegen. Sie hatte ihn gelesen, war aber aus den medizinischen Fachbegriffen nicht schlau geworden.

In Annas Schläfe begann es zu pochen. Sie kannte dieses Gefühl. Würde sie nicht bereits bei den ersten Anzeichen etwas dagegen unternehmen, würde sich das sanfte Pochen zu einem rasenden Schmerz auswachsen und sie für den Rest des Tages lahmlegen.

Im Badezimmer fand sie ein leeres Päckchen Schmerztabletten, aber bestimmt waren in ihrer Handtasche noch einige Streifen.

Als sie die Tasche vom Haken an der Garderobe nahm, blieb sie hängen, und ihr gesamter Inhalt kippte auf den Boden der Eingangshalle. Zuerst suchte sie nach den Tabletten, lief in die Küche und spülte drei davon mit einem Schluck aus der Wasserleitung hinunter. Danach machte sie sich daran, die Handtasche wieder einzuräumen. Dabei fiel ihr die Postkarte in die Hände. Sie hatte sich aus einem Grund, den sie selbst nicht benennen konnte, nicht entschließen können, sie wegzuwerfen. Langsam drehte sie sie in den Händen. Das Alpenpanorama auf der Vorderseite war mit getrocknetem Blut beschmiert, die schneebedeckten Berge waren kaum noch zu erkennen. Das musste passiert sein, als sie sich bei der überstürzten Flucht aus dieser Spielhalle geschnitten hatte.

Anna nahm die Karte und ging ins Gästebad. Mit einem feuchten Waschlappen versuchte sie, das Blut abzuwischen. Es gelang ihr nicht.

Zurück im Wohnzimmer setzte sie sich aufs Sofa, lehnte sich zurück und schloss die Augen.

Andreas wollte mit ihr in den Urlaub fahren …

Nur sie beide.

Bei dieser Vorstellung entspannte sich Anna. Sie seufzte.

Es wäre schön, mit ihm in den Urlaub zu fahren.

Seine Kanzlei lief gut, ständig hatte er wichtige Klienten, und in den letzten Jahren waren sie kaum dazu gekommen, gemeinsame Zeit zu verbringen. Und jetzt versuchte er auch noch, in der Lokalpolitik Fuß zu fassen, war im Stadtrat und würde sich zur Bürgermeisterwahl stellen. Wenn sie zusammen weggefahren waren, meistens nach Südfrankreich, war ein ehemaliger Studienkollege von Andreas mit seiner Frau und deren Tochter dabei gewesen.

Andreas hatte sich rührend um diese Tochter gekümmert, hatte mit ihr Ausflüge unternommen. Manchmal hatte sie ihn den ganzen Tag nicht gesehen, bis er abends, mit diesem Mädchen im Schlepptau, zurück ins Ferienhaus gekommen war.

Sie nannte ihn »Onkel Andreas«.

War es nicht wunderbar, wie sehr sich Andreas dieses Kindes annahm? Und damit den Eltern eine Pause verschaffte, in der sie Zeit hatten, »nur mal Mann und Frau und nicht Mama und Papa zu sein«, wie Andreas jedes Mal lachend sagte?

Für Anna nicht.

Auch wenn es ihr schwerfiel, sie musste sich eingestehen, dass sie eifersüchtig auf dieses Kind gewesen war.

Allein ihr, Anna, sollte Andreas seine knapp bemessene Zeit widmen. Oft hatte sie nur am Pool gelegen und sehnsüchtig darauf gewartet, dass dieses Mädchen endlich ins Bett ginge und sie Andreas wieder für sich hätte.

Aber jetzt würden sie endlich wieder allein in den Urlaub

fahren. Wohin, wusste sie noch nicht. Ans Meer, in die Berge oder in eine der europäischen Metropolen. Anna war es egal.

Das Pochen in ihrer Schläfe verebbte, und Anna ging in die Küche. Lustlos bereitete sie einen Salat und einige Knoblauchbaguettes vor. Sie hatte seit Wochen keinen Appetit mehr, und auch Andreas aß von Tag zu Tag weniger. Sie richtete alles auf einem Tablett an. Danach legte sie sich mit einer warmen Decke aufs Sofa. Die Katze sprang auf ihre Brust und fing an zu schnurren. Der ruhige Blick aus diesen unergründlichen grünen Augen direkt vor ihrem Gesicht erinnerte sie an eine Geschichte, die ihr eines der vielen Au-pair-Mädchen erzählt hatte.

Die Geschichte handelte von einer Katze, die sich nachts auf die Brust schlafender Kinder legte, um deren Atem und damit ihre Seele aufzusaugen.

Anna versuchte, ihre Augen offen zu halten, doch eine bleierne Müdigkeit zog sie unerbittlich hinunter in tiefen Schlaf.

Die Haustür fiel mit einem Knall ins Schloss. Anna öffnete die Augen. Es war dunkel. Wie spät mochte es sein? Schlaftrunken stand sie auf, ging in die Eingangshalle und sah gerade noch, wie die Tür zu Andreas' Büro geschlossen wurde. Die Standuhr, die wie ein stummer Wächter neben dieser Tür stand, zeigte zwölf Minuten nach Mitternacht.

Eilig lief Anna in die Küche, um die Baguettes aufzuwärmen.

Der Raum war in Mondlicht getaucht, und auf der Arbeitsplatte am Fenster saß die Katze. Geschmeidig sprang sie auf den Boden und strich Anna um die nackten Beine. Anna schaltete das Licht an und blinzelte. Ihre Augen schmerzten, und auch das Pochen in ihrem Kopf war wieder stärker geworden. Anna schaltete die Mikrowelle ein, als Andreas in die Küche kam und sich setzte.

Als sie den Salat auf den Tisch stellte, drehte Andreas sich angewidert weg.

»Ich habe keinen Hunger, gib mir bitte nur ein Glas Saft!«

Anna goss ein Glas voll und reichte es ihm. Als er es zum Mund führte, zitterte seine Hand.

»Geht es dir nicht gut?«

Andreas setzte das Glas ab und machte eine wegwerfende Geste.

»Nein, nein. Ich bin nur furchtbar müde.«

Anna drehte eine Haarsträhne zwischen den Fingern. Es war mitten in der Nacht, und sie fragte sich, wo Andreas so lange gewesen war.

Als hätte er ihre Gedanken gelesen, meinte er: »Der Urlaub. Die Arbeit erledigt sich nicht von selbst. Bevor wir fahren können, muss ich noch eine ganze Menge erledigen.«

Er stand, sich an der Tischplatte abstützend, auf.

Sein Blick fiel auf die Katze, die in der Mitte der Küche auf dem Boden saß.

»Tu mir einen Gefallen und lass endlich dieses Tier raus. Das ganze Haus riecht nach Katze.«

14

Es war Samstag. Da Tamara noch schlief, beschloss Paul, das Frühstück ausfallen zu lassen, um die Einkäufe fürs Wochenende zu erledigen. Sein Bruder Karl, der nach Deutschland gekommen war, um bei Tamaras Vernissage dabei zu sein, hatte seinen Besuch angekündigt. Auch seine Frau Bianca und die beiden Kinder würden mitkommen. Es war noch kühl, als Paul aus dem Haus trat. In seinem kurzärmeligen Hemd fröstelte er. Die Rosen, die Tamara am Zaun zum Nachbargrundstück gepflanzt hatte, waren mit Tau bedeckt, und die ersten Strahlen der Sonne schafften es noch nicht, die Kühle des frühen Morgens zu vertreiben. Doch der Himmel war wolkenlos blau. Es würde ein schöner Tag werden, und einem Grillabend im Garten stand nichts im Wege.

Am Fenster des Nachbarhauses wurden die Gardinen zur Seite gezogen, und die Nachbarin, eine alte Frau, streckte den Kopf heraus.

»Guten Morgen, Herr Deile! Schon so früh unterwegs?«

»Guten Morgen. Geht es wieder besser?«

»Es muss. Und Ihnen? Wollte Ihr Bruder nicht seine Familie mitbringen?«

»Ja. Sie kommen heute Nachmittag.«

»Ach, dann habe ich etwas verwechselt. Aber wenn ich nachts aufstehe, setze ich meine Brille nicht auf. Ich dachte, ich hab ihn im Garten gesehen.«

Paul stutzte.

»Ich hatte Schmerzen und konnte nicht schlafen. Genug, was jammere ich.«

Ohne sich seine Verwunderung anmerken zu lassen, verabschiedete er sich.

Paul setzte sich ins Auto und wollte losfahren. Durch die Windschutzscheibe konnte er den Garten sehen. Er hatte sich nicht getäuscht, irgendjemand hatte dort gestanden und ihn im Schutz der Dunkelheit beobachtet.

Bei diesem Gedanken krampfte sich sein Magen zusammen.

Aber warum? Was, um Himmels willen, hatte das alles zu bedeuten?

Paul sah nach oben, die Vorhänge am Schlafzimmerfenster waren zugezogen. Tamara lag dort und schlief.

Was war, wenn *Jo* in ihrer Wohnung gewesen war?

Paul stieg wieder aus und lief zurück zur Haustür. Die Nachbarin stand immer noch am Fenster.

»Haben Sie was vergessen?«

Paul rang sich ein Lächeln ab.

»Ja.«

An der Haustür blieb Paul stehen und untersuchte das Schloss.

Er selbst hatte sich einmal ausgesperrt. Er hatte versucht, das Schloss mit seiner EC-Karte zu öffnen, was sich als unmöglich erwiesen hatte. Und genauso unmöglich erschien es ihm, dass ein anderer das hätte schaffen können. Die alten Schlösser am Atelier, ja. Aber nicht diese Sicherheitsschlösser.

Er lief den Kiesweg zum Garten hinunter. An der rückwärtigen Wand befand sich eine Treppe, die in den Keller führte. Er stieg die steile Treppe hinab und drückte die Türklinke.

Die Tür war offen.

Paul fror.

Durch den Keller konnte man ins Treppenhaus gelangen …

Paul stieß die Tür auf und lief zwischen Regalen, vollgestellt mit Pappkartons, die alles enthielten, was in der Wohnung keinen Platz hatte, durch den Raum.

Die Tür zum Treppenhaus war nur angelehnt, er rannte die Treppe zur Wohnung hinauf. Auch an diesem Schloss war nichts zu sehen.

Dort konnte niemand so ohne Weiteres eingedrungen sein.

Draußen auf der Straße hielt ein Wagen, und die Klappe des Briefkastens schepperte.

Paul wischte seine feuchten Hände an seiner Jeans ab.

Gut.

Wenn diese Person hier im Haus gewesen war, so war sie wenigstens nicht in ihrer Wohnung gewesen.

Trotzdem.

Der Gedanke, dass Jo ihrem Leben so nahe gekommen war, ekelte Paul auf eine körperliche Art. Er würde zur Polizei gehen. Aber vorher wollte er noch mal nach Tamara schauen.

Sie lag da, wie er sie vorhin verlassen hatte.

Zusammengekauert wie ein Embryo, ihre Hände unter der Decke, nur ihr Kopf schaute heraus. Ihr Mund war leicht geöffnet. Paul setzte sich neben sie auf die Bettkante und streichelte ihre Wange. Tamara seufzte.

Paul ließ die Schultern hängen. Er fühlte sich kraftlos.

Er steckte die Decke fester um Tamara, stand auf, vergewisserte sich, dass die Tür zum Balkon zu war, und ging.

So früh am Samstagmorgen waren die Straßen noch leer, und fünf Minuten später parkte Paul seinen Wagen vor dem Polizeirevier.

Außer zwei heruntergekommenen jungen Männern, die wohl gerade die Ausnüchterungszellen verlassen hatten, kam ihm niemand entgegen, als er die Treppe zum Empfang hinauflief.

Er musste eine Weile warten und betrachtete gedankenverloren die Fahndungsaufrufe.

Hier, in Heilbronn, war eine Polizistin umgebracht worden. Ihre Mörder grinsten ihm von einem der Plakate aus zu. Er erinnerte sich gut an den Tag, als stundenlang Hubschrauber über der Stadt gekreist waren. Mit ihren Rotorblättern den Himmel zerschnitten und lauthals verkündet hatten, wie dünn die Schicht war, die einen normalen Tag von bodenlosem Grauen trennte.

Eine Sicherheitstür wurde geöffnet, und er folgte einer Beamtin mittleren Alters durch einen langen Flur.

Die Beamtin setzte sich ächzend auf einen Stuhl, tippte etwas in die Tastatur des Computers und wandte sich dann Paul zu.

»So, bei Ihnen ist also eingebrochen worden?«

Paul berichtete, was geschehen war, und die Beamtin machte sich schweigend Notizen. Ob diese Person tatsächlich im Haus und nicht nur im Garten gewesen war, konnte Paul nicht mit Sicherheit sagen, aber die Polizistin schien seine Sorge ernst zu nehmen.

»Meine Frau war vor Kurzem schon hier, um einen Einbruch in ihrem Atelier anzuzeigen. Ich habe die Befürchtung, dass da ein Zusammenhang besteht.«

Die Beamtin blickte kurz auf. »Wann genau war sie hier, um diese Anzeige aufzugeben?«

Paul nannte das Datum, und die Beamtin tippte wieder auf ihrer Tastatur herum.

»Es tut mir leid, aber ich kann hier keine Einbruchsanzeige ihrer Frau finden.«

Paul sackte zusammen. Sie hatte ihn also angelogen.

Schlagartig war ihm klar, warum sie zu dieser Lüge gegriffen hatte: Es hatte keine offenen Fenster gegeben, das alles hatte sie erfunden, um ihn zu überzeugen, um ihn davon abzubringen, weiter über eine Therapie zu reden. Im ersten Moment verspürte er Wut. Am liebsten wollte er sie sofort zur Rede stellen. Aber als er draußen auf dem Besucherparkplatz stand, war dieses Gefühl schon wieder verflogen. Er konnte nicht lange wütend auf sie sein. Sie war offensichtlich so krank, wie er es nie vermutet hätte. Was war, wenn sie die Kellertür selbst geöffnet hatte? Gestern Abend hatte sie ja mitbekommen, dass er ein Geräusch gehört hatte. Vielleicht war sie selbst noch einmal aufgestanden und hinuntergegangen. Aber die alte Nachbarin hatte doch einen Mann im Garten gesehen … Sie war alt, es war dunkel gewesen. Vielleicht hatte sie ja *ihn selbst* gesehen und ihn lediglich nicht erkannt. All diese Dinge, die ihm aufgefallen waren, die scheinbar geöffneten Kontoauszüge, der Mann am Gartentor, hatten nur durch die Sache mit den offenen Fenstern an Bedeutung gewonnen. Er kurbelte die Fenster des Wagens hinunter, drückte das Gaspedal durch. Es hatte nie eine echte Bedrohung gegeben. Kein Fremder war in ihr Haus eingedrungen. Wie schlecht musste es Tamara gehen, dass sie so etwas erfand?

Als er nach dem Einkaufen in ihre Straße einbog, sah er das Auto seines Bruders vor dem Haus stehen. Sowie Paul ausstieg, öffnete sich die Haustür, und die sechsjährigen Zwillinge, Larissa und Angelina, kamen ihm entgegengestürmt. Paul hob beide auf einmal in die Luft, und die Mädchen kreischten vor Freude. Hinter ihnen kam Karl aus dem Haus. Er war braun gebrannt und sah wie immer aus, als strotze er vor Energie und Lebensfreude. Sie umarmten sich, die Mädchen verschwanden im Garten, und Karl half Paul, die Einkäufe nach oben zu tragen.

Aus der Küche waren Tamara und Bianca zu hören, die wohl gerade ein verspätetes Frühstück zubereiteten. Die beiden Frauen mochten sich, was vielleicht mit daran lag, dass auch Bianca Künstlerin war. Sie fertigte Keramiken, die sie bis weit über Italiens Grenzen hinaus an Sammler verkaufte.

Paul betrat die Küche, und Bianca kam ihm, in ein luftig geblümtes Kleid gehüllt, entgegen, drückte ihm einen Kuss auf die Wange und begrüßte ihn. Sie war das Klischee einer echten italienischen Mama, ihre schwarze Mähne umspielte ein markantes Gesicht, ihre dunklen Augen blitzten Paul fröhlich an, ihr Temperament war ansteckend.

»Paolo, der Garten ist wunderbar, und nachher schaue ich mir Tamaras Atelier an. Wir waren viel zu lange nicht mehr hier!«

Sie reichte ihm eine Tasse Milchkaffee, und während er trank, dachte er, dass sein Bruder genau im richtigen Moment gekommen war. Vielleicht könnte er später, wenn etwas Ruhe eingekehrt war, mit ihm reden. Für diesen Moment versuchte er, seine Sorgen zur Seite zu schieben.

Sie verbrachten den Tag im Garten. Der Sommer schien sich noch einmal zur Höchstform aufzuschwingen, von der Kühle der vergangenen Tage war nichts mehr zu bemerken. Im Gegenteil war es so heiß, dass die Mädchen sich in einer Zinkwanne ein provisorisches Freibad einließen, den Tag mit Lachen und freudigem Jauchzen füllten. Sie schlugen ganz ihrer Mutter nach, einzig den blonden Locken sah man Karls Beteiligung an diesen Energiebündeln an.

Paul und Karl stellten den Gartentisch unter einen großen Walnussbaum, der mit seinen weit ausladenden Ästen angenehmen Schatten spendete, und Bianca feuerte den Grill an.

Die Männer wurden unter sanftem Drängen genötigt, sich hinzusetzen, während Tamara und Bianca den Tisch deckten und jedem einen kühlen Weißwein servierten.

Paul streckte seine Beine aus, nippte an seinem Wein und unterhielt sich mit Karl über dessen Leben in Italien, das Paul um so viel leichter und unkomplizierter erschien als das Leben in Deutschland.

Als es dämmerte, erfüllte der Duft von Gegrilltem den Garten, und alle nahmen am Tisch Platz. Ein Durcheinander von Lachen, Schwatzen und dem Klappern des Bestecks. Erst jetzt merkte Paul, wie ihm Gesellschaft gefehlt hatte. Karl prostete ihm zu, sie stießen über den Tisch hinweg an. Bianca brachte Unmengen von Gegrilltem, lud ihm den Teller voll und ließ sich nur unter Protest davon abbringen, ihm ein drittes Mal nachzulegen. Larissa und Angelina lachten und plapperten ein Kauderwelsch aus Deutsch und Italienisch, dem Tamara zu folgen versuchte. In Gegenwart dieser Mädchen schien Tamara aufzublühen. Ihre Wangen waren gerötet, immer wieder blitzte ein Lachen über ihr Gesicht.

Allmählich verstummte das Geschnatter der Zwillinge, die Gespräche wurden ruhiger, und irgendwann schliefen die Mädchen – eines auf Karls, das andere auf Biancas Schoß – ein. Es war spät geworden.

Nachdem die Kinder ins Bett gebracht worden waren, saßen Paul und Karl zusammen, während die Frauen sich zum Atelier aufmachten. Redend und lachend verließen beide den Garten, und die Männer blieben allein zurück.

Eine Weile saßen sie schweigend, und nur das Zirpen der Grillen war zu hören.

Paul schenkte Karl nach. Vielleicht wäre jetzt der richtige Zeitpunkt, um mit seinem Bruder zu reden? Er trank noch einen Schluck und wollte anfangen, doch Karl kam ihm zuvor. »Du willst reden, oder? Mensch, Paul, ich kenne dich«, lachte er. »Du kannst mir nichts vormachen.«

Er legte seine schwere Hand auf Pauls Schulter und drückte ihn.

Paul seufzte. »Sieht man's mir an? Ich dachte, ich wäre ein guter Schauspieler.«

Paul senkte seinen Blick und ließ alle Luft aus seinen Lungen entweichen. Er schenkte sich erneut nach.

»Hast du eine Zigarette? Weißt du noch? Wenn wir früher über ein Problem geredet haben, haben wir uns im Gartenhäuschen versteckt und dabei heimlich geraucht …«

Karl reichte ihm wortlos sein Päckchen, Paul nahm sich eine der filterlosen Zigaretten und zündete sie an einer Kerze, die fast heruntergebrannt auf dem Tisch stand, an.

Nach dem ersten Zug fühlte er, wie sich ein angenehmer Schwindel in seinem Kopf ausbreitete.

Paul erzählte Karl von seinen Sorgen um Tamara, von ihrem überraschenden Wandel. Als er auf Tamaras seltsames Verhalten auf dem Aussichtspunkt zu sprechen kam, zögerte er. Es war ihm unangenehm. Er strich mit der Handfläche über die Tischplatte, und Karl bemerkte sein Zögern.

»Wir sind Brüder. Spuck's aus!«

Paul räusperte sich. »Auch beim Sex ist sie anders geworden, sie war sonst eigentlich eher zurückhaltend. Sie ergreift selten die Initiative, weißt du? Aber es hat mich nie gestört. Und gestern, da war sie …«

Paul fuhr sich durch die Haare, zog tief an seiner Zigarette und ließ den Rauch langsam entweichen, bevor er fortfuhr. »Sie hat sich verändert, und ich weiß nicht, ob diese Veränderung … wie soll ich es sagen? Ja: ob diese Veränderung *gesund* ist.«

Er stand auf und nahm die Weinflasche in die Hand. Als er merkte, dass sie leer war, stellte er sie unsanft auf den Tisch zurück. Er stützte sich mit beiden Händen auf die Tischplatte und sah Karl fest in die Augen.

»Ich hatte das Gefühl, eine Fremde vor mir zu haben!«

Rot

1

Es war inzwischen weit nach Mitternacht. Karl, der von der langen Fahrt nach Deutschland müde war, verabschiedete sich und ging schlafen.

Paul blieb allein im Garten zurück. Der Halbmond hing schief am wolkenlosen Himmel, irgendwo lachte eine Frau schrill auf, und die Reste der Grillkohle knackten leise, während sie verglühten. Ansonsten war es still. Die Kerze war erloschen, und hier im Schatten des Walnussbaumes war es stockdunkel. Paul hob eine der vielen Weinflaschen auf, die auf dem Tisch standen, schüttelte sie, um festzustellen, ob noch etwas darin war. Dann führte er sie zum Mund und trank den letzten Schluck aus.

Er lehnte sich zurück, tastete mit der Hand und fand neben sich Karls Zigaretten. Er zündete sich eine an, inhalierte, blies den Rauch hinauf in die tief hängenden Zweige des Baumes und schloss die Augen.

Auf der Straße näherte sich ein Wagen. Dieses Geräusch weckte ihn aus seiner Lethargie: Er fragte sich, wo Bianca und Tamara blieben. Die fluoreszierenden Ziffern seiner Uhr zeigten, dass es inzwischen zwei Uhr achtunddreißig war.

Paul stand auf und suchte in seiner Jacke, die klamm von der einsetzenden Nachtkälte auf dem Rasen lag, nach seinem Handy.

Als er Tamaras Nummer wählte, gab der Akku seinen Dienst auf.

Paul ließ den Tisch, wie er war – das konnte bis morgen warten –, und ging ins Haus, um seinen Akku aufzuladen.

Als er leise das Schlafzimmer betrat, das vorübergehend als Gästezimmer diente, und sein Netzteil aus der Nachttischschublade kramte, stutzte er: Bianca lag schon im Bett und schlief. Er ging eilig ins Wohnzimmer, aber das Sofa, auf dem er Tamara zu sehen hoffte, war leer!

Er steckte das Netzteil ein, wartete einen Moment und wählte

Tamaras Nummer. Ein Rauschen in der Leitung, dann kam die Ansage, dass der Teilnehmer nicht erreichbar wäre.

Paul schleuderte das Handy auf den Boden, »Verdammte Scheiße!«, griff sich seine Jacke und im Vorbeigehen den Schlüssel, der auf dem Küchentisch lag, und wollte das Haus verlassen.

Er musste Tamara suchen. Sie war irgendwo da draußen!

Doch er zögerte.

Er fuhr sich mit der Hand durchs Haar und blickte sich in der Küche um, als könne sie ihm Auskunft darüber geben, wo Tamara war.

Nein. Bianca.

Er ging zurück ins Schlafzimmer und rüttelte sie an der Schulter. Bianca setzte sich, sichtlich verwirrt, im Bett auf.

»Wo ist Tamara?«

»Ist sie noch nicht zu Hause?«

»Nein. Weißt du, wo sie ist?«

Bianca stand auf, plötzlich hellwach.

»Paolo, wir waren noch tanzen, ich war müde, und sie wollte bleiben.«

Sie legte ihm ihre Hand auf die Schulter.

»Sie ist eine erwachsene Frau, mach dir keine Sorgen!«

Paul schüttelte ihre Hand ab.

»Bianca, du hast keine Ahnung! Ihr geht es nicht gut, verstehst du?«

Nachdem ihm Bianca gesagt hatte, dass sie nicht genau wüsste, *wo* sie gewesen waren – sie war mit einer Frau zurückgefahren, die ihr angeboten hatte, sie mitzunehmen –, verließ Paul das Haus.

Vielleicht war Tamara im Atelier? Sie hatte eine Zeit lang oft die Nacht durchgemalt …

Da er dort sowieso vorbeifahren musste, um an den Rand des Industriegebiets zu gelangen, wo sich einige Clubs befanden, würde er zuerst dort nachschauen.

Einen Versuch war es wert. Auch wenn er jetzt, wo ihr vorerst letztes Bild fertig war, nicht so recht daran glaubte.

Das alte Haus lag im Dunkeln.

Er rüttelte an der Tür und rief so lange ihren Namen, bis ein Fenster aufging und jemand schrie, er solle leise sein.

Paul stieg wieder in seinen Wagen, biss die Zähne zusammen und versetzte der Hupe mit der Faust einen Schlag.

»Scheiße!«

Was dachte sich Tamara dabei, nach allem, was passiert war, die ganze Nacht wegzubleiben? Er hatte Karl gesagt, dass er das Gefühl hätte, eine Fremde vor sich zu haben. Und genau so war es auch: Tamara benahm sich seltsam, hatte sich verändert. Er konnte sich nicht erklären, wie das alles gekommen war.

Noch einmal schlug er mit der Hand auf die Hupe.

Wieder wurde ein Fenster geöffnet, und jemand schrie etwas.

Das Einzige, was Paul verstand, war das Wort »Polizei«.

Er startete seinen Wagen und fuhr weiter.

Er würde Tamara finden, auch wenn er dafür jeden einzelnen verdammten Club durchsuchen müsste!

Mit Tempo siebzig lenkte er seinen Wagen über die Oststraße, ließ die zwei Tankstellen hinter sich, überfuhr die rote Ampel an der großen Kreuzung und bog dann nach links ab.

Ein silberner BMW, mit einem jungen Mann am Steuer, überholte ihn. Dann lag die Straße leer vor ihm.

Paul drückte das Gaspedal noch etwas weiter durch und schlitterte über die Kreuzung Richtung Theater.

Im Kreisverkehr beim Europaplatz verlor er fast die Kontrolle über seinen Wagen, riss ihn gerade noch herum und fuhr nach rechts.

Geradeaus, wieder über eine rote Ampel, überholte er einen Wagen. Jetzt war ihm klar, wo er sie suchen müsste! Natürlich!

Dort waren sie früher zusammen gewesen.

Paul schaute auf seinen Tacho, er zeigte fünfundachtzig Stundenkilometer.

Mist, der nächste Kreisverkehr!

Paul trat auf die Bremse und ließ seinen Wagen nach rechts schlittern, kam am Bordsteinrand zum Stehen und stieg aus.

Der Gehweg vorm Club Mobilat war voll mit Nachtschwärmern. Mit einem Blick sah Paul, dass Tamara nicht unter ihnen war. Er stieß eine junge Frau zur Seite, die er nicht rechtzeitig bemerkt hatte.

»Hey, du Idiot!«, rief sie ihm hinterher, doch Paul hörte es kaum.

Er riss einen schwarzen Vorhang zur Seite und eilte einen Gang entlang, wobei er den Entgegenkommenden auswich, indem er sich dicht am Rand hielt.

Als Paul sich an einem bulligen Mann, der auf einem Barhocker am Ende des Ganges saß, vorbeischob, wurde er unsanft am Arm gepackt.

»Was ist mit bezahlen?«

Paul zog seinen Geldbeutel aus der Innentasche seiner Jacke und reichte dem Mann einen Fünf-Euro-Schein. Einige Clubbesucher kamen herauf und drängten sich an ihm vorbei. Tamara war nicht unter ihnen. Dann wurde ihm ein Stempel auf den Handrücken gedrückt.

Weiter.

Warme, stickige Luft und fiebernde Bässe schlugen ihm entgegen, als er sich zwischen schwitzenden Körpern die steile Treppe hinunterkämpfte.

Je weiter er nach unten kam, umso dichter wurde das Gedränge.

Schweißperlen bildeten sich auf seiner Stirn, und Paul spürte sein Herz, das hart wie ein Eisenhammer in seiner Brust schlug.

Bestimmt war Tamara hier irgendwo!

Endlich schaffte er es, den Club zu betreten.

Im Zucken des Stroboskops bewegten sich die Tanzenden wie eine wogende Masse, und er ließ seinen Blick über ihre Köpfe schweifen.

Da! Da war sie!

Paul ballte seine Fäuste, drängte sich über die Tanzfläche und packte sie hart an der Schulter. Sie drehte sich um.

Das fremde Gesicht einer jungen Frau.

Sie starrte ihn verärgert an, und ihre Lippen formten Worte, die er nicht verstand. Paul ließ langsam seine Hand sinken. Er drückte seine Handballen an die Schläfen und stieß einen unhörbaren Laut der Verzweiflung aus.

Nein.

Sie war nicht hier. Aber wo konnte sie dann sein?

Wenn sie hier gewesen war, musste sie gesehen worden sein …

Sie hätte sicher etwas getrunken. Der Barkeeper!

Da war die Theke, mit ein paar Schritten stand Paul davor. Er lehnte sich darüber, um einen Mann, der im Takt wippend Bier zapfte, auf sich aufmerksam zu machen. Der Mann reichte einem Mädchen, das Paul verwirrt als eine seiner Schülerinnen erkannte, zwei gefüllte Biergläser und wandte sich Paul zu.

Vom Schwarzlicht beleuchtet, strahlten die Zähne des Mannes aus seinem dunklen Gesicht hervor.

Wie ein Traum, das ist alles wie in einem Alptraum!

Mit zitternden Händen holte Paul seine Brieftasche heraus und zeigte auf ein Foto von Tamara. Er versuchte, sich über den Lärm verständlich zu machen.

»Hast du diese Frau hier gesehen?«

Der junge Mann warf einen kurzen Blick auf Tamaras Foto, runzelte die Stirn und winkte eine Frau herbei, die ebenfalls hinter der Theke arbeitete.

Sie nahm Paul die Brieftasche aus der Hand, zuckte mit den Schultern und gab sie ihm zurück. Mit spöttisch hochgezogenen Brauen schüttelte sie den Kopf und verschwand.

Paul atmete langsam aus, drehte sich um und lehnte sich gegen den Tresen. Hier war Tamara nicht gewesen.

Die Luft war heiß und verbraucht.

Diese Enge!

Er knöpfte sein Hemd auf, dann fuhr er sich mit beiden Händen durch die Haare und überlegte, wo er jetzt nach Tamara suchen könnte.

Ziellos ließ er seinen Blick über die Köpfe der tanzenden, dicht gedrängten Masse schweifen.

Dieses Unterfangen war aussichtslos, so würde er Tamara nie finden.

Von hinten tippte ihm jemand auf die Schulter, der junge Mann reichte ihm einen Bierkrug und klopfte ihm aufmunternd auf den Rücken. Paul nickte dankend, wandte sich wieder der

Tanzfläche zu und trank. Er hatte gar nicht bemerkt, wie ausgetrocknet sein Mund war.

Ein Mädchen, kaum älter als seine Schülerin, die er kurz zuvor gesehen hatte, kam durch den Lärm auf ihn zu. Sie lehnte sich neben ihn an den Tresen, zog ein Päckchen Zigaretten aus einem Hipbag, zündete eine an und reichte sie ihm lächelnd.

Von ihrem knappen Shirt starrten ihn zwei phosphoreszierende Raubtieraugen an …

Er starrte auf die Augen. Die wummernden Bässe, die Enge um ihn herum traten langsam in den Hintergrund …

Sein Herz begann zu rasen, ihm wurde schwindelig, alles begann, sich um ihn herum, immer schneller werdend, zu drehen, bis er ganz allein in tiefster Dunkelheit stand.

»… es ist nicht deine Katze … nicht deine, keine Angst …«

Dann trat sie zu.

Und er konnte es *hören*!

Im selben Augenblick nahm er eine Bewegung neben sich wahr.

Alles war wieder da.

Der Lärm, die Enge. Sein Bierkrug war am Boden zerschellt. Das Mädchen, das ihm eben noch die Zigarette gereicht hatte, funkelte ihn ärgerlich an.

Pauls Magen krampfte sich zusammen. Sich seinen Weg durch die Menge bahnend, taumelte er zur Toilette und stolperte in eine der Kabinen.

Paul ging auf die Knie und erbrach sich in die Toilettenschüssel.

Das war *Tamaras* Erinnerung gewesen! Dieses Geräusch, dieses widerliche Geräusch! Er hatte es deutlich gehört, es war, als wäre er dabei gewesen!

Erneut kam ein Schwall aus Erbrochenem in seiner Kehle hoch. Noch ein paarmal zogen sich seine Eingeweide zusammen, bis er nur noch Galle herauswürgte.

Paul ließ sich erschöpft gegen die Wand sinken, wischte sich mit dem Ärmel über die schweißnasse Stirn, dann über den Mund.

Auf seinem Handrücken prangte immer noch der grüne Stempel.

Der Stempel!

Warum hatte er nicht vorher daran gedacht?

Für einen Moment schloss er die Augen.

Dann stützte er sich an der Toilettenschüssel ab und stand mühsam auf. An einem der Waschbecken wusch er sich Hände und Gesicht. Langsam ordnete sich das Chaos.

Natürlich, der Stempel.

Hinauf durch das inzwischen einsame Treppenhaus, zwei Stufen auf einmal nehmend, verließ er den Club.

Als er auf die Straße trat, schlug die frische Nachtluft über ihm zusammen. Der Gehweg hatte sich geleert, die Kühle hatte die letzten Clubbesucher hinab in die Wärme getrieben. Auch der Guard saß nicht mehr auf seinem Platz. Paul tastete in der Jackentasche nach seinem Handy. Bianca musste auch so einen Stempel auf ihrer Hand haben, und mit etwas Glück stand der Name des Clubs darauf! Dann wüsste er, wo Tamara war.

Und wenn sie nicht da war?

Paus biss sich auf die Lippen.

Nein. Daran durfte er jetzt nicht denken! Er würde sie finden.

Er durchsuchte alle Taschen seiner Jacke, aber sein Handy war nicht da.

Alle Spannung wich aus seinem Körper.

Mist!

Er hatte es zu Hause auf den Boden geschleudert, wo es liegen geblieben war.

Langsam lief Paul zum Wagen zurück, stieg ein, und das Zuschlagen der Tür zerschnitt für einen Moment die Stille um ihn herum.

Er ließ sich tief in die Lehne des Sitzes sinken.

Die breite Straße lag einsam vor ihm.

Nur auf dem Gehweg vor dem Club stand jetzt ein Paar und küsste sich.

Während der Fahrt zurück hielt er Ausschau nach Tamara. Trotzdem beeilte er sich, parkte seinen Wagen in der Einfahrt und hastete zurück zum Haus.

Bianca kam ihm auf halbem Weg entgegen.

»Ach, da bist du endlich! Und Tamara?«

Sie warf einen Blick über seine Schulter.

»Sie wird sicher bald kommen. Paolo, es tut mir leid, ich wusste ja nicht …«

»Schon gut, der Stempel, zeig mir deine Hand!«

Bianca erwiderte nichts, sah ihn nur fragend an.

»Der Stempel von dem Club, wo ihr wart!«

»Ach so.«

Sie drehte ihre rechte Hand um und fuhr mit der anderen darüber. Der Stempel war kaum noch zu erkennen.

»Ich habe sie gewaschen …«

»Okay …«

Das Handy.

Paul lief ins Wohnzimmer, setzte sich aufs Sofa und wählte Tamaras Nummer, Bianca war ihm gefolgt.

Nein.

Tamara war immer noch nicht zu erreichen.

Paul ließ Bianca stehen, ging in die Küche, stellte sich mit dem Rücken zu ihr, den Kopf gesenkt, ans Fenster, und ein Schluchzen entrang sich seiner Kehle.

Er spürte, wie Bianca sich an ihn lehnte.

»Sie wird kommen. Ich warte mit dir.«

Sie seufzte, ließ ihn los, und Paul hörte, wie der Wasserhahn aufgedreht wurde.

Er wischte sich die Tränen aus dem Gesicht und sah hinaus in die Nacht. Über den Dächern der Häuser auf der anderen Straßenseite sah er einen einzelnen Stern stehen.

Er rieb sich die Augen, dann drehte er sich zum Tisch, setzte sich und begann, mit dem Zeigefinger der rechten Hand die Maserung der Tischplatte nachzuziehen.

Bianca kam mit zwei Teetassen, stellte eine vor ihn auf den Tisch und setzte sich ebenfalls.

So saßen sie schweigend und warteten auf Tamara.

Irgendwann war dieser einsame Stern hinter den Dächern der Häuser verschwunden, der Tee kalt geworden.

Das erbarmungslose Ticken der Küchenuhr unterbrach im Sekundentakt die Stille, dehnte das Warten ins Unerträgliche.

Sie würde kommen …

Sie *musste* kommen!

2

Ein Lastwagen fuhr vorbei, ließ die dünnen Scheiben seines Apartments vibrieren, und Cordes setzte sich im Bett auf.

Ächzend erhob er sich. Dann zog er eine zerschlissene Jeans und Turnschuhe an, steckte sein Hemd, das er zum Schlafen anbehalten hatte, in die Hose. Es war schon fast halb drei, aber der Imbiss war für die Fernfahrer, die hier spätnachts ankamen, durchgehend geöffnet. An Schlaf war sowieso nicht zu denken. Ruhelos hatte er sich im Bett herumgewälzt, bis er von diesem Lastwagen aus einem unruhigen Dämmerschlaf geweckt wurde.

Er trat hinaus ins Treppenhaus und drückte den Lichtschalter.

Es blieb dunkel. Wahrscheinlich war nun auch die letzte der Birnen durchgebrannt, aber in zwei Monaten würde das alte Haus sowieso abgerissen werden. Mit etwas Glück wäre er dann schon lange weg. Vielleicht irgendwo im Süden.

Wenn alles gut ginge.

Er durfte keinen Fehler machen, jetzt, wo er seinem Ziel so nahe war.

Im Eingang des Imbisses lehnte eine der vielen Prostituierten.

Sie versuchte ein verführerisches Lächeln, und einen Moment überlegte er, ihr Angebot anzunehmen.

Nein, dafür war später noch Zeit, jetzt musste er sich noch einmal alles genau durch den Kopf gehen lassen.

Er schob sich an ihr vorbei und betrat den Innenraum. Das zu helle Licht ließ den vergilbten Siebziger-Jahre-Chic noch schäbiger aussehen, als er ohnehin war, und es roch nach altem Frittierfett.

An einem Tisch nahe der Tür saß einer der Fernfahrer. Am Nebentisch lackierte sich eine Frau mittleren Alters die Fingernägel leuchtend rot.

Als er an ihr vorüberging, taxierte sie ihn gelangweilt, schraubte das Nagellackfläschchen zu, steckte es mit spitzen Fingern in ihre Handtasche und verschwand Richtung Toilette.

Cordes schlenderte zur Theke. »Nicht viel los heute?«

»Nein, Mann, siehst du doch.«

Die Bedienung drehte sich um, holte eine Dose Red Bull aus einem verglasten Kühlschrank und stellte sie kommentarlos auf den Tresen. Er nickte ihr zu und suchte sich einen Platz in einer Nische.

Cordes öffnete die Dose, trank und lehnte sich zurück.

Er war auf eine wahre Goldmine gestoßen, so viel war sicher.

Daran gab es nicht den geringsten Zweifel.

Bei dem Gedanken an das, *was* er erfahren hatte, schüttelte er unwillkürlich den Kopf, nahm die Dose vom Tisch und trank sie in einem Zug leer.

Mein Gott, er hatte wie immer den richtigen Riecher gehabt.

Er zerdrückte die Dose mit der rechten Hand, warf sie in einem geschickt kalkulierten Bogen in einen orangen Plastikmülleimer.

Dann stand er auf und schlenderte zum Ausgang, um sich eine seiner Selbstgedrehten anzustecken.

Ein Sattelschlepper fuhr vorbei, ein Stück Folie wurde vom Fahrtwind erfasst, taumelte wie ein sterbender Schmetterling durch die Luft und sank in der Mitte der Straße zu Boden.

Der Gehweg war mit Kippen, Papierservietten aus dem Imbiss und sonstigem Müll übersät. Irgendjemand hatte den Container umgekippt.

Diese Scheißgegend!

Die von roten Signallämpchen gezierten Kühltürme des Kraftwerks ragten in einiger Entfernung in den Himmel. Zwischen ihnen funkelte ein einsamer Stern.

Cordes dachte an seine Frau und seine Tochter. Er musste sie sehen. Bald wäre es so weit.

Kurz entschlossen lief er zurück zu dem einsam stehenden Haus, in dem sein Apartment war.

Dort lag sein Sparbuch. Bei diesem passenden Vergleich stieß er ein schnaubendes Lachen aus.

Er hatte einiges riskiert, um an dieses »Sparbuch« zu kommen.

Und was darin stand, war jedes Risiko wert gewesen.

Er kniete sich vor sein Bett und zog eine lederne Aktentasche darunter hervor.

Für Junkies, die zu dieser Gegend gehörten wie der Dreck, der überall herumlag, wäre selbst dieses heruntergekommene Haus eine Versuchung.

Noch einmal ging er in den Imbiss, der inzwischen, bis auf den Lastwagenfahrer, der am Tisch eingeschlafen war, leer war.

Die Bedienung saß auf einem Barhocker und schaute auf den Bildschirm eines alten Fernsehgeräts, auf dem sich lautlos zwei amerikanische Wagen durch eine karge Einöde jagten. Ohne den Blick vom Bildschirm abzuwenden, langte sie hinter sich, zog die Kühlschranktür auf und griff nach einer Dose Red Bull.

»Gib mir zwei Bier!«

Sie verdrehte genervt die Augen, erhob sich von ihrem Sitzplatz und lief ins Hinterzimmer. Sie kam zurück und stellte zwei dunkelbraune Flaschen auf den Tresen. »Weck den Typ da vorne auf und sag ihm, ich mach Schluss für heute.«

Cordes packte die Flaschen mit einer Hand, rüttelte im Vorbeigehen an der Schulter des Mannes, der gähnte, aufstand und dicht hinter Cordes den Imbiss verließ.

Cordes wusste, wo er hinmusste. Dort könnte er noch mal in Ruhe jeden Schritt überdenken.

Nach zwei Kilometern, die er an der von Sattelschleppern gesäumten Straße entlanggelaufen war, hielt er sich links. An ein paar Autowerkstätten vorbei gelangte er an eine Brücke, die über den Fluss nach Neckargartach führte.

Er überquerte die Brücke nicht, sondern verließ den Gehweg.

Eine steile, von Unkraut überwucherte Böschung hinunter. Dann war er da.

Er setzte sich an das betonverschalte Ufer des Flusses und öffnete die erste Bierflasche. Ungefähr hundertfünfzig Meter rechts von ihm waren die Kühltürme, zwischen denen er vorhin den Stern gesehen hatte.

Für Cordes war früher – bevor ihn seine Frau mit einem Koffer und einem Pappkarton, der seine persönlichen Dinge enthielt, vor die Tür gesetzt hatte – die Kilianskirche das Wahrzeichen dieser Stadt gewesen.

Nach seinem raschen Abstieg nicht mehr.

Wenn er jetzt einem Fremden hätte sagen müssen, an was er zuerst dachte, wenn ihm seine Heimatstadt in den Sinn kam, wären es diese Kühltürme.

Das Kraftwerk.

Die roten Signallichter spiegelten sich auf dem schwarzen Wasser des Flusses, der scheinbar so ruhig dahinfloss.

Doch Cordes erinnerte sich nur zu gut an einige Wasserleichen, die aus diesem Fluss gezogen worden waren. Es gab tückische Unterströmungen, denen ein ungeübter Schwimmer nichts entgegenzusetzen hatte.

Etwas trieb im Wasser an ihm vorbei. Zuerst dachte Cordes, es wäre ein Kleidungsstück, doch dann erkannte er zu seinem Erstaunen, dass es ein Strauß roter Rosen war.

Wer den wohl weggeworfen hatte?

Er setzte die Flasche an den Mund, trank sie aus und schmiss sie den Rosen, die jetzt schon einige Meter weiter flussabwärts schwammen, hinterher.

Er öffnete die zweite Flasche. Auf der Brücke über ihm fuhr ein Auto vorbei und ließ die Brücke dumpf vibrieren.

Tamara Deile, oder Schefler, wie ihr Mädchenname war. Sie hatte Grauenvolles erlebt.

Bei dem Gedanken, was diesem Mädchen angetan worden war und von *wem*, strich er sich mit beiden Händen über die Unterarme.

Er fror.

Er hatte damals, als er noch bei der Polizei gewesen war, einiges zu sehen bekommen. Auch wenn viele es erst nach dem grausamen Mord an der Polizistin gesehen hatten: Er wusste schon lange, dass diese Gegend auch ihr Pensum an Kriminalität und Gewalt hervorbrachte. Es war wie überall.

Aber das, was er über Tamara Deile erfahren hatte, hatte eine ganz andere Dimension. Wie konnte ein Mensch einem anderen so etwas antun? Allein der Gedanke daran ließ ihn wieder frösteln.

Mein Gott, sie hatte es über all diese Jahre geheim gehalten. Ihr würde es nicht schaden, was er vorhatte, so viel war sicher.

Oder?

Wieder fuhr ein Auto vorüber, das Geräusch, von der Brücke verstärkt, dröhnte in Cordes' Ohren. Er trank die zweite Flasche leer, warf sie der ersten hinterher und stand auf, um zu gehen.

Er spürte eine Enge im Hals. Er hatte Angst.

3

Paul wachte mit einem steifen Nacken auf, und nur langsam begriff er, warum. Am Tisch sitzend, war er eingenickt.

Draußen war es immer noch dunkel, der zweite Stuhl am Tisch war leer. Er stand auf und massierte seine Schultermuskulatur, sein Körper fühlte sich eingerostet an.

Die Küchenuhr zeigte vier Uhr zwanzig an, bald würde es dämmern.

Im Bad rauschte die Toilettenspülung, und Bianca erschien mit zerzaustem Haar und sichtbar müde im Türrahmen. Wie um sich zu wärmen, schlang sie die Arme um den Oberkörper. »Kalt!«

Auch sie blickte auf die Uhr. »Geh schlafen, Paolo, niemand hat was davon, wenn du nicht schläfst! Tamara kommt nach Hause, ihr ist nichts passiert, und damit basta!«

»Aber …«

»Es geht mich nichts an, was zwischen euch los ist, ja? Ich verstehe dich nicht! Und ich habe jetzt genug davon, ich habe zwei Kinder, die brauchen keine Mutter, die im Stehen einschläft!«

Bianca schüttelte bedächtig den Kopf und seufzte: »Ach Paolo, es tut mir leid! Mein Gott, ich bin einfach müde! Geh schlafen, und wenn du aufwachst, ist sie längst hier. Schlaft beide aus, und dann redet ihr, ja?«

In diesem Augenblick wurde die Eingangstür geöffnet.

Kurz blickten sich beide erschrocken an.

Tamara!

Paul schob sich an Bianca vorbei und durchquerte den Flur.

»Oh, noch wach?«, lachte Tamara und ließ ihre Handtasche von der Schulter gleiten.

»Wo warst du?«

Tamara hob die Augenbrauen.

»Ich war tanzen, Paul. Wie schade, dass du nicht dabei warst.«

Ehe Paul wusste, was er tat, hob er seine Hand und schlug Tamara hart ins Gesicht. Wie in Zeitlupe sah er, wie sein Schlag ihren Kopf traf. Sie hatte nicht versucht, ihm auszuweichen.

Paul erschrak über seine heftige Reaktion und wollte sich entschuldigen. Aber ihre Augen, die ihn kalt musterten, hielten ihn zurück.

Sie schaute ihn ruhig an und strich sich mit der Hand über die Wange. Sie neigte ihren Kopf. »Du bist *krank*, Paul, weißt du das?«

Sie wollte an ihm vorbei, doch Paul packte sie an der Schulter und riss sie zurück. »Wir reden. *Jetzt!*«

Es dauerte einige Sekunden, bevor sie antwortete. Sie sah Paul nur an, ihre Wange von seinem Schlag gerötet. Sie legte ihre Hand fest auf seine, die immer noch ihre Schulter gepackt hielt. Ihre Augen in einem Ausdruck der Wut zu Schlitzen verengt, erwiderte sie: »Gut, Paul. Lass uns reden.«

Bianca, die die Szene von der Küchentür aus beobachtet hatte, seufzte. Aus dem Schlafzimmer hörte man eines der Kinder weinen, und sie verließ die Küche.

Paul atmete langsam aus, dann setzte er sich.

Tamara zögerte erst, ging dann auf den Tisch zu, stützte sich auf und sah ihm tief in die Augen. »Lass *mich* anfangen, ja?«

Sie setzte sich auf den Stuhl ihm gegenüber, und Paul sah, wie seltsam geschmeidig sie dies tat. Es erinnerte ihn an etwas, und wieder schien sie ihm so fremd. So weit entfernt, als könne er sie nie mehr erreichen. Er schluckte hart.

»Weißt du, Paul, ich habe nachgedacht. Mir ist klar, was du willst, und ich kann es dir nicht, *nicht mehr*, geben …«

Paul wollte etwas erwidern, doch Tamara war noch nicht fertig.

»Du willst, dass ich wieder so bin wie früher. Du willst deine ach so hilflose, verängstigte Tamara zurück!«

Paul schlug die Hände vors Gesicht. *Das konnte nicht wahr sein!*

»Nein, Tamara. Das stimmt nicht …«

»Natürlich! Dir passt es einfach nicht, dass ich jetzt selbstbewusster bin, dass *ich* entscheide, was ich mache, und nicht mehr meine Angst!«

Sie stand auf und machte eine weit ausholende Geste.

»Das alles hier, das ist nicht genug! Verstehst du das nicht? Ich war nie jung, ich habe gar nicht gewusst, wie es ist, jung zu sein! Aber jetzt bin ich frei, *ich habe keine Angst mehr …*«

Sie lachte bitter auf. »Nein, das ist vorbei, Paul …«

In diesem Moment wollte Paul ihr erzählen, was er dort im Club erlebt hatte, wie *ihre* Erinnerung ihn überfallen hatte. Welche Sorgen er sich gemacht hatte, wie fremd sie ihm geworden war. Wie sehr er sie trotzdem liebte. Aber in ihrem Blick lag so viel Kälte, dass er nur sagte: »Ich weiß, dass du mich angelogen hast, du hast nie Anzeige erstattet. Warum nicht?«

Als er sah, dass sie nicht antworten würde, fügte er hinzu: »Warst du gestern Nacht noch mal unten und hast die Kellertür geöffnet?«

Ohne ihre Antwort abzuwarten, stand er auf und verließ die Küche.

Er legte sich aufs Sofa, und während es draußen allmählich hell wurde, war ihm schmerzlich bewusst, dass er sich einsam fühlte.

Er vermisste Tamara, so wie er sie seit fast sechs Jahren kannte. Sanft, liebevoll, vorsichtig, wie sie mit anderen umging. Und er wusste, dass auch er gelogen hatte. Er wollte die alte Tamara zurück. Er *wollte*, dass sie so war, wie sie früher gewesen war.

Langsam sickerte bläuliches Dämmerlicht durch die Fenster, draußen fingen die ersten Vögel an zu singen.

4

Tamara öffnete das Küchenfenster, sie brauchte dringend frische Luft. Ihre Hände zitterten, als sie sich ein Glas Wasser eingoss. *Jo* war hier gewesen, hier im Haus, daran bestand kein Zweifel. Dafür konnte es nur einen Grund geben.

Tamara trank aus und öffnete vorsichtig die Wohnzimmertür.

Paul lag auf dem Sofa, und es sah aus, als schliefe er. Sie konnte seine gleichmäßigen Atemzüge hören. Seine Hand hing schlaff herunter.

Um ihn nicht zu wecken, schlich sie auf Zehenspitzen um das Sofa herum, zu ihrem Schreibtisch, der dahinter an der Wand stand.

Der alte, mit Schnitzereien verzierte Schreibtisch ihrer Mutter hatte eine breite Schublade an der Vorderseite. Tamara starrte diese Schublade an, streckte ihre Hand aus und berührte den eisernen Griff. Sie spürte ein Kribbeln auf ihrer Haut, und die Härchen auf ihrem Unterarm stellten sich auf.

Schnell zog sie die Hand zurück.

Die Schublade war leer, sie *wusste*, dass sie leer war!

Ihre Erinnerungen, all das, was sie über die Jahre dort versteckt hatte! Ihr Tagebuch …

Wieder streckte sie ihre Hand aus, sie zitterte so stark, dass sie Mühe hatte, den Griff zu halten. Mit einem Ruck zog sie die Schublade heraus: Sie war leer.

Natürlich war sie leer!

Tamaras Gesicht erstarrte, unfähig, sich zu rühren, stand sie da und wurde hinabgezogen in diese Leere.

Das Bild!

Tamara versuchte verzweifelt, an das Bild zu denken.

Kurz flackerte das Rot in ihrem Geist auf, dann, mit einer Wucht, die ihr für Sekunden den Atem nahm, brach der Damm, und sie wurde fortgerissen.

… Dunkelheit und Stille.

Dann ein Geräusch, die Tür öffnet sich. Das Licht schmerzt in Tamaras Augen, sie hat Durst, so schrecklichen Durst.

»Wasser! Gib mir Wasser! Bitte!«

Schweigen.

Vor Tamaras Gesicht eine Axt.

»Neeiiin!«

»Keine Angst, ich tu dir doch nichts, nicht dir.«

Tamara würgt, ihr leerer Magen bäumt sich auf, sie würgt und erbricht Galle.

»Schau, ich will das mit deinen Eltern nicht machen, aber wenn du mich verrätst, dann muss ich es tun, oder? Das verstehst du, dass das hier unser Geheimnis bleiben muss, ja? Du willst doch wieder nach Hause. Und ich könnte dir nie wehtun. Nie. Du willst mir doch auch nicht wehtun, du hast mich doch lieb?«

Ein scharfer Schmerz riss sie aus diesem Alptraum. Sie lag zwischen Schreibtisch und Sofa, ihre Stirn brannte.

Sie setzte sich auf, schlug sich den Kopf an der geöffneten Schublade und stöhnte vor Schmerz, fühlte sich benommen und suchte Halt, um stehen zu bleiben. Mit gesenktem Kopf stand sie da, etwas tropfte auf die Tischplatte.

Blut.

Die Tropfen ließen ein seltsames Muster auf dem dunklen Holz entstehen, fingen die ersten Strahlen der Morgensonne ein.

Der Schwindel legte sich, sie fasste sich an die Stirn und spürte, wie es immer weiter aus dieser Wunde herausquoll. Sah das Blut, das ihre Hand bedeckte, und ein Schauer ging durch ihren Körper.

Mit beiden Händen hielt sie ihren Kopf und wankte ins Bad.

Im Spiegel sah sie eine tiefe Platzwunde am Haaransatz.

Ich muss etwas darauf pressen, um die Blutung zu stillen, dachte sie alarmiert und streckte ihre Hand nach dem Verbandskasten aus.

Aber sie konnte den Blick nicht abwenden.

Langsam ließ sie die Hand wieder sinken.

Mit jedem Tropfen, der ihr die Stirn, über die Wange zum Kinn hinunterlief und schließlich auf die weiße Keramik des Waschbeckens fiel, spürte sie ihre Wut wachsen.

Sie schmeckte die metallische Süße auf ihren Lippen. »Ich hasse dich«, flüsterte sie so leise, dass sie ihre Stimme kaum hörte, dann lauter: »Ich hasse dich.«

Ein Lächeln stahl sich auf Tamaras Gesicht, und noch einmal sagte sie: *»Ich hasse dich!«*

Nachdem Tamara die Wunde notdürftig versorgt hatte, verebbte der Schmerz. Rasch lief sie auf Zehenspitzen durch den Flur und öffnete die Tür zu Pauls Arbeitszimmer. Leise schloss sie diese hinter sich und setzte sich an seinen Schreibtisch. Vor dem Computer türmten sich Schulhefte. Tamara schob sie hastig zur Seite. Sie startete den Computer und wartete, auf die Ellenbogen gestützt, darauf, das Passwort eingeben zu können.

Ihr Blick fixierte den Bildschirm. Da, endlich.

Mit fliegenden Fingern tippte sie TAMARA, streifte die Eingabetaste und griff nach der Maus.

Sie würde Jo finden …

Tamara gab den vollen Namen bei Google ein. Enter …

Ein Allerweltsname, unzählige Einträge erschienen. Sie streckte vorsichtig ihre zitternde Hand aus und durchsuchte die Einträge.

Tamara klickte auf »Bilder« …

Einige Minuten durchsuchte sie die Galerie.

Es schien vergeblich. Ein unbekanntes Gesicht nach dem anderen lächelte sie vom Bildschirm aus an. Sie scrollte schneller, überflog die Bilder bald nur noch.

Immer deutlicher sah sie Jos Gesicht vor sich, bis es alles auszufüllen schien.

Diese Augen …

Ihr Herz raste, sie begann unkontrolliert zu zittern.

»Tamara, das musst du unbedingt hören. Du bist in den Nachrichten, du wirst berühmt!«

Das Radio wird eingeschaltet.

»… Die Suche nach der seit nun einer Woche vermissten Tamara Schefler geht weiter. Das Mädchen war auf dem Weg zu einer Schulfreundin spurlos verschwunden. Die Polizei geht inzwischen davon aus, dass die Vierzehnjährige einem Verbrechen zum Opfer gefallen ist …«

»Witzig, oder? Dabei sitzt du hier gesund und munter, und ich verwöhne dich, stimmt's? Ach, übrigens, die Polizei war gestern auch hier, sie haben mich gefragt, ob mir noch was eingefallen ist … Ich hab einen riesigen Schreck bekommen, weil deine schwarze Jacke ja noch an der Garderobe hängt. Aber die haben es nicht bemerkt. Du hättest mich sehen sollen! Du wärst stolz auf mich gewesen! Ich hab meine Rolle so gut gespielt, ich hätte fast schon selbst geglaubt, dass das alles ganz schrecklich ist …

Ich hab eine Pizza für uns im Ofen, riechst du es … Mmh. Ich hole sie schnell. Warte hier auf mich! Oh, sorry, ist mir so rausgerutscht … Zum Essen binde ich dir eine Hand los. Ich kann dich ja nicht immer füttern, oder?«

Die Woche hatten Tamara und Paul gemeinsam mit Karl und seiner Familie verbracht. Waren am Neckar Eis essen, bummelten durch die Innenstadt. Tamara und Bianca besichtigten die Kilianskirche. Diese Kirche hatte den Bombenangriff vom 4. Dezember 1944 wie durch ein Wunder äußerlich nahezu unbeschadet überstanden, während die Innenstadt fast gänzlich vom Feuersturm verschlungen wurde. Und war so zu einem Symbol der Hoffnung geworden.

Bis auf eine Frau, die in ein Gebet versunken war, war die Kirche leer.

Die Weite, der stille Raum, in dem ihre Schritte hallten, wie um eben diese Weite zu ermessen, ließen Tamara ruhiger werden. Sie spürte, wie ihr Brustkorb freier wurde. Die Wut und Beklemmung, die immer intensiver geworden waren, wichen einer unbestimmten Leichtigkeit. Dieser Leichtigkeit, die sie, ohne es zu wissen, über all die Jahre nicht hatte empfinden können.

Untergehakt gingen sie zum Mittelschiff und setzten sich dort auf eine der dunklen Holzbänke.

Tamara spürte die harte Lehne angenehm im Rücken, breitete die Arme aus, lehnte den Kopf zurück und betrachtete das Gewölbe des Sandsteinbaus, das sich über ihr ausdehnte.

Nach einigen Minuten, in denen beide geschwiegen hatten, sagte Bianca: »Tamara, willst du darüber reden …?«

Tamara wollte antworten, spürte, wie sich alles in ihr zusammenzog, enger wurde, wie die Unbeschwertheit sich auflöste.

»Ich kann nicht …«, presste sie mühsam heraus.

Tamara ballte die Hände zu Fäusten und spürte, wie sie die Zähne so fest zusammenbiss, dass ihr Kiefergelenk knirschte.

Bianca legte ihr die Hand auf den Arm.

Tamara stand auf.

»Bianca, bitte, ich komme schon klar …«

Sie zwang sich, tief einzuatmen, versuchte, sich zu entspannen, und schaffte es mühsam, diese Wut, diesen Hass zur Seite zu drängen.

Sie würde weitersuchen, Jo finden.

Sie bräuchte ein Ventil. Ein Ventil für all das, was sich immer mehr in ihr staute. Ein Ventil, um all diese Wut, diesen brennenden Hass, der sie zu verzehren drohte, entweichen zu lassen.

Bianca schaute sie zweifelnd an, sagte aber nichts mehr. Sie stand auf und hakte sich bei Tamara unter. Ohne es zu wollen, versteifte sich Tamara unter dieser Berührung. Sie würde Jo suchen, würde ihrem Hass freien Lauf lassen, so lange, bis er verebbt war, bis sie all diese Wut wie widerlich grüne Galle erbrochen hatte.

Sie hatte keine Angst mehr, würde nie wieder Angst haben.

Während sie durch das Mittelschiff auf den Eingang zuliefen, fingen die Glocken an zu läuten.

Sich endlich von allem befreien, dachte Tamara und spürte, wie ihr Blut in den Schläfen pochte, Adrenalin durch ihren Körper jagte, das lodernde Feuer des Hasses anfachte. Den Hass, der bald alles verzehren würde!

Kontrolle.

Diesmal würde *sie* die Situation kontrollieren …

5

Das Wochenende war unerträglich langsam und zäh verlaufen.

Schwüle Luft lag schwer wie eine Decke über der Stadt, und kein noch so kleiner Windhauch brachte Erleichterung.

Andreas hatte die meiste Zeit in der Kanzlei gearbeitet und war nur nach Hause gekommen, um sofort oben im Schlafzimmer zu verschwinden. Anna hatte einige Male nach ihm geschaut.

Wie er so dalag, sah seine Haut gelblich fahl aus, und die dunklen Ringe unter seinen Augen traten deutlich hervor.

Er schwitzte stark. Anna zog die Sommerdecke von seinem Körper, nahm ein Bettlaken aus dem Schrank und deckte ihn damit zu, dann schloss sie die Jalousien.

In dem Moment, als sie die Tür hinter sich zuzog, fühlte sie eine sanfte Berührung, etwas glitt an ihr vorbei. Die Katze war ihr unbemerkt gefolgt. Sie sprang aufs Bett und legte sich auf Andreas' nackte Brust. Anna spürte einen überraschend kühlen Hauch auf der Haut und schüttelte sich unwillkürlich.

Mit beherztem Schritt ging sie zum Bett und packte die Katze am Nackenfell. »Du kommst jetzt mit!«

Unter ihrem Griff sträubte sich das Tier, versuchte, sich herauszuwinden, und ehe Anna reagieren konnte, warf es sich in einer geschickten Bewegung herum und schlug mit ausgefahrenen Krallen nach Annas Schulter. Ein brennender Schmerz ließ Anna zusammenzucken.

»Du verdammtes Mistvieh!«

Trotz des Schmerzes lockerte sie ihren Griff nicht, lief, die Katze am ausgestreckten Arm haltend, nach unten.

Wenn dieses Tier ihr nicht auf Schritt und Tritt durchs Haus folgte, saß es an der Terrassentür und schrie kläglich.

Eine seltsame Katze. Nur selten war sie auf Annas Schoß gesprungen, hatte sich von ihr kraulen lassen. Andreas mochte das Tier nicht und zeigte es, indem er es ignorierte. Aber anscheinend fühlte sich die Katze zu ihm hingezogen, denn ständig strich sie ihm um die Beine. Gestern wäre er beinahe über sie gestolpert. Wüst hatte er sie mit dem Fuß von sich geschubst, die Katze war fauchend unter einen Sessel geflüchtet, nur um kurz darauf schon wieder Andreas' Nähe zu suchen.

»Du undankbares Tier!« Anna schlug einen schmeichelnden Tonfall an und öffnete die Tür zum Keller.

»Hmm, jetzt beruhigen wir uns, und du machst ein schönes Schläfchen, ja?«

Da Anna nichts Besseres einfiel, nahm sie sich ein Handtuch und ging in den Garten. Sie wollte sich etwas ausruhen, sie fühlte sich ausgelaugt und kraftlos.

Auch Andreas schien es nicht wirklich gut zu gehen, sie sah es ihm immer deutlicher an. Er wirkte gehetzt und schien sich kaum zu entspannen, wenn er zu Hause war. Aber bald war es so weit, und sie würden endlich hier rauskommen. Anna seufzte und legte sich auf eine Liege neben dem Pool.

Seit er beschädigt worden war, hatte sie nicht mehr darin schwimmen können. Die Filteranlage war ausgeschaltet, und auf dem einst türkisblauen Wasser hatten sich grüne Schlieren schleimiger Algen gebildet. In diesem Brackwasser hatten unzählige Insekten ihre winzigen Eier abgelegt, und ein Schwarm Mücken tanzte im roten Licht der Abendsonne. Immer wieder ließ sich eine auf Anna nieder. Nach einiger Zeit, in der sie erfolglos versucht hatte, diese Blutsauger von sich fernzuhalten, stand sie auf, um ihre Liege in den hinteren Teil des Gartens zu tragen. Weit weg vom Pool.

Am Montag fühlte sich Anna nicht besser. Wieder hatte sie sich nachts ruhelos in feuchten Laken gewälzt, wieder war da dieser Druck im Kopf. Als sie sah, dass sie keine Schmerztabletten mehr hatte, fluchte sie. Jetzt musste sie extra zur Apotheke fahren, dabei hatte sie nur eine der Tabletten schlucken und sich wieder ins Bett legen wollen.

Ohne zu duschen, zog sie sich Shorts und T-Shirt an, band sich die Haare zu einem Zopf und wollte das Haus verlassen.

Da hörte sie das Telefon klingeln.

Unentschlossen blieb sie an der Tür zur Garage stehen. Sollte sie rangehen? Bestimmt war es kein wichtiger Anruf, und Andreas würde ohnehin auf ihrem Handy anrufen.

Sie wartete einen Moment, der Anrufer würde sicher gleich auflegen. Der Druck in ihrem Kopf wurde stärker, bald wäre sie nicht mehr fähig, Auto zu fahren. Doch das Läuten hörte nicht auf, schrillte weiter durch die Stille des leeren Hauses.

Dieses unerbittliche Geräusch zerrte an Annas Nerven. Ein paar Schritte durch die Eingangshalle, ein paar Worte, und es würde aufhören. *Dieser Schmerz!*

Das Läuten kam aus Andreas' Büro, er musste das Telefon dort vergessen haben, und als Anna den düsteren Raum betrat, begann ihr Herz zu rasen, als würde sie etwas Verbotenes tun.

»Ja, hallo?«

»Guten Tag, Frau Ackermann, Praxis Dr. Fried.«

»Ja?«

»Ist Ihr Mann zu sprechen?«

Anna verneinte.

»Es geht um einen Termin, am besten wäre es, er würde sich telefonisch mit uns in Verbindung setzen.«

Das Pochen in ihrem Schädel wurde unerträglich, und Anna war sich nicht sicher, ob sie richtig verstanden hatte.

Welcher Termin?

»Hallo, Frau Ackermann? Sind Sie noch am Apparat?«

»Ja, ja, ich werde es ihm ausrichten.«

Anna legte das Telefon zurück auf den Schreibtisch, und ihr Blick blieb an dem Laborbericht hängen, den sie schon vor Kurzem gelesen, aber nicht verstanden hatte.

Anna nahm den Umschlag und drehte ihn nervös in ihren Händen.

Nein, nicht jetzt.

Dieses penetrante Pochen in ihrem Kopf machte zusammenhängendes Denken unmöglich.

Eine halbe Stunde später war sie wieder zu Hause, zwei Tabletten hatte sie schon genommen, als sie in der Apotheke war.

Sie ließ ihre Handtasche in der Eingangshalle fallen, wankte ins Wohnzimmer und sank aufs Sofa.

Der Schmerz ließ langsam nach.

Als sie über den Anruf nachdachte, musste sie sich eingestehen, dass Andreas schon in den letzten Monaten sehr schlapp und abgekämpft gewirkt hatte. Was, wenn er etwas Ernsthaftes hatte?

Ja, aber er arbeitete ständig in seiner Kanzlei und war dabei, seine politische Karriere voranzutreiben. War es da verwunderlich, wenn er mit seinen Kräften am Ende war?

Anna setzte sich auf, und sofort bereute sie es. Tränen traten in ihre Augen.

Langsam und vorsichtig stand sie auf und lief durch die Halle. Sie wollte sich den Laborbericht genauer anschauen. Fast war sie an der Tür zu Andreas' Büro angelangt, als sie unvermittelt stehen blieb. Etwas irritierte sie, etwas fehlte. Im Spiegel neben der Garderobe sah sie überrascht den Kratzer an ihrer Schulter, er hob sich deutlich von ihrer makellosen Haut ab. Gedankenverloren strich sie mit dem Zeigefinger über den Schorf.

Die Katze!

Sie hatte sie nicht rausgelassen! Wie hatte sie das vergessen können? Anna eilte durch die Eingangshalle, riss die Kellertür auf und stolperte die steile Treppe hinunter.

Das arme Tier! Hektisch tastete sie mit der Hand nach dem Lichtschalter, fand ihn und rannte den Flur entlang.

Gedämpft durch die schwere Eisentür drang klägliches Wimmern an ihr Ohr.

Anna öffnete die Tür, ein stechender Geruch schlug ihr entgegen, die Katze kam heraus und schmiegte sich an sie. Anna hob sie vorsichtig hoch.

»Du armes Ding, habe ich dich einfach vergessen?«, flüsterte Anna in das weiche Fell des Tieres.

Die Katze fest an sich gedrückt, ging sie zurück nach oben und in die Küche.

»Du hast bestimmt Hunger und Durst!«

Das Tier saß erwartungsvoll auf dem Boden. Obwohl Anna sie nur aus dem Augenwinkel sah, schien es ihr, als würde sie jeden ihrer Handgriffe aufmerksam verfolgen. Als Anna ihr ein Schüsselchen mit Wasser hinstellte, fing sie sofort an, gierig zu trinken. Gestern war es heiß gewesen, gut, dass es im Keller immer recht kühl blieb. Sie wollte nicht daran denken, was hätte passieren können, hätte sie die Katze noch einen Tag länger dort unten vergessen.

Gierig machte sich die Katze auch über das Futter her.

Anna hockte sich hin, um sie zu streicheln, doch die Katze gab ein unfreundliches Fauchen von sich, und schnell zog Anna ihre Hand zurück. Dann eben nicht, dachte sie.

Sie warf einen Blick auf die Küchenuhr, es war kurz nach drei, es war noch Zeit, bis Andreas käme …

Sie verließ die Küche und ging ins Büro, nahm den Umschlag und zog den Laborbericht daraus hervor.

Auf der linken Seite standen eine Reihe medizinischer Kürzel. Daneben war der Normalwert angegeben, und rechts standen dann wohl Andreas' Blutwerte …

Anna studierte diese Zahlenreihen genau und blieb an einem Begriff hängen: Alpha-1-Feotoprotein …

Sie sah mit einem Blick, dass Andreas' Wert weit oberhalb des Normalbereichs lag.

Anna konnte sich keinen Reim darauf machen, was das zu bedeuten hatte. Andreas' Laptop lag auf seinem Schreibtisch, aber Anna kannte sein Passwort nicht. Natürlich nicht.

Ohne Hoffnung auf Erfolg gab sie ANNA ein …

Ein Lachen entfuhr ihr, als der PC hochfuhr.

Anna …

Mehrmals vertippte sie sich, bis sie es schaffte, den medizinischen Begriff einzugeben. Tabellen erschienen, Fachbegriffe, aus denen sie nicht schlau wurde.

Sie schaltete den PC aus.

Anna lief eilig ins Wohnzimmer. *Das war zu viel, das war alles zu viel!* Diese Ungewissheit, was hatte Andreas im Industriegebiet zu suchen, warum verheimlichte er ihr einen Arzttermin, der so wichtig war, dass die Praxis deswegen anrief? Was war, wenn er ernsthaft krank war?

Anna griff sich eine Flasche Whisky, schraubte sie auf und trank. Sie verzog das Gesicht, es brannte in ihrer Kehle, dann zurück in die Eingangshalle. Ihre Handtasche …

Sie fand das Päckchen Zigaretten und ein Feuerzeug. Gut.

Fast hätte sie sich die Zigarette angesteckt, nein, wenn Andreas das röche! Anna schlug eine Hand vor den Mund und blickte sich in der Eingangshalle um. *Dieses Haus, dieses leere Haus, raus, sie musste raus hier!* Zurück durchs Wohnzimmer, die Flasche, in den Garten.

Ihre Hände zitterten, als sie sich eine Zigarette anzündete.

Die Zigarette im Mundwinkel, schraubte sie den Whisky auf. Noch ein Schluck, und sie würde sich bestimmt besser fühlen.

Sie könnte Andreas doch einfach sagen, dass diese Praxis angerufen hatte, und ihn nach dem Grund fragen …

Anna lachte auf, verschluckte sich und fing an zu husten.

Ihn einfach fragen?

Wie denn? Er würde es ihr falsch auslegen. Er hatte es ihr nicht gesagt, also wollte er auch nicht, dass sie es wusste!

Die Zigarette fiel aus ihrer Hand, der Hustenreiz schüttelte ihren Körper und ging in unkontrolliertes Schluchzen über.

Wieder sirrte diese unheilvolle Wolke aus Insekten über dem modernden Poolwasser, schon ließen sich einige auf Annas Armen und Schultern nieder …

6

Bald würde sein Leben eine neue Wendung nehmen, dachte Cordes, als er das Fernglas absetzte und sich die Nasenwurzel rieb.

Er war hoch in den Wald Richtung Gaffenberg gewandert und hatte sich auf die Bank gesetzt, von der aus man sein Haus sehen konnte.

Nein, nicht *sein* Haus. *Ihr* Haus.

Die Hypothek hatte seine Frau aufgenommen …

Und Cordes hatte sie den Spielautomaten in den unersättlichen Schlund geworfen. War eine unheilvolle Symbiose eingegangen, hatte sie gefüttert und gehofft, irgendwann seinen Lohn für diese Aufopferung zu bekommen …

Cordes griff in seinen Rucksack und zog eine Feldflasche daraus hervor. Gierig trank er das lauwarme Wasser, wischte sich den Mund und stellte die Flasche neben sich auf die Bank. Unten in der Stadt war die Luft drückend, doch hier oben im Wald ließ ein leichter Wind die Blätter der Bäume ab und an rauschen und spendete willkommene Abkühlung.

Weit unten, im Garten, rührte sich nichts. Vorhin war seine Tochter draußen gewesen, hatte sich auf eine Liege gelegt und gelesen. Seine Tochter … sie war jetzt schon siebzehn.

Als er auszog, war sie gerade zwölf geworden.

Vielleicht war es kein Zufall, dass *sie* ihn auf die richtige Fährte gebracht hatte.

An diesen Tag erinnerte er sich, als wäre es gestern gewesen. Wieder ein Streit um Geld, wieder das Weinen seiner Tochter, heimlich, sie hatte tapfer ihre Tränen zurückgehalten. Aus dem Augenwinkel hatte er gesehen, wie sich die Zimmertür schloss. Er war hinterhergegangen, wollte mit ihr reden. Über alles, was so schrecklich schieflief.

Mit angezogenen Knien, den Kopf vornübergebeugt, saß sie auf ihrem Bett.

»Willst du reden?«, hatte er gefragt und ihr eine blonde Strähne aus dem nassen Gesicht gestrichen.

»Nein, Papa …«, hatte sie trotzig ihr Kinn vorgereckt.

»Mit wem redest du dann, du …«

Sie war aufgestanden, hatte ihm den Rücken zugekehrt.

»Ich habe ein *Tagebuch.*«

Dieser eine Satz, der sich in seine Seele gebrannt hatte, der damals das Ende bedeutete.

Tamara Deile hatte niemandem erzählt, wo sie gewesen war.

Aber Mädchen schrieben Tagebücher.

Für seine Tochter war er das Risiko eingegangen, sich in Tamara Deiles Wohnung zu schleichen.

Cordes begann zu träumen, lehnte sich weit nach hinten, schaute in das dichte Grün und dachte an *danach.*

Danach. Seine Frau würde zurückkommen, er würde alles wiederbekommen, was er durch seine Dummheit verloren hatte.

Das Lachen seiner Frau, seiner Tochter …

Aber erst kam das *Davor*, das *Wie*. Die richtigen Worte zu finden. Er schaute an sich hinunter: sein immer gleicher brauner Anzug, an den Knien abgewetzt und glänzend …

Und Ackermann. Reichtum, der ihm aus allen Poren triefte, und das damit einhergehende Selbstbewusstsein …

Cordes schlug mit der flachen Hand auf das Holz der Bank.

Mein Gott, dieser Dreckskerl hatte es verdient!

Trotzdem zögerte er, sein Handy aus der Tasche zu ziehen und ein Treffen vorzuschlagen. Zu *verlangen.*

Cordes stand auf, nahm seine Wasserflasche und das Fernglas, steckte beides in den Rucksack und schaute noch einmal zurück, zu seinem ehemaligen Zuhause. Im Wohnzimmer war das Licht eingeschaltet, bestimmt würden sie bald zu Abend essen.

Seine Frau. Seine Tochter.

Bald.

Bald, noch nicht jetzt.

Er müsste nur diese drei Worte sagen, warum zögerte er?

Nur diese drei Worte:

»Ich weiß es.«

7

Anna warf ihre Kippe in den Pool; obwohl es nicht kalt war, fror sie. Vom Weinen fühlte sich ihr Hals rau an, und ihre Kopfschmerzen machten sich wieder stärker bemerkbar.

Wie spät war es? Die Dämmerung hatte eingesetzt, und vom Rasen stieg ein blasser Dunst auf. Über dem Dunst, der begann, sich wie ein feiner Nebel über den Garten zu legen, sirrten immer mehr von diesen widerlichen Mücken. Und einige der Biester hatten sie zerstochen! Anna klatschte sich mit der Hand auf die Schulter. Ein Fleck ihres Blutes blieb auf der Haut zurück.

Sie kratzte sich am Unterarm, an dem sich einer der Stiche bereits in eine juckende Quaddel verwandelt hatte.

Noch vor Kurzem hatte sie der Anblick des verwüsteten Gartens fasziniert, die riesige Eiche, die dort halb im Pool gelegen hatte. Aber von dieser Faszination war nichts übrig. Dort, wo der alte Baum gestanden hatte, klaffte ein Loch, in dem sich Wurzelgeflecht wie Würmer aus der Erde schlängelte. Nicht nur der Pool war beschädigt, auch der Rasen hatte einiges abbekommen. Überall waren Narben zurückgeblieben, an diesen Stellen war der Lehmboden zu sehen.

Kleinere Äste und Zweige lagen über den gesamten Garten verstreut und ragten nun aus dem dichter werdenden Nebel hervor. *Wie dürre Finger*, dachte Anna, *wie Hände, die nach mir greifen …*

Andreas war krank, aber es konnte nichts Ernstes sein, das war kompletter Unsinn! Er hätte es ihr gesagt. Aber was, wenn er *doch* ernsthaft krank war, was, wenn sie ihn verlieren würde? So, wie sie ihre Eltern verloren hatte. Was wäre, wenn sie eines Tages warten würde, und er würde nicht mehr kommen? Sie versuchte, ein Weinen zu unterdrücken, wollte nicht daran denken. Genau wie ihre Eltern. Jeden Abend hatte sie auf einen Anruf gewartet, der nie mehr kommen sollte. War sicher gewesen, dass sie nun für immer fort waren, sie einfach zurückgelassen hatten.

Wie einen Gegenstand, dessen man überdrüssig geworden war. Bis sie erfahren hatte, dass sie bei einer Gebirgstour abgestürzt waren, man ihre Leichen gefunden hatte … Die Wochen danach lagen im Dunkeln, waren ihr nur schemenhaft in Erinnerung. Der Abschied von ihrem normalen Leben, ihren Freunden, der Umzug ins Heim. *Allein sein.* Das würde sie nicht noch einmal durchstehen. Bei dem Gedanken, für immer allein zu bleiben, konnte sie die Tränen nicht mehr zurückhalten. In diesem Moment spürte Anna eine Berührung an ihrer nackten Wade und zuckte, aus ihren Gedanken gerissen, zusammen.

Erleichtert ließ sie ihren Atem entweichen und hob behutsam die Katze auf, die ihr durch die geöffnete Terrassentür nach draußen gefolgt war. Das Tier fing an, wohlig zu schnurren, und sie spürte seinen warmen Körper dicht an ihrer Brust. Allmählich entspannte sich Anna. Sie lehnte ihren Kopf an den Körper der Katze, sog ihren warmen Duft in sich auf.

Sanft begann die Katze, mit ihrer rauen Zunge Annas Schulter zu lecken.

Anna warf einen letzten Blick auf den Garten, ging mit der Katze auf dem Arm hinein und schloss die Terrassentür. Sie wollte das alles nicht mehr sehen. Dann zog sie die Gardinen vor, schaltete das Licht ein und begann, Feuer im Kamin zu machen. Trotz der Schwüle draußen war ihr auf einmal kalt.

In dem Augenblick, in dem das Feuer anfing zu atmen und Anna den Schürhaken zur Seite legte, ging die Eingangstür auf.

Andreas! Endlich …

Anna eilte in die Eingangshalle, um Andreas zu begrüßen.

Wie gut, dass er jetzt da war, er würde sie von all diesen düsteren Gedanken ablenken! Der Arzttermin. Vielleicht hatte er nichts davon gesagt, weil er sie nicht beunruhigen wollte …

Die Haustür war offen. Andreas stand mit dem Handy am Ohr im Türrahmen, und sein angespannter Gesichtsausdruck verriet Anna, dass etwas ganz und gar nicht in Ordnung war.

Er schien seinem Gesprächspartner angestrengt zuzuhören.

Er warf Anna einen abwesenden Blick zu und lief, das Handy immer noch am Ohr, in sein Büro. Die Tür schloss sich hinter ihm, und Anna hörte, wie er sagte: »*Was* wissen Sie?«

Gedämpft durch die dicke Tür war weiter Andreas' Stimme zu vernehmen, aber zu leise, als dass sie ihn hätte verstehen können. Anna machte einen zögerlichen Schritt auf die geschlossene Tür zu, ihr Herz begann zu rasen, sie rieb sich die feuchten Hände an ihrer Hose und überlegte. Sollte sie das Risiko eingehen, ihn zu belauschen? Ein Holzscheit im Kamin knackte. Anna zuckte zusammen. Fast hätte sie aufgeschrien, konnte sich gerade noch die Hand vor den Mund legen. Was fürchtete sie? Und wenn er sie erwischen würde, was konnte er ihr vorwerfen?

Sie würde ihm all ihre Bedenken erklären, er müsste sie einfach verstehen …

Auf Zehenspitzen schlich sie durch die Halle und lehnte den Kopf an das Holz der Tür …

»Wo? Unten in dieser Spielhalle? Gut, in zwanzig Minuten bin ich da.«

Anna hörte, wie Andreas laut fluchte, dann seine Schritte.

Weg hier! Anna hastete in die Küche und hörte, wie die Bürotür aufgerissen wurde, dann lief Andreas durch die Halle zurück zur Eingangstür. Angespannt wartete sie darauf, dass die Tür ins Schloss fallen würde. Sie würde ihm folgen, das war ihre Chance. Sie würde endlich herausfinden, was er vor ihr geheim hielt. Sie vernahm das Knirschen des Kieses auf der Einfahrt, als sein Wagen anfuhr.

Jetzt!

Die Spielhalle! Wenn sie sich beeilte, könnte sie vor ihm dort sein. Sie rannte durch die Eingangshalle, griff sich im Vorbeilaufen ihre Handtasche, kramte darin nach dem Autoschlüssel, fand ihn und war bei der Garagentür. Der Schlüssel, sie war abgeschlossen! Beim zweiten Versuch schaffte sie es, den Schlüssel ins Schloss zu stecken.

Sie dachte noch daran, die Tür hinter sich zuzuziehen. Die Katze, nicht dass auch noch die Katze weglaufen würde!

Sie drückte auf die Fernbedienung fürs Garagentor. Langsam, viel zu langsam öffnete es sich.

Als sie anfuhr, bemerkte Anna, dass sie immer noch barfuß war.

Egal. Das würde schon gehen. Mit einem Ruck setzte sie den Wagen zurück und fuhr los. Sie wusste, wo Andreas hinwollte.

Ja. Es konnte ja nur diese Spielhalle sein. Diese Visitenkarte und ihr vergeblicher Versuch, herauszufinden, was er dort in dieser Gegend zu suchen hatte. Bald hätte sie Gewissheit!

Sie kannte eine Abkürzung, mit der sie einige Ampeln umgehen konnte. Hoffentlich war Andreas' Vorsprung nicht zu groß!

Endlich war sie im Industriegebiet. Versteckt zwischen zwei Sattelschleppern parkte sie in der Nähe des einsam stehenden Hauses und hielt nach Andreas Ausschau.

Was wäre, wenn er sie hier sehen würde? Was sollte sie sich zu ihrer Verteidigung einfallen lassen …

Als sie ausstieg, zitterten ihre Hände, und ihr T-Shirt klebte schweißnass an ihrem Rücken. Sie trat aus ihrem Versteck heraus, schaute kurz die Straße entlang. Nein, sein Wagen war nicht zu sehen. Gut. Eilig lief sie zu diesem Haus, öffnete die Tür zur Spielhalle und wurde von schummriger Dunkelheit und dem Gedudel der Automaten empfangen. Wieder saßen einige Männer mit gebeugtem Rücken vor den blinkenden Kästen. Die gleiche junge Frau stand hinter dem Tresen und kaute gelangweilt Kaugummi. Sie schien sich nicht an Anna zu erinnern, mit leerem Blick fragte sie: »Kleingeld?«

Anna holte ihren Geldbeutel aus der Handtasche und ließ sich einen Zehner wechseln. Sie schaute sich nach einem Platz um, an dem sie unbemerkt warten könnte. Weiter hinten, verborgen von einer großen Plastikpalme, fand sie einen Automaten, der vom Eingang aus nicht zu sehen war.

Jetzt konnte sie sich, verdeckt von den Blättern der Pflanze, umschauen. Um die Ecke befand sich eine Nische, in der ein runder Tisch und vier Stühle standen. Mit etwas Glück würde sich Andreas dort hinsetzen und mit diesem Menschen, der vorher angerufen hatte, reden. Sie würde alles mit anhören und erfahren, was er ihr verheimlichte. Vielleicht würde sich dann endlich dieser Knoten aus Angst lösen …

Ein Mann bahnte sich seinen Weg durch den Raum und setzte sich, strich mit den Händen über die Hosenbeine seines braunen Anzuges und steckte sein weißes Hemd fest in den Hosenbund. Er entfernte einen Fussel von seinem Jackett, fuhr sich durch die Haare und räusperte sich leise. Der Mann kam ihr bekannt vor, doch sie wusste nicht, woher. Man sah ihm an, dass er nicht zu den finanziell bessergestellten Kreisen gehörte, in denen sie sich bewegte. Sein Blick war fest auf die Eingangstür gerichtet, mit der Hand trommelte er nervös auf die Tischplatte. Jetzt beugte er sich nach unten und holte eine lederne Aktentasche unter dem Tisch hervor und stellte sie sich auf den Schoß. Auch die Aktentasche war speckig und zerschlissen wie seine ganze Erscheinung. Er öffnete sie und zog ein chinesisch gemustertes Büchlein daraus hervor und blätterte darin. Dann hatte er die gesuchte Seite gefunden und fing an zu lesen. Immer wieder hob er seinen Blick und schielte zur Eingangstür. Irgendetwas stimmte nicht an diesem Bild, es gab etwas, das Anna irritierte. Was es war, konnte sie nicht sagen …

Doch! Das Buch … Sie kannte dieses Design.

Es war eines dieser Notizbücher, die in ihrer Jugend vielen Mädchen als Tagebuch gedient hatten …

Ehe sie diesen Gedanken weiterverfolgen konnte, vernahm sie das laute Pfeifen eines Lastwagens, ein Windstoß ließ die Plastikpalme erzittern, und mit raschem Schritt eilte Andreas auf den Tisch zu. Der Mann steckte hastig das Notizbuch zurück in die Aktentasche.

Instinktiv duckte sie sich.

»Also, dann legen Sie mal los! Und vielleicht sollte ich Sie noch einmal daran erinnern, mit wem Sie es zu tun haben!«

Er setzte sich, beugte sich bedrohlich vor, und der Mann zuckte zurück. Seine Finger nestelten an seiner Aktentasche, dann legte er die Hände auf die Tischplatte und sagte: »Ich weiß, wer Sie sind. Und ich weiß, was Sie zu verlieren haben, sollte das, was ich entdeckt habe, einem Journalisten in die Hände fallen …«

Andreas beugte sich noch etwas weiter vor und ballte die Hände zu Fäusten. Seine Halsschlagader trat deutlich hervor, die Sehnen seines Halses waren gespannt.

Unwillkürlich dachte Anna daran, wie oft sie ihn so erlebt hatte, und spürte, wie ihr Magen sich zusammenzog.

Andreas war rasend vor Zorn.

»Legen Sie, verdammt noch mal, die Karten auf den Tisch! Und ich hoffe für Sie, dass Sie mich nicht umsonst hierherbestellt haben«, presste er mit sichtlich unterdrückter Wut hervor.

Der Mann auf der anderen Seite der Tischplatte zog hastig das Notizbuch aus der Aktentasche und reichte es Andreas. Dann strich er sich mit dem Handrücken über seine glänzende Stirn und blickte sich rasch um.

Andreas schob das Buch mit einer harschen Geste zurück über den Tisch. »Was soll das? Ich habe keine Ahnung, warum ich mir das anschauen sollte …« Er stand mit einem Ruck auf, sein Stuhl kippte um.

Der Mann packte im Aufstehen Andreas' Arm. »Warten Sie!«

Andreas hob drohend seine Hand. »Lassen Sie mich los!«

»Es sollte Sie interessieren, was in diesem Buch steht!«

Er ließ Andreas' Arm los, und Andreas schaute ihn mit einem seltsamen Ausdruck im Gesicht an. Ohne den Mann aus den Augen zu lassen, bückte er sich, hob den Stuhl auf und setzte sich.

Mit einer bedrohlichen Ruhe in der Stimme sagte er: »Na, dann lassen Sie mal sehen!«

Der Mann schob das Buch zurück über die Tischplatte, und Andreas begann, darin zu blättern.

»Ja und?«

Er klappte das Buch zu.

»Ich helfe Ihnen.« Der Mann schlug das Buch erneut auf und schien eine bestimmte Seite zu suchen. Dann hatte er sie gefunden. »Hier. Fangen Sie hier an. Mal sehen, wie weit Sie es lesen müssen, um zu verstehen.«

Er lehnte sich in gespielter Lässigkeit zurück, beobachtete Andreas aber während des Lesens. Ein Schweißtropfen perlte von seiner Schläfe und tropfte auf seinen Kragen.

Was war das für ein Notizbuch? Was hatte es mit Andreas' Geheimnis zu tun? Anna versuchte zu erkennen, was dort geschrieben stand, konnte aber nur sehen, dass es offenbar die Schrift eines Kindes war.

Andreas schien von Zeile zu Zeile angespannter zu werden.

Nach einer Weile klappte er das Buch zu. »Wie kommen Sie nur darauf, das alles hätte irgendetwas mit mir zu tun?«

Der Mann auf der anderen Seite des Tisches blinzelte kurz, fasste sich dann und sagte mit fester Stimme: »Lesen Sie noch ein wenig weiter.«

Wieder begann er zu blättern und zeigte dann auf eine Stelle des Buches.

Andreas las, und im nächsten Moment wich alle Farbe aus seinem Gesicht. Er wurde blass und blätterte mit zitternden Händen ein paar Seiten zurück. Er las erneut. Er ließ seine Hand auf dem aufgeschlagenen Buch liegen, blickte auf und fuhr sich mit der anderen Hand durchs Haar. Dann lockerte er seinen Krawattenknoten und schaute sich in der Spielhalle um. Sein Blick blieb an der Plastikpalme hängen, und er sah Anna direkt in die Augen.

Anna spürte, wie ihre Achselhöhlen feucht wurden. Sie krampfte ihre Finger um den Barhocker, auf dem sie saß. Er hatte sie erwischt, oh mein Gott, er hatte sie erwischt, wie sie ihm hinterherspionierte!

Mach keinen Fehler, hatte er gesagt. Sie spürte, wie ihr das Blut in die Beine sackte und ihr schwindelig wurde.

Gleich, gleich würde er aufstehen, und dann wäre alles aus!

Anna wartete auf das, was kommen würde. Sie wartete.

Und plötzlich war es vorbei.

Andreas wandte seinen Blick ab, hatte sie gar nicht wahrgenommen. Anna sank auf dem Barhocker zusammen und spürte, wie ihr vor Erleichterung Tränen in die Augen traten.

Verschwommen sah sie den Spielautomaten, wo sich bunte Früchte sinnlos drehten, Lichter blinkten und alles in wirrer Bewegung war.

Ihr wurde bewusst, wie laut es hier drinnen war: Musik, die von der Theke herüberdrang, die Geräusche, die diese Automaten von sich gaben, ein gemurmeltes Gespräch.

Andreas und dieser Mann. Blut rauschte in Annas Ohren, sie

konnte sich nicht darauf konzentrieren, was die beiden sagten. Sie drehte ihren Kopf in Richtung des Tisches und sah dieses Buch. Dieses Tagebuch. Denn in diesem Augenblick war ihr klar, dass es eines war. Diese Schrift, diese fremde und doch so vertraute Schrift …

Anna wusste nicht mehr, wie sie die Spielhalle verlassen hatte. Von der Rückfahrt durch die Stadt war ihr nur in Erinnerung geblieben, dass sie beinahe einen Unfall gebaut hatte, als sie an einer roten Ampel nahe des Hallenbads nicht mehr rechtzeitig bremsen konnte. Ihr einziger Gedanke war, dass sie vor Andreas zu Hause sein musste.

Als sie ankam, stand Andreas' Wagen in der Einfahrt. Ihr eigener Wagen hatte vorhin in der Garage gestanden. Andreas konnte nicht aufgefallen sein, dass ihr Wagen weg gewesen war. Vielleicht hatte sie Glück, und er hatte nicht bemerkt, dass sie nicht im Haus war.

Elend langsam öffnete sich das Garagentor, Anna griff mit nassen Händen das Lenkrad, dann fuhr sie vorsichtig an, schloss das Garagentor und drehte den Zündschlüssel.

So leise wie möglich stieg sie aus. Als sie aus der Eingangshalle nichts hörte, öffnete sie die Tür. Anna lauschte. Das Summen des Kühlschranks und das knisternde Feuer im Kamin waren zu hören, sonst war alles still.

»Anna?«

Andreas' Stimme ließ sie kurz nach Luft schnappen …

Sie wollte antworten, doch ihr Körper gehorchte ihr nicht. Wie angewurzelt blieb sie stehen.

»Anna?«

Sie musste antworten, ihrer Stimme einen belanglosen Tonfall verleihen …

Sie öffnete ihren Mund und flüsterte: »Ja?«

»Anna!«

Aus der angelehnten Küchentür kam die Katze, sanft und geschmeidig bewegte sie sich durch die Eingangshalle auf Anna zu, fixierte sie mit ihren grünen Augen, kam näher, strich ihr sanft um die Beine und lief weiter auf die offene Wohnzimmertür zu. Einen Moment verharrte sie in ihrer Bewegung, den Schwanz hoch erhoben, still, nur die Spitze zuckte leicht hin und her. Sie warf Anna einen letzten durchdringenden Blick zu und war im Wohnzimmer verschwunden.

Das alles konnte nur ein paar Sekunden gedauert haben.

Anna fröstelte, sie spürte auf einmal den kalten Marmor an ihren nackten Füßen.

Als ihr bewusst wurde, dass sie sich wieder bewegen konnte, war sie schon an der Tür zum Wohnzimmer. Andreas saß mit dem Rücken zu ihr auf einem der Sessel vorm Kamin. Es war warm, und das Feuer knisterte.

Andreas hatte sie wohl bemerkt, denn er wandte sich ihr zu.

»Setz dich, Anna …«

Damit drehte er sich wieder um.

»Hallo, Andreas, möchtest du etwas trinken, ich war gerade in der Garage, um … ich hatte meine Handtasche im Auto liegen lassen …«

Er antwortete nicht.

Ihr Lid fing an zu zucken, und sie wischte sich mit der Hand übers Auge, was aber nicht half. Sie setzte sich auf das Sofa und schlug die Beine übereinander.

Sie spürte, wie ihr ein Rinnsal am Rücken hinunterlief und dass ihr T-Shirt immer noch an ihr klebte. Es war so drückend hier drin. Ihr Hals kratzte.

Andreas schwieg immer noch. Anna wollte das Schweigen brechen, irgendetwas Belangloses sagen. Bevor sie noch überlegen konnte, was das denn sein könnte, bevor sie reagieren konnte, brüllte Andreas los.

»Du hast einen Fehler gemacht, Anna!«

Er hatte sie doch gesehen!

Sich an den Sessellehnen abstützend, erhob er sich. Anna senkte den Blick und überlegte fieberhaft, was sie nun sagen sollte.

Er hatte sie gesehen!

Dann war er aufgestanden.

Anna hob in einem Reflex die Hände über den Kopf, spannte die Schultern und hielt die Luft an.

Jetzt würde er sie schlagen!

»Anna, Schatz …«

Sie spürte, wie er ihr sanft übers Haar strich, hörte ihn atmen, roch seinen Schweiß.

Vor ihren Augen tanzten auf einmal schwarze Punkte, und sie hatte ein Pfeifen in den Ohren, seine Hand, seine warme, weiche Hand, sein Geruch. Diese Hitze! Anna versuchte, nach Luft zu schnappen, und stöhnte auf. Ihr war übel.

Dieser Geruch, woher kam dieser widerliche Geruch?

Es ist kalt, so eisig kalt.

Der Pool … Dieser widerliche Gestank, es juckt, es juckt so furchtbar. Keine Luft! Sie bekommt keine Luft …

So schwer, sie fühlt sich so schwer …

Wasser rinnt in ihre Kehle, sie wird ersticken …

»Schatz!«

Da ist Andreas, was macht er mit ihr? Warum sind sie im Pool, diese Algen! Alles juckt und brennt. Und es ist so heiß.

Warum ist es so heiß …?

Warum brennt es …?

Diese Hitze …

Anna spürte, wie sie an den Schultern gepackt wurde, dann ein Schütteln. Die Bilder begannen sich aufzulösen. Sie saß immer noch auf dem Sofa, vor sich sah sie Andreas' besorgtes Gesicht.

Er sah so müde aus. Anna spürte, wie ihr Tränen in die Augen schossen, schmeckte Salz auf ihren trockenen Lippen. Sie hatte Durst.

»Schatz, geht es dir besser? Soll ich dir was zu trinken holen?«

Sie war so erleichtert, so unglaublich erleichtert. Als er hinausging, ließ sie ihren Tränen freien Lauf.

Kurze Zeit später kam er mit einem großen Glas Wasser zurück. Er reichte es ihr, und sie hielt es mit beiden Händen. Kaum konnte sie das Glas zum Mund führen, so stark zitterten ihre Hände. Sie spürte, wie das kühle Wasser ihre Kehle hinabrann und wie durstig sie wirklich war. Ohne abzusetzen, trank sie das Glas leer.

An der Stelle, an der die Katze sie gekratzt hatte, juckte und brannte es fürchterlich. Bestimmt war sie dort von einer der Mücken gestochen worden. Sie legte ihre Handfläche darauf, die vom Halten des Wasserglases noch angenehm kühl war.

»Mir geht es wirklich nicht gut, ich glaube, ich lege mich einen Moment hin …«

Nein, es ging ihr tatsächlich nicht sehr gut. Das war alles zu viel, schon seit Wochen diese Unruhe und er … *Er hatte sie gesehen!*

Ihr ganzer Körper hatte sich angespannt, auf die Schläge gewartet, die kommen *mussten.* Und dann seine Hand, die sie nicht verletzte, sie nur sanft berührte …

Auf dem Sofa liegend, schloss sie die Augen, *schlafen, alles vergessen …*

Einige Male erwachte sie, sah in lodernde Flammen, spürte wieder diese Hitze, dieses Feuer. Andreas kniete vor dem Kamin, warf etwas hinein … *Ein Foto?*

Sie setzte sich auf, um es genauer zu erkennen. Ein schwarz verkohltes Papier wurde vom Sog hinauf in den Kamin gerissen. Andreas drehte sich zu ihr um, betrachtete sie, sagte nichts.

Dieses Tagebuch, Kinderschrift. Was hatte Andreas zu verbergen, warum dieses Treffen?

Wieder schloss sie die Augen und dämmerte hinüber in einen tiefen Schlaf …

Irgendwann hörte sie Andreas' Handy klingeln, seine Stimme, die leise Worte zischte.

»… ja.«

Ein schnaubendes Lachen, verächtlich.

»Und dann *verschwinden* Sie.«

8

Paul bemerkte, dass die Missstimmung, die zwischen ihm und Tamara entstanden war, immer noch unausgesprochen vor sich hin schwelte. Die Wunde an ihrem Kopf hatte er am Morgen nach dieser Nacht bemerkt. Unter seiner Berührung war Tamara zurückgezuckt, und auf seine Frage, wie sie sich verletzt hatte, antwortete sie ihm nicht.

Selten ergab sich eine Gelegenheit, in der Raum für ein Gespräch gewesen wäre. Und das lag nicht nur daran, dass die Kinder durchs Haus stürmten, lachten, plapperten und herumtollten. Tamara ging ihm aus dem Weg.

Immer wieder ertappte er sie dabei, wie sie mitten in einer Bewegung innehielt, ihren Kopf schräg legte, als würde sie auf ein leises Geräusch lauschen. Dann wurde ihr Blick glasig, ihre gesamte Muskulatur schien sich zu spannen. Paul fröstelte, als er sie das erste Mal so sah.

Es sah aus, als lauerte sie auf etwas.

Wie ein Raubtier, kurz vor dem Sprung auf seine Beute.

Dieses Bild beunruhigte ihn, er wollte es weit wegschieben. Doch dieses Verhalten, die Anspannung und Nervosität Tamaras, trat immer deutlicher zutage.

Sogar die Kinder, die anfangs wie zwei zutrauliche Welpen um sie herumgewuselt waren, hielten inzwischen sichtbar Abstand zu ihr. Einmal hatte es sich ergeben, dass Paul unbeabsichtigt ein Gespräch zwischen Bianca und den Kindern mit anhörte.

»Tante Tammi ist so komisch geworden … und sie spielt gar nicht mehr mit uns …«, maulte Larissa.

Woraufhin ihre Schwester sagte: »Ich mag sowieso nicht mehr mit ihr spielen, die ist gruselig, Mama!«

Pauls Herz zog sich zusammen, als er das hörte.

Es war Freitagnachmittag. Paul hatte die Einkäufe gemeinsam mit Tamara in die Küche geschleppt und stellte gerade die letzte volle Einkaufstüte ab. Karl fing an, die Lebensmittel aus den Tüten in die Schränke zu räumen, Tamara stand an den Türrahmen gelehnt, und Bianca war mit den Zwillingen beschäftigt, die ihr keine Minute Ruhe gönnten.

Karl wischte sich die Hände an einem Geschirrtuch ab und sagte: »Wäre es nicht schön, wenn wir heute, am letzten Abend vor Tamaras großem Tag, alle zusammen einen schönen ruhigen Abend verbringen würden? Wie wär's mit einem Spaziergang in die Innenstadt? Wir könnten doch zu diesem Restaurant direkt am Fluss gehen …?«

»Ruhig!«, lachte Bianca, während die Zwillinge Larissa und Angelina vor Freude wie zwei Gummibälle auf und ab hüpften. »Ein Spaziergang mit unseren beiden hier?«

Karl zog Bianca an sich und drückte ihr einen Kuss aufs Haar. »Du hast recht, wir sind nicht ruhig!« Und an Paul und Tamara gewandt, fügte er hinzu: »Ihr werdet froh sein, wenn wir wieder weg sind!«

Pauls Blick schweifte zu Tamara, die sich abwandte und in den Flur verschwand. Er spürte, wie sein Gesicht rot anlief. Mein Gott, konnte sie sich nicht einmal vor seinem Bruder zusammenreißen!

So zuckte er nur bedauernd die Achseln. »Sie ist sonst nicht so, ihr kennt sie …«

Als er später Tamara suchte, um ihr zu sagen, dass sie nun gehen würden, saß sie wieder einmal am Computer.

Er hielt im Türrahmen inne, zögerte. Sie hatte ihn anscheinend nicht bemerkt. Paul fühlte, wie ihn sein Mut verließ, und wäre am liebsten einfach umgekehrt. Aus dem Treppenhaus war lautes Poltern und fröhliches Geschnatter der Zwillinge zu hören, Bianca lachte. Hier im Arbeitszimmer hingegen war das Schweigen, das zwischen ihnen stand, fast körperlich spürbar.

Warum konnte er nicht einfach zu ihr gehen, ihr sagen, wie sehr er sich nach ihrer Nähe sehnte, wie sehr er sie vermisste, wie sehr er sich danach sehnte, endlich wieder mit ihr allein zu sein, endlich wieder mit ihr zu reden …?

Eine Fliege ließ sich auf Tamaras Arm nieder. Sofort, als hätte sie einen elektrischen Schlag bekommen, riss sie ihn hoch. Auch Paul zuckte zusammen. Dann war sie wieder wie erstarrt, legte ihren Kopf schief, als lausche sie.

Die feinen Härchen auf seinem Unterarm stellten sich auf.

Anscheinend hatte sie ihn bemerkt, denn sie drehte sich um und starrte ihn mit durchdringendem Blick an.

»Was willst du?«

Paul räusperte sich. »Wir wollen jetzt gehen …«

»Ich gehe nicht mit.«

Sie kehrte ihm den Rücken, Paul machte einen Schritt auf sie zu. Er wollte sie in den Arm nehmen und ihr sagen, wie sehr sie sich alle freuten, wenn sie mitginge.

Aber er konnte nicht. *Warum konnte er das nicht?*

Was hielt ihn davon ab, etwas zu tun, was so natürlich wäre? Sie zu umarmen …

»Geh jetzt!«

Ihre Stimme klang kalt und hart in seinen Ohren, und eine Erkenntnis traf ihn unvermittelt und heftig wie ein Schlag in die Magengrube:

Er hatte Angst, zu ihr zu gehen …

Den Spaziergang durch die Stadt erlebte er wie in einem Traum.

Die Sonne, die von einem dunkelblauen Himmel herabbrannte, sich auf den sich drängenden Blechlawinen spiegelte, ihn blendete. Die Zwillinge, die vor ihnen den Gehweg entlanghüpften, ihre bunten Kleidchen, die vom Wind erfasst wurden, Menschen, die ihnen lachend entgegenkamen.

Alles schien zu grell, zu bunt, zu scharf gestochen.

Als sie im Biergarten neben der Experimenta angekommen waren, suchte Karl das Gespräch mit ihm. Bestimmt wäre es nur die Anspannung wegen der Vernissage, Paul würde sehen, wie Tamara sich freute, wenn es endlich so weit wäre. Er solle abwarten und es sich nicht zu sehr zu Herzen nehmen, sagte er und legte ihm den Arm um die Schulter.

Paul rang sich einen zuversichtlichen Blick ab, stimmte ihm zu und versuchte, ihm zu glauben.

Während er sein Bier trank und sich so gut es ging an den

Gesprächen beteiligte, schweiften seine Gedanken immer wieder zu Tamara. Er bestellte sich ein weiteres Bier, und allmählich gelang es ihm beinahe, Karl zu glauben.

Mit einem dritten Bier spülte er die Bedenken, die sich hartnäckig im Hintergrund hielten, hinunter.

Im Geiste zählte er die Stunden bis zur Vernissage.

Dann wäre es endlich vorbei, und alles würde wieder gut werden …

Alles, was er tun müsste, wäre, die Nerven zu behalten und zu warten. Sein Blick wanderte über die Köpfe der Menschen, über die bunten Tische und gelben Sonnenschirme zum Fluss.

Das grüne Wasser bewegte sich langsam und träge das Flussbett hinunter, floss unaufhaltsam seinem Ziel entgegen. Irgendwann würde es sich ins weite Meer ergießen, sich mit Salzwasser mischen.

Warten, dachte er und erschauderte.

Auf *was* wartete Tamara …?

9

Anna erwachte auf dem Sofa. Es war dunkel. Sie hatte es nicht ins Bett geschafft, sich so schwach gefühlt. Die Tabletten, die sie nahm, schafften es nur, das Fieber kurzzeitig zu senken. Sie rief nach Andreas, aber niemand antwortete.

Ihre Schulter fühlte sich heiß an, und sie fror. Mühsam schaffte sie es, aufzustehen, und schleppte sich ins Gästebad. Die Wunde an ihrer Schulter hatte sich entzündet, das sah sie mit einem Blick. Die Haut war dunkelrot und spannte. Aus dem Medizinschränkchen holte sie das Fieberthermometer und eine Schmerztablette. Sie drehte den Wasserhahn voll auf, trank, schluckte die Tablette hinunter und ging zurück ins Wohnzimmer.

Sie hüllte sich in eine Wolldecke, doch das Frieren hörte nicht auf, das Thermometer zeigte, dass das Fieber wieder angestiegen war. Neben dem Kamin lag noch etwas Holz. Anna erhob sich, kroch auf allen vieren zum Kamin, legte einen Scheit auf. In der Asche lag der verkohlte Rest eines Fotos. Dann hatte sie also nicht geträumt … Sie beugte sich weiter vor, hob das Stück Asche vorsichtig hoch. Es zerfiel in ihren Händen. Nur ein kleiner Ausschnitt blieb zurück. Ein Kirschbaum und davor in bunten Sommerkleidern zwei Mädchen, eines sie. Das Gesicht des anderen Mädchens war vom Feuer verzehrt worden. Doch Anna erkannte sie trotzdem. Wie hätte sie irgendetwas vergessen können? Dieses rot-weiß gemusterte Kleid, um das sie Tamara damals so beneidet hatte. Sie war wunderschön gewesen, wie ein Schmetterling durch den Sommer geflattert, ihr Lachen die Melodie, die sie begleitete. Wie gerne wäre Anna so gewesen wie sie … Sie hätte alles dafür getan, um mit ihr zu tauschen …

Ihre Eltern, die immer da waren, ihre Mutter, die in der Küche Pizza für alle buk, dabei sang und mit ihrem Vater scherzte, wenn er nach Farbe riechend aus dem Atelier kam …

Warum hatte Andreas dieses Foto verbrennen wollen?

Anna ließ das Foto zurück in die kalte Asche fallen, zündete das Holz an und sah zu, wie es in Flammen aufging. Die aufsteigende Wärme riss auch das verbrannte Foto hoch in den langen dunklen Kamin.

Sie fror nicht mehr, fühlte sich nur unendlich schlapp, und Gedanken wehten ziellos durch ihren Kopf. Auf allen Vieren kroch sie zum Bücherregal und zog ihr Album daraus hervor.

Sie erschauderte. Alle Fotos ihrer Freundin Tamara waren herausgerissen. Dort, wo sie gewesen waren, starrten hellere Rechtecke aus dem vergilbten Papier.

Wie leere Augenhöhlen, dachte Anna.

Und mit einem Mal schien sich ein Puzzleteil nach dem anderen zu einem unglaublichen Bild zusammenzufügen.

Dieses Tagebuch. Sie kannte es. Es war Tamaras Schrift, Tamaras Tagebuch. Tamara … Etwas zog sich schmerzhaft in ihr zusammen, ihre Augen füllten sich mit Tränen … *Ihre Freundin, ihre beste, einzige Freundin. Die sie für immer verloren hatte* … Aber warum? Warum war diese Freundschaft auseinandergegangen? Anna war nach dem Tod ihrer Eltern in eine andere Stadt gezogen, aber es gab Telefone, Briefe … Warum war der Kontakt abgebrochen?

Und was hatte Andreas mit Tamara zu tun?

Dr. Stein, ja, so hatte dieser Psychologe geheißen …

Er hatte diese grauenvolle Geschichte von diesem Mädchen erzählt. Diese grässliche, unnötige Geschichte, die sie einfach nicht hatte hören wollen, nicht ertragen hatte! Aber wenn er von Tamara gesprochen hatte? Nein, das war unglaublich, das müsste sie wissen! Und Andreas, der sich scheinbar nicht daran erinnerte, an diese Schlagzeile, an das, was Dr. Stein zufolge zwei Wochen *das* Thema gewesen war! Sie sah Andreas vor sich, die Tageszeitung lesend. Er, der immer von der Angst geplagt wurde, etwas zu verpassen, irgendwo nicht mitreden zu können, sich eine Blöße zu geben!

Nein, das konnte, das durfte nicht wahr sein! *Nicht Andreas!* Nicht der Mann, den sie über alles liebte … Ein Bild drängte sich ihr auf, ein Bild von der Tochter ihrer Bekannten … *Ist es nicht schön, wie er sich um sie kümmert …?* Anna schlug die Hand vor den Mund, ihr Gesicht war nass von Tränen, ein unartikulierter Laut entrang sich ihrer Kehle. *Nein, nicht Andreas! Bitte, nicht Andreas!*

Anna saß mit dem Album in Händen auf dem nackten Boden vor dem Bücherregal. Tränen liefen über ihre Wangen, ihre Schultern zuckten. Wie lange sie so weinte, wusste sie nicht, nur, dass das Weinen verebbte und sie sich allmählich beruhigte. Das Puzzle schien vollständig, aber das war es nicht! Irgendetwas fehlte. Irgendetwas, an das sie sich nicht mehr erinnern konnte.

Langsam kam sie wieder zu sich. Gefangen in ihrem Weinen, ihrer Trauer, hatte sie alles um sich herum vergessen, jetzt drang ein vertrautes Geräusch in ihr Bewusstsein. Sie wandte den Kopf.

Die Katze saß neben ihr und schnurrte zufrieden.

Anna war sich ganz sicher, dass ein Teil in diesem Puzzle fehlte. Sie spürte, wie ihr Herz schneller schlug, ihre Unruhe sich steigerte. Sie musste Gewissheit haben. Zögernd stand sie auf.

Sie nahm die Decke vom Sofa und legte sie sich um die Schultern, der raue Stoff kratzte unangenehm an ihrer entzündeten Wunde, doch sie fror wieder. Wo Andreas war, wusste sie nicht und auch nicht, wann er zurückkommen würde. Aber sie wusste, dass sie aufpassen musste. Vorsichtig öffnete sie die Tür und trat in die Eingangshalle. Der Mond war aufgegangen und spiegelte sein kaltes Licht auf dem Marmorboden. Zu schwach, um die Schatten zu vertreiben, die sich unter der Treppe und in den Ecken zusammenballten. Anna zog die Decke fester um sich. Die Tür zum Büro, auf der anderen Seite des weiten Raumes, war offen. Ein schwarzes Rechteck in der Dunkelheit. Wie spät mochte es sein? Neben dem Büro stand die große Uhr, doch das Zifferblatt reflektierte lediglich die Düsternis.

Anna setzte zögerlich einen Fuß vor den anderen, spürte den kalten Boden und behielt die Eingangstür im Blick, als sie durch die Halle lief.

Die Treppe verlor sich über ihr in der Dunkelheit. Sie

lauschte mit angehaltenem Atem auf das Knirschen des Kieses in der Einfahrt, das Andreas' Heimkehr bedeuten würde. Nichts.

Ihr Körper war schweißnass. Das Frösteln war einer unerträglichen Hitze gewichen. Noch einmal blickte sie sich um, dann lief sie die Treppe hinauf, öffnete die Luke zum Dachboden und zog die Leiter hinunter. Von oben rieselte feiner Staub herab, sie hustete. Der Schmerz in ihrem Kopf explodierte. Mit einer Hand hielt sie sich am Geländer fest. Andreas war dort oben gewesen. Was hatte er gesucht? Mit zitternden Knien erklomm sie die steile Leiter und betrat den Dachboden. Rechts von ihr musste sich der Lichtschalter befinden, sie tastete danach, fand ihn und drehte den Schalter. Die nackte Glühbirne spendete spärlich Licht, das die Schatten in den vielen Winkeln und Ecken noch dunkler erscheinen ließ. Überall waren staubfleckige Pappkartons und Kisten gestapelt, einige Möbel von weißen Laken bedeckt. Eine unwirkliche Landschaft. Still, düster und vergessen. Ganz hinten, direkt unter der Dachschräge, befand sich eine Kiste, in der sie einige Dinge aus ihrer Kindheit aufgehoben hatte. Sie zögerte. Dann öffnete sie den feuchten Deckel. Ein modriger Schimmelgeruch stieg ihr in die Nase. Mit einem Blick sah sie, dass ihre Tagebücher fehlten.

Wie betäubt ging sie zurück nach unten und ließ sich erschöpft aufs Sofa fallen.

Wieder spürte sie Tränen aufsteigen, wischte sie weg und starrte ins Feuer. Ihr Kopf schien umgeben von dicker Watte, wieder und wieder sah sie Tamaras Tagebuch vor sich, hörte die Worte Dr. Steins, und jetzt waren auch ihre Tagebücher verschwunden. *Dann stimmte es also!*

10

Cordes saß am vereinbarten Treffpunkt unter der Brücke am Neckar. Jedes Mal, wenn er das Vibrieren eines näher kommenden Wagens auf der Brücke hörte, schrak er zusammen. Bald müsste Ackermann auftauchen. Er blickte zu den Kühltürmen, versuchte, etwas von ihrer Kraft in sich aufzunehmen, sich gegen Ackermanns Arroganz, die jede seiner Gesten begleitete, zu wappnen. Diese Arroganz, die ihm deutlich zu verstehen gab, wo *sein* Platz war. Im Dreck. Aber nicht mehr lange. Bald wäre es geschafft. Er würde das Tagebuch und all das Grauen, das sich darin befand, gegen ein neues Leben tauschen.

Endlich hörte er einen Wagen, der oberhalb der Brücke anhielt. Er stand auf, wischte sich Staub von der Hose und räusperte sich, versuchte, sich den Anschein von Zuversicht zu geben, den er so dringend brauchte.

Mit einem Griff zum Gürtel versicherte er sich, dass seine Waffe an ihrem Platz war. Nur für alle Fälle.

In diesem Moment erschien Ackermann. Wie immer in einem perfekt sitzenden Anzug.

Zielstrebig lief er die Böschung hinunter.

Erst, als sie sich gegenüberstanden, sah Cordes das nervöse Flackern in Ackermanns Augen.

Ackermann reichte ihm einen Koffer.

»Geben Sie mir das Tagebuch!«

Cordes räusperte sich erneut, hasste sich dafür, spürte, wie die Angst in ihm hochstieg.

»Bitte öffnen Sie den Koffer.«

Ackermanns Gesicht zuckte, und Cordes' Puls beschleunigte sich.

Ohne ihn aus den Augen zu lassen, ließ Ackermann das Schloss zurückschnappen, und Cordes schluckte.

Er streckte die Hand aus, griff den Koffer, und mit einem verächtlichen Schnauben riss Ackermann ihm das Tagebuch aus der Hand, drehte sich um und lief eilig davon.

Dieses eingebildete Arschloch.

Cordes spürte, wie er zitterte.

Noch einmal räusperte er sich.

»Auf Wiedersehen, Herr Ackermann. Grüßen Sie mir Ihre Frau, hätte Sie Ihnen nicht hinterherspioniert, wer weiß …«

Abrupt blieb Ackermann stehen, lief dann aber, ohne sich noch einmal umzudrehen, die Böschung hinauf.

Cordes sackte in sich zusammen, ließ sich auf den Boden sinken und seufzte.

Es war so einfach gewesen. Immer noch zitterten seine Hände, als er den Koffer öffnete. Nur einen Blick noch. Einen Blick auf all das, was die Zukunft nun für ihn bereithielt.

Eilig zog er sein Handy aus der Tasche, wählte die Nummer seiner Frau. Er musste sie sehen. Heute noch.

Ein Lkw fuhr auf der Brücke vorbei, ließ sie erzittern, dann war es wieder still. Nur das Neckarwasser, das Wasser, das hier dank des Kraftwerks immer warm war, klatschte beruhigend an die Betonverschalung des Ufers.

Zwischen dem Freizeichen des Handys hörte er noch etwas anderes.

Schritte.

Er ließ das Handy sinken und drehte sich um.

11

Das Geräusch von Andreas' Wagen in der Einfahrt ließ sie aufschrecken. Ein Schatten huschte an ihr vorbei, hinaus aus dem Wohnzimmer. Im selben Moment hörte sie, wie die Eingangstür geöffnet wurde.

Die Gewissheit, dass etwas Schreckliches passieren würde, sprang Anna an, packte sie und ließ sie erstarren.

Andreas' Schritte bewegten sich zielstrebig auf die Wohnzimmertür zu. Anna legte sich hin, griff sich das Telefon, zog die Decke über sich, stellte sich schlafend und wartete. Ihr Herz pochte so schnell und laut, dass sie befürchtete, Andreas würde bemerken, dass sie wach war. Sie hörte, wie er zum Kamin ging, lugte unter der Decke hervor und sah, wie er etwas in die Flammen warf. Tamaras Tagebuch fing Feuer. Die Seiten wurden schwarz. Anna konnte ihren Blick nicht abwenden, beobachtete, wie das Tagebuch zu Asche wurde, die Geheimnisse, die darin stehen mochten, für immer in Rauch aufgingen.

Bald war nur noch zu ahnen, dass dort ein Buch verbrannt worden war. Andreas nahm den Schürhaken und schob die verkohlten Reste tief unter die lodernden Holzscheite.

In diesem Moment entspannte sich Anna etwas, bemerkte, wie ihr Puls langsam ruhiger wurde und sich die Beklemmung in ihrer Brust zu lösen begann. Sie nahm dieses Gefühl hin und versuchte, daran festzuhalten. Nein, Andreas hatte nichts bemerkt und hatte ihr verziehen, dass sie das Treffen mit diesem Mann beobachtet hatte. Den Gedanken an das, was dort in Tamaras Tagebuch gestanden haben mochte, versuchte sie beiseitezuschieben. Aber es gelang ihr nicht.

Andreas stand auf und verließ das Wohnzimmer. Annas Bein war eingeschlafen, und unter der Decke begann sie, es vorsichtig zu massieren. Die nadelfeinen Stiche, die sich über ihren Unterschenkel ausbreiteten, ließen die düsteren Gedanken für einen Moment in den Hintergrund treten.

Plötzlich waren Andreas' Schritte in der Halle zu hören, er

stürmte ins Wohnzimmer. Ehe Anna reagieren konnte, packte er sie hart an der verletzten Schulter. Ein höllischer Schmerz fuhr durch ihren Körper, und sie schrie auf.

Andreas war bis auf Boxershorts nackt. Das war das Erste, was sie realisierte. Dann sein Gesicht, genau vor ihrem, seine weit aufgerissenen Augen, er sagte etwas, packte sie am Kinn, riss sie herum.

Er hatte ihr nicht verziehen! Sie hatte sich geirrt, war der scheinbaren Ruhe, der Ruhe vor dem Sturm erlegen …

Anna versuchte, etwas zu sagen. Sie hörte, wie sich ihrer Kehle ein Geräusch entrang, sah, wie Andreas' Mund sinnlos auf- und zuklappte und wartete auf den Schmerz, der schlimmer wäre, viel schlimmer als der Schmerz in ihrer Schulter. Schweiß rann ihren Rücken herunter, sie zitterte wieder und spürte, wie sich Gänsehaut über ihren gesamten Körper ausbreitete.

Plötzlich, als hätte jemand den Ton angeschaltet, explodierte seine Stimme in den Raum: »Wo ist mein Handy, verdammt, Anna, hörst du mich? Ich muss wissen, wo mein Handy ist! Wo ist das verfluchte Telefon?«

Anna verstand nicht, was er meinte, war wie betäubt, steckte die Hand unter die Decke und zog das Telefon hervor. Er riss es ihr aus der Hand und tippte mit fliegenden Fingern eine Nummer ein. Sie beobachtete ihn, unfähig, einen klaren Gedanken zu fassen. Seine angespannte Miene, die fest zusammengebissenen Kiefer, sein Blick, der den Raum absuchte. Er lief hinaus, und sie hörte, wie er sich durch die untere Etage bewegte, Türen öffnete und dann die Treppe hinaufrannte.

Jetzt lief er durch die obere Etage. Er suchte etwas. *Sein Handy* … Anna versuchte gar nicht zu verstehen, warum das jetzt wichtig war. Sie zog die raue Wolldecke um sich, wiegte sich sanft vor und zurück und hörte sich schluchzen. Das Kaminfeuer loderte hell, die Flammen verschwammen vor ihren Augen. Auch als Andreas wieder in den Raum gestürmt kam, das Telefon auf den Boden schleuderte, sodass es zerbrach, reagierte sie nicht.

»Anna, Schatz …«

Anna hob langsam den Kopf. Immer noch durch Tränen

verschleiert, sah sie, wie er sich mit der Hand erst über die Stirn, dann übers Kinn fuhr, seinen Blick starr auf sie gerichtet.

Kurz verharrte er so. Dann setzte er sich neben sie aufs Sofa und legte seinen Arm um sie.

Seinen Kopf an ihren gelehnt, flüsterte er: »Schatz, es wird alles gut … *Verstehst du*, alles wird gut. Morgen packst du unsere Koffer, ja?«

Annas Körper begann zu beben und, als bräche ein Damm, wurde aus ihrem leisen Schluchzen ein unkontrolliertes Weinen.

Immer wieder murmelte Andreas beruhigende Worte, doch sie verstand nicht mehr, was er sagte.

Es war nicht wichtig.

Alles, was Bedeutung hatte, was zählte, war, dass sie seine Wärme spürte, ihn roch. Sich sicher fühlte.

Alles würde gut werden …

Bevor Anna einschlief, sah sie das Mädchen aus ihrem Traum.

»Bleib stehen und dreh dich um!«, sagte es wieder.

12

Das verdammte Handy …

Andreas deckte Anna zu, ging in die Küche und goss sich ein Glas Whisky ein. Die Katze war ihm durch die dunkle Halle gefolgt, strich um seine nackten Beine, und nur mühsam unterdrückte er den Impuls, sie zu treten.

Sein Herz raste immer noch, seine Hand zitterte, als er sich erneut das Glas vollschenkte.

Warum war er zurückgegangen? Warum hatte er sich von diesem schmierigen Kerl provozieren lassen?

Plötzlich waren da seine Hände gewesen, die sich immer fester um Cordes' Hals legten, sich wie Eisenklammern schlossen. Immer noch sah er die weit aufgerissenen Augen vor sich, diesen erstaunten Blick, der in Entsetzen und Todesangst umschlug. Immer noch spürte er den sich windenden Körper, die Hände, die nach ihm griffen. Schläge, die seine Brust und seinen Kopf trafen, schwächer wurden. Und die ganze Zeit hatte er in dieses Gesicht gestarrt. Dann die Erlösung. Ein letztes Aufbäumen. Augen wie stumpfe Murmeln, aus denen nur noch Tod blickte …

Er hatte sich übergeben.

Auch jetzt krampfte sich sein Magen schmerzhaft zusammen.

Er stöhnte.

Warum hatte er nur nach Tamara gesucht, wozu das Ganze?

Andreas' Kopf schmerzte.

Er musste nachdenken. Nachdenken, zu einer Lösung kommen. Es gab eine Lösung, es *musste* sie geben.

Andreas strich mit der Hand über die Arbeitsplatte, stellte sein Glas ab. Die Katze sprang, leicht wie ein Schatten, hinauf, und Andreas schrak zusammen. In einem Reflex schob er sie von der Kante, das Tier fauchte und verschwand in die Halle.

Andreas sank in sich zusammen. Wieder sah er diese Augen vor sich. Cordes' Augen.

Tamara hatte nie etwas verraten, viel zu große Angst gehabt. Und den einzigen wirklichen Beweis, das Tagebuch, gab es nicht mehr.

Er musste jetzt die Nerven behalten. Niemand würde ihn mit dem Tod dieses abgehalfterten Typen in Verbindung bringen. Er würde mit Anna verreisen. Nie wiederkommen. Den ganzen Dreck hinter sich lassen. Geld hatte er genug.

Aber vorher musste er zurück.

Sein Handy musste dort irgendwo liegen.

13

Wieder war Tamara früh aufgestanden, hatte sich so leise wie möglich aus dem Bett geschlichen. Wieder saß sie am PC, wie all die Tage davor. Sie wusste, dass sie Jo finden würde, sie würde nicht aufgeben. Fast eine Stunde war mit einer weiteren ergebnislosen Suche vergangen. Die Bilder, die vor ihren Augen vorbeizogen, zeigten ein unbekanntes Gesicht nach dem anderen. Ihr Rücken schmerzte. Sie stockte.

Da! Das war nicht möglich! Kurz wurde ihr schwindelig, ihr Herz begann zu rasen.

Ein Schauer durchfuhr sie, um einen Schrei zu unterdrücken, schlug sie beide Hände vor ihren geöffneten Mund.

Ein Hochzeitsfoto in der Heilbronner »Stimme« und einen der beiden Menschen, die dort so glücklich in die Kamera lächelten, kannte sie … auch das andere Gesicht hatte sie schon irgendwann gesehen, da war sie sicher.

Da war Jo!

Jo lebte hier, hier in Heilbronn!

Tamaras Atem stockte, *ganz in der Nähe* …

Sie musste sich vergewissern.

Die Adresse … sie brauchte die Adresse …

Die vollen Namen standen direkt unter dem Foto.

Im Telefonbuch wurde sie fündig …

Langsam ließ sie die Hände sinken, griff sich einen Kugelschreiber und schrieb sich hastig die Adresse aufs Handgelenk. Sie legte den Kugelschreiber zur Seite und starrte auf dieses Gesicht. So grässlich vertraut, diese fünfzehn Jahre hatten es kaum verändert.

Das Gesicht auf dem Bildschirm fing an zu verschwimmen, und Tamara spürte, dass Tränen über ihre Wangen liefen.

Mit dem Handrücken wischte sie die Tränen ab und betrachtete still dieses verhasste, vertraute, nie vergessene Gesicht …

Noch einige Minuten starrte Tamara gebannt auf das Foto.

Dieses Scheusal war also verheiratet. Tamara schaltete den

Computer aus, lief zur Garderobe, zog sich rasch eine Jacke und Turnschuhe an und wühlte in Pauls Tasche nach dem Autoschlüssel. Die anderen würden sicher noch länger schlafen, sie könnte längst zurück sein, bevor Paul bemerken würde, dass sie nicht da war.

Mit einem Ruck fuhr sie an, die Straßen lagen leer vor ihr. Sie kurbelte das Fenster herunter, und der Fahrtwind strich angenehm durch ihr kurzes Haar, die Morgensonne war noch nicht stark genug, um die Kühle, die die Nacht zurückgelassen hatte, zu vertreiben. Tamara fuhr die breite Oststraße entlang, an deren Rand große Bäume in vollem Laub standen. Die Blätter, in dieses frühe Licht getaucht, ließen sie an Silberfolie denken. Tamara atmete tief durch, fast hätte sie die Augen geschlossen. Wie sie zu Paul gesagt hatte, sie fühlte sich frei, leicht.

Unvermittelt zog sich ihr Magen krampfhaft zusammen. Das Lächeln, das gerade noch um ihre Mundwinkel gespielt hatte, verschwand, sie presste die Lippen fest aufeinander.

Sich frei zu fühlen, leicht zu sein … *war das nicht normal?* Warum hatte fünfzehn Jahre diese bleierne Schwere auf ihr lasten müssen? Warum konnte nicht alles so bleiben, wie es war? Ihre Eltern, das Haus, in dem sie so glücklich gewesen waren … ihre Kindheit.

So unbeschwert. Jeder Tag ein Versprechen auf Neues, jeder Tag, der so offen vor ihr gelegen hatte, bereit, von ihr beschrieben und bemalt zu werden … Wie ein leeres weißes Blatt.

Doch Jo hatte ihr einen Block schwarzes Tonpapier vor die Füße geworfen, auf dem all die bunten Farben, mit denen sie ihre Tage hätte malen können, nutzlos wurden …

Fünfzehn Jahre. Eine verflucht lange Zeit, um im Keller zu sitzen …

Tamara drückte noch etwas fester aufs Gaspedal. Sie musste es sehen. Wissen, wie Jo lebte.

Als sie sich ihrem Ziel näherte, verlangsamte sie die Fahrt. Große Bäume säumten den breiten Gehweg, sie parkte und blieb einen Moment sitzen. Von der Straße aus war das Haus nicht zu sehen, ein schmiedeeiserner Zaun umgab das Grundstück, Efeu rankte sich daran hoch und versperrte die Sicht. Die Wipfel der Bäume schimmerten im klaren Morgenlicht. Es war still, nur das leise Knacken des abkühlenden Motors war zu hören.

Sie stieg aus, überquerte die Straße, lief nach rechts, immer am Zaun entlang, bis sie auf ein großes Tor stieß. Hinter dem Tor erstreckte sich ein breiter Kiesweg, der von gepflegtem Rasen umgeben war. Bestimmt war das Tor verschlossen. Trotzdem drückte sie die Klinke und stellte zu ihrer Verwunderung fest, dass es sich aufstoßen ließ. Schnell glitt sie durch den Spalt, stand einen Augenblick reglos dort, schaute sich um und lief geduckt zu einem Busch. Immer im Schatten der Büsche und Bäume, bewegte sie sich vorsichtig parallel zum Kiesweg. Das Gelände stieg sanft an. Noch konnte sie das Haus nicht sehen.

Doch als sie den nächsten Baum erreichte, lag das Haus vor ihr und warf seinen Schatten als düsteres Rechteck über einen kreisförmigen Platz, in den der Kiesweg mündete.

Sie betrachtete die Fassade, die von Sandstein gerahmten Fenster, die große, von Ornamenten verzierte Eingangstür.

Langsam zog sie sich in den Schatten der Büsche zurück. Sie würde wiederkommen …

Bald.

14

Endlich war der große Tag gekommen, das war das Erste, was Paul beim Aufwachen dachte.

Als er in die Küche kam, wo alle schon um einen reich gedeckten Tisch versammelt waren, sank seine Hoffnung, dieser Tag würde endlich eine Änderung in Tamaras Verhalten bewirken. Alle, sogar die Mädchen, waren eifrig damit beschäftigt, sich auf den Abend vorzubereiten. Sie redeten davon, was sie anziehen würden, wie spannend es wäre, all diesen »feinen Leuten« zu begegnen, und stilisierten in ihrer kindlichen Naivität Tamara zu so etwas wie einem Popstar. Tamara war die Einzige, die das alles nicht zu berühren schien. Genau wie in den vorangegangenen Tagen wirkte sie abwesend, als horche sie in sich hinein, als warte sie auf etwas, gebannt, bereit zum Sprung.

»Ist Tante Tammi dann so berühmt wie Lady Gaga oder Rihanna?«, fragte eines der Mädchen mit vor Eifer roten Wangen.

»Wer weiß?«, lachte Bianca und stupste Tamara mit dem Ellenbogen an.

Tamara, die sich an dem Gespräch nicht beteiligt hatte, zuckte, wie aus Gedanken gerissen, zusammen und verschüttete den Kaffee, an dem sie genippt hatte.

»Ach du je! Entschuldigung, Moment, ich hole dir etwas zum sauber machen, das wollte ich nicht!«, sprudelte Bianca los und stand auf.

»Nein, lass, es geht schon!«, sagte Tamara und stand ihrerseits auf. Ohne Bianca zu beachten, die ihre Hände rang, ging sie wortlos ins Wohnzimmer.

Einen Moment später zog der Geruch von Zigarettenrauch in die Küche.

Karl zuckte mit den Schultern und öffnete das Fenster. Bianca setzte sich wieder hin und versuchte, das peinliche Schweigen mit einer Bemerkung über das Wetter zu brechen.

Paul beteiligte sich, so gut es seine getrübte Stimmung zuließ. Es war ihm so unangenehm, er schämte sich für Tamara.

Karl und Bianca hatten den langen Weg nach Deutschland gemacht, einzig aus dem Grund, um mit Tamara ihren großen Tag zu feiern. Und nun behandelte sie die beiden seit Tagen wie Störenfriede, als wären sie ihr lästig. Und das war auch so.

Alle Menschen um sie herum schienen ihr lästig zu sein.

Das erste Mal wurde Paul bewusst, dass er Tamara, so wie sie jetzt war, nicht viel länger ertragen würde. Er war allein am Tisch zurückgeblieben, er fühlte einen Kloß im Hals, erschrak über seine eigenen Gedanken. Mit einer Papierserviette wischte er ein paar Krümel vom Tisch, stützte seinen Kopf in die Hände und schaute zum Fenster hinaus. Der Himmel war wolkenlos und strahlte in einem so dunklen Blau, wie Paul es sonst nur in den Bergen gesehen hatte. Der Asphalt hatte sich um diese frühe Morgenstunde bereits stark aufgeheizt und reflektierte die Hitze der Sonne, ein Flimmern lag über der unbelebten Straße.

Karl und Bianca hatten geplant, am späten Sonntagnachmittag die Rückreise anzutreten. Und dann?

Paul spürte, wie ihm Tränen in die Augen traten.

Gegen Nachmittag hatte sich am azurblauen Himmel eine gewaltige Ambosswolke gebildet.

Als sich alle auf den Weg zur Vernissage machten, war es drückend heiß. Pauls Hemd, das er sich extra für diesen Anlass gekauft hatte, klebte schon kurze Zeit, nachdem er sich ins Auto gesetzt hatte, an seinem Rücken. Tamara hatte sich nicht besonders zurechtgemacht, hatte eine schwarze Leggins und ein schwarzes enges T-Shirt an. Paul fragte sich, wie sie es in diesen viel zu warmen Kleidern aushielt. Von ihrer Stirn tropfte Schweiß. Noch bevor er ein Gespräch mit ihr beginnen konnte, legte sie eine CD ein und drehte die Anlage voll auf.

Die Blätter der jungen Bäume am Rande der Landstraße Richtung Untergruppenbach zitterten in einer sanften Brise. Weiter oben mussten starke Winde herrschen. Die Wolke, die Paul vorher schon gesehen hatte, schien zu gewaltiger Größe heranzuwachsen.

Nach einer, wie es Paul schien, ewig langen Fahrt, die sie in absolutem Schweigen verbracht hatten, kamen sie auf dem Gelände der Burg an. Paul sah Karls Wagen und Bianca, wie sie ausstieg und ihr sommerliches Kleid vom Wind erfasst wurde. Der gekieste Parkplatz vor den Ausstellungsräumen war schon gut besetzt. Einige Grüppchen standen unter den schattenspendenden Bäumen, redeten und lachten.

Wie schon das letzte Mal, als er mit Tamara hier gewesen war, überkam ihn der Drang, wegzulaufen.

Aus dem Augenwinkel sah er, dass Tamara dabei war, auszusteigen.

Mit einem Knall schlug sie die Tür zu, ohne wenigstens jetzt etwas gesagt zu haben. Sie lief zielstrebig auf die Burg zu, ließ Bianca, die ihr fröhlich entgegeneilte, links liegen und verschwand im Eingang. Paul wollte aussteigen, um ihr hinterherzugehen, aber er schaffte es nicht. Er fühlte sich wie gelähmt, beobachtete das bunte Treiben vor den Scheiben seines Wagens. Allmählich wurde es im Inneren des Fahrzeugs so heiß, dass Paul der Schweiß in Strömen herunterlief. Er war durchnässt, traurig, und die fröhlichen Menschen, die nun in immer größerer Zahl auf das Gebäude zuliefen, machten ihm das nur noch deutlicher. Er streckte seine Hand nach dem Spiegel aus, drehte ihn so, dass er sich sehen konnte, und fuhr sich langsam durch die Haare. Einen Moment noch verharrte er, betrachtete sein Gesicht, dann gab er sich einen Ruck, öffnete die Tür und stieg aus.

Es war Tamaras Tag, monatelang hatte sie für nichts anderes gelebt als für diese Ausstellung.

Karl stand in einiger Entfernung und wartete auf ihn.

Als Paul zu ihm aufschloss, legte sein Bruder den Arm um seine Schulter. »Hey, du wirst sehen, ja? Lass ihr etwas Zeit!«

Ein Windstoß, der von den starken Aufwinden des nahenden Gewitters zeugte, fuhr in die Wipfel der uralten Bäume, wirbelte Staub vom trockenen Kies und trieb die letzten Gäste dem Eingang zu.

Als Paul die Ausstellungsräume betrat, sah er Tamara und die Galeristin vor Tamaras letztem Bild stehen. Um sie beide hatte sich eine Gruppe Besucher versammelt, in gebührendem Abstand, als wäre dort eine unsichtbare Grenze, die nicht übertreten werden könnte. Und Paul wusste, warum.

Dieses Bild!

Karl, der immer noch seinen Arm um ihn gelegt hatte, zuckte merklich zurück, seine Schritte wurden zögerlicher, und er blieb stehen. Paul hörte, wie er scharf die Luft einzog.

»Das ist …«, sagte er und lachte seltsam auf, als wäre er verlegen.

Es war beinahe unheimlich, wie stark Karl, aber auch die anderen Besucher auf dieses Bild reagierten. Auch Paul konnte sich dem Bann dieser Leinwand nicht entziehen.

In diesem Moment drehte sich die Galeristin um. »Ach, da sind Sie ja! Ich hatte Sie schon vermisst!«, rief sie und winkte ihn zu sich.

Im ersten Moment wollte er seinen Arm um Tamara legen, aber sie beachtete ihn gar nicht. Schaute nur wie gebannt auf diese rot-weiße Fläche. Sie wirkte wie elektrisiert, zum Zerreißen gespannt. Trotz der schwülen Luft, die durch die geöffneten Eingangstüren in schweren Wolken in den Raum drang, bekam Paul Gänsehaut, die sich rasch über seinen Körper ausbreitete.

»Schauen Sie nur, wie viele Gäste gekommen sind! Ich sagte es gerade schon zu Tamara, mit dieser Resonanz hätte ich nicht gerechnet. Sie hat es verdient.«

Paul nickte. Versuchte zu lächeln und merkte, wie seine Gesichtszüge einfroren.

Nein, nichts war gut, das alles hier war nicht richtig. War er denn der Einzige, der bemerkte, dass in Tamara irgendetwas vorging, dass mit ihr nichts mehr stimmte?

Er wandte sich ab und ging zu dem Büfett, an dem Karl, Bianca und die Zwillinge zugange waren. Er nahm sich ein Glas Sekt, lehnte sich an die Tischplatte und beobachtete Tamara, um die sich immer mehr der geladenen Gäste versammelten.

Es war drückend, wie schon den ganzen Tag, die feuchte Luft legte sich auf seine Lunge, nahm ihm den Atem. Schweiß rann ihm den Rücken hinunter, mit einer Hand öffnete er die oberen Knöpfe seines Hemdes.

Wann würde endlich das Unwetter über sie hereinbrechen und Erleichterung bringen?

15

Tamara stand umringt von Besuchern neben der Galeristin. Sie vernahm die Stimmen wie durch eine Wand aus Schaumstoff, nur zäh drangen Fragen oder Bemerkungen an ihr Ohr. Sie hörte sich antworten und wunderte sich über ihre eigenen Worte.

»Dieses Bild stellt für mich den Schluss-, aber auch Kontrapunkt zu dem vorangegangenen Zyklus dar, in dem ich versucht habe, Stimmungen und Gefühle über eine abstrahierte Landschaftsdarstellung zu transportieren …«

War sie das wirklich? Das alles war so weit weg, so belanglos.

Einmal war ihr, als stünde sie direkt hinter sich, sähe alles wie aus einer Distanz, dann wieder schien sie in sich zurückzukehren, als wechsele sie die Perspektive.

Der Boden unter ihren Füßen schwankte, sackte weg, dann war er wieder fest. Um sie herum lag ein Geräuschteppich aus Gläserklirren, Lachen und Gesprächsfetzen. Lauras roter Haarschopf erschien, sie sagte etwas, hob ihr Sektglas und lachte perlend. Bianca gesellte sich zu ihnen, eines der Kinder streifte sie, sodass sie etwas Sekt verschüttete. Alles um Tamara herum schien in Bewegung, hell, lebendig, laut und doch so weit entfernt.

Immer wieder fixierte sie dieses eine letzte Bild, das alle anderen bedeutungslos gemacht hatte.

Rot …

Seit sie heute früh entdeckt hatte, wusste, wo Jo wohnte, dass Jo so nah war, nahm sie alles wie im Traum wahr.

Die Zeit: Etwas stimmte nicht mehr damit.

Die Stunden schienen zäh wie Sirup an ihr hinunter zu tropfen. Dann war sie wie gelähmt, ihr Herzschlag schien sich zu verlangsamen, und das Warten wurde unerträglich, schmerzhaft. Dann wieder schien sie einen Sprung nach vorn zu machen, und Tamara stolperte in eine Szene und wusste nicht mehr, was in der Zeit dazwischen geschehen war. Sie war heute Morgen zurückgekommen, mit fliegendem Puls, hatte gewusst, dass das Ereignis, auf das sie wartete, kurz bevorstand.

Heute würde es passieren. *Aber was?*

Dann war sie aus dem Wagen gestiegen, hier auf dem Parkplatz, hatte den Boden unter sich nur gestreift, war zwischen all diesen Menschen gestanden.

Wie Sand in einer Sanduhr rieselten die Minuten an ihr herunter, Stimmen und Eindrücke wehten vorbei, blieben in ihrem Bewusstsein hängen wie staubige Fetzen aus zerrissenem Tuch.

Und unvermittelt hatte sich alles beschleunigt, das langsame Rieseln des Sandes war zu einem schneidend schnellen Wind geworden, hatte die Sekunden als nadelfeine Sandkörner ihre Haut streifen und wund scheuern lassen. Entfachte einen ohrenbetäubenden Sturm aus eiskaltem Hass.

Ihre Anspannung wuchs von Herzschlag zu Herzschlag. Alles schien sich in einer irrsinnigen Geschwindigkeit diesem Ereignis zu nähern, von dem sie nur wusste, dass es passieren würde, nicht aber *wie*.

»Möchten Sie ein Glas Sekt?« Das Lächeln einer jungen Frau, die Frage an sie gerichtet.

Tamara hörte sich ablehnen, drehte sich zur Eingangstür, sah, wie sich Bäume bogen, ein greller Blitz zuckte über den Himmel, gefolgt von einem Donnerschlag. Zwischen den vielen Menschen hindurch konnte sie das dunkle Rechteck der Tür sehen.

Tamara erstarrte.

Dort saß eine Katze …

In Tamaras Ohren knackte es, als würde sich ein innerer Druck ausgleichen. Die Härchen in ihrem Nacken stellten sich auf. Sie biss die Zähne zusammen, straffte jeden Muskel in ihrem Körper:

JETZT!

»Entschuldigen Sie, mir geht es nicht gut, ich muss kurz raus!«

War sie das?

Ein Blick ihrer Galeristin, ihr Mund, der Worte formte, dann Paul, der entsetzt aussah.

»Gib mir den Wagenschlüssel!«, sein erstauntes Gesicht, seine Frage. Wieder ihre Stimme: *»Ich liebe dich, vertraue mir. Gib mir den Schlüssel!«*

Seine Hand, die ihr den Schlüssel reichte, sein Gesicht, seine Augen.

»Nein, Tamara, warte!«

Ein kurzer Ruck an ihrem T-Shirt, frei.

Dann war sie auch schon draußen, spürte den Sturm, der an ihr zerrte, hörte sein Heulen, war im Wagen, drückte das Gaspedal voll durch und fuhr los.

Die Zeit rannte vor ihr her, sie beschleunigte, Tamara jagte hinterher, überholte sie, sah düstere Wolken, das Zucken von Blitzen, spürte den Donner, und alles schien sich zu überschlagen.

Weiter, sie wusste, wohin, bald, bald war es geschafft!

In ihrer Brust steigerte sich das Hämmern ihres Herzens zu einem Stampfen, trieb sie vorwärts.

Wieder ein Sprung, und schon flog das Ortsschild als gelber Streifen an ihr vorbei, nur noch wenige Minuten, und sie würde Jo gegenüberstehen.

Die Tür öffnet sich, und gelbliches Licht ergießt sich in den Keller.

Sie kneift die Augen zusammen, die Helligkeit schmerzt.

Ihre Fesseln werden gelöst.

»Steh auf ... nimm meine Hand!«

Kurz scheint der Boden unter ihr zu schwanken, ihre Beine geben nach, doch die Hand hält sie fest und streicht ihr dann sanft eine Haarsträhne aus dem Gesicht.

Dicht an ihrem Ohr spürt sie heißen Atem.

»Unser Geheimnis ... das hier soll nur uns gehören.«

Wie ein Tunnel aus Licht liegt die Treppe vor ihr, wie sie hinaufkommt, weiß sie später nicht mehr.

Einzig das Erstaunen, dass es Nacht ist, als sie die Eingangstür öffnet, bleibt ihr in Erinnerung.

Und Jos Flüstern, die Worte, die Jo ausspricht. Die Worte, die fünfzehn Jahre in Tamaras Kopf widerhallen, wie ein Echo dieses Grauens, sie jeden Tag daran erinnern, dass es noch nicht vorbei ist:

»… Aber ich werde dich besuchen. Irgendwann, wenn du gar nicht daran denkst, bin ich da. Das wird eine Überraschung! Ich verspreche es dir.«

16

Die Türglocke hallte durchs Haus, ein schwerer, düsterer Ton, der sich von einer Wand zur anderen warf

War das Andreas? Er hatte ihr nicht gesagt, wann er wiederkommen würde, nur gesagt, sie solle die Taschen packen und auf ihn warten. Er würde alles für die Katze besorgen, was sie benötigten, um sie mitzunehmen. Sie würde sie nicht zurücklassen.

Die letzte Reisetasche hing wie ein Bleigewicht an Annas Arm, sie ließ die Tasche los, und sie fiel neben der Eingangstür zu Boden.

Sofort wallte Hitze durch Annas Körper, und das Brennen in ihrer Schulter schoss bis in ihre Hand. *Wir zwei, nur Andreas und ich …*

Sie sah ihre Hand die Klinke drücken, die Tür ging auf, ein Blitz ließ für den Bruchteil einer Sekunde die Silhouetten der Bäume schwarz im Gegenlicht des taghellen Gartens erscheinen. Sofort danach ein gewaltiger Donner.

Aber dort war niemand.

Ein starker Windstoß fuhr durch die Eingangshalle, trieb Regen ins Haus, peitschte ihr ihr offenes Haar ins Gesicht, dann war da etwas Warmes, das an ihren nassen Beinen vorbei in die Dunkelheit glitt.

Die Katze!

Dunkel lag die Einfahrt vor ihr, alles um sie herum wogte und war in Bewegung. Immer wieder zuckten Blitze über den Himmel, ließen die Büsche und Bäume für den Bruchteil von Sekunden in Helligkeit erstarren. Anna hastete hinaus, Regen prasselte auf sie nieder, sofort war sie bis auf die Haut durchnässt.

Sie spürte, wie sich der spitze Kies in ihre Fußsohlen bohrte, eisige Kälte legte sich um sie, sie begann zu zittern.

Sie konnte nicht mehr weiter, sie war so müde, so unendlich schwach …

Aber sie musste die Katze finden!

Neue Energie erfasste Anna, den Schmerz in ihrer Schulter nahm sie nur noch als sanftes Pochen wahr.

Weiter die Einfahrt hinunter.

Da, unter einem Strauch!

Die Augen des Tieres leuchteten aus den Schatten hervor, Anna schleppte sich weiter, ließ sich auf die Knie sinken und umschloss das weiche, feuchte Fell mit ihren Händen.

In den Keller, sie musste sie in den Keller bringen!

Anna schluchzte, stand mühsam auf, geschwächt vom Fieber.

Langsam schleppte sie sich zurück ins Haus.

Durch die Halle, zur Kellertreppe. Mit einer Hand hielt sie sich am Geländer fest, stolperte beinahe, dann lag der Flur vor ihr. Sie atmete schwer, vor ihren Augen bildeten schwarze Punkte wirre Muster. Hinter sich auf der Treppe vernahm sie ein Geräusch, war aber zu erschöpft, sich danach umzudrehen.

Schritte? Waren das Schritte hinter ihr? Andreas! Er war zurückgekommen!

Sie schleppte sich weiter, vor ihr war die Tür zum Weinkeller. Nur noch die Katze hineinbringen, dann wäre alles gut! *Andreas war zurückgekommen, sie würden verreisen …*

Sie öffnete die schwere Metalltür, bückte sich, ließ die Katze hinunter.

Geschafft.

Anna richtete sich mit letzter Kraft auf.

In diesem Moment war ihr, als hörte sie eine vertraute Stimme, dicht an ihrem Ohr.

»Jo«, flüsterte diese Stimme, »jetzt bin ich gekommen, um dich zu besuchen, hast du mich vermisst?«

Eisige Kälte breitete sich rasch über ihren Rücken aus, dann spürte sie, wie ein Stoß sie nach vorne schleuderte, und sie schlug hart auf dem Boden des Weinkellers auf. Kein Schmerz, nur ein dumpfer Aufprall, und sie spürte den kühlen Lehm an ihrer vom Fieber glühenden Wange.

»Tamara?«, kam ein Flüstern über ihre trockenen Lippen.

Sie atmete tief ein und ließ die Luft in einem Seufzer entweichen …

Hinter ihr quietschte die Tür in den Angeln, mit einem leisen Klicken fiel sie ins Schloss, dann wurde es dunkel …

Im Dunkeln flackerte ein Bild auf. Das Mädchen aus ihren Träumen. Ihr Kleid stand in Flammen, wehte in Fetzen um ihren Körper, fraß an ihr. Sie hatte die Katze auf dem Arm, auch sie fing Feuer, und beide lösten sich allmählich auf, wurden zu undeutlichen Schemen, und zurück blieb Schwärze.

Tamara …

17

Die Zelle war klein und karg, die Matratze, auf der er saß, durchgelegen. Das Handy hatte er gefunden, war sogar in Cordes' Wohnung gewesen, hatte alle Spuren beseitigt.

So dachte er.

Die Wahlplakate …

Dieses verdammte Mädchen hatte ihn erkannt. Dieses Mädchen aus der Spielhalle, das ihn so oft zusammen mit Cordes gesehen hatte. Vor seiner Kanzlei hatte die Polizei auf ihn gewartet. Der eine Koffer, der auf der Rückbank lag, mit seinen nötigsten Dingen. Dieser eine verdammte Koffer.

Fluchtgefahr.

Weg von hier, von diesem Haus, von diesem Leben, das nicht zu ihm passte. Mit Anna. Nur sie beide.

Anna …

Ein Foto. Zwei Mädchen unter einem Kirschbaum …

»Sie war die beste Freundin, die ich je hatte«, hallten ihm ihre Worte durch den Kopf. *»Mit ihr konnte ich über alles reden, sie war immer für mich da!«*

Er hatte Anna überraschen wollen, bald hatte sie Geburtstag …

Sie war so einsam gewesen, hatte jeden Kontakt zu anderen Menschen verweigert, sich an ihn geklammert wie eine Ertrinkende. Es war ihm zu viel geworden, irgendwann hatte er nach jedem Strohhalm gegriffen, um sie von den Ketten zu befreien, die sie an ihn fesselten. Es war nicht gut, sich im Leben an nur einen Menschen zu binden. Es war nicht richtig.

Und dann war Tamara ins Spiel gekommen. War zu einer fixen Idee geworden, die einzige Freundin, die Anna damals hatte. Vielleicht hatte er wegen diesem Befund den Kopf verloren. Befürchtet, er würde sie allein zurücklassen müssen. Er konnte es nicht sagen, wusste nur, dass er es nicht mehr ertragen hatte, Anna so einsam zu sehen. Jeden Tag in der Kanzlei daran zu denken, wie allein sie war. Mein Gott, er liebte sie. Liebte sie so sehr, liebte sie immer noch.

Egal, was sie getan hatte.

Andreas raufte sich die Haare, lehnte seinen Kopf gegen die harte Betonwand.

Er hatte diesen Herrn Cordes auf Tamara Deile angesetzt, hatte ihr Privatleben ausspionieren lassen. In Tamaras Leben hatte er nichts gefunden, was gegen eine Freundschaft mit Anna spräche. So dachte er …

Bis Cordes ihm Tamaras Tagebuch unter die Nase hielt. Dort stand das Unfassbare. Die Zeitungsartikel und der Abgleich des Datums bestätigten alles. In Annas Tagebuch hatte *nichts* von alldem gestanden, nach dem Tod ihrer Eltern, schrieb sie, war Tamara zwei Wochen bei ihr geblieben, hatte sie nicht allein gelassen.

Es waren genau die zwei Wochen, in denen Tamara damals verschwunden war.

Anna, seine Anna. Warum hatte damals niemand bemerkt, wie schlecht es Anna ging, dass sie dringend Hilfe brauchte?

Ein Foto. Zwei Mädchen unter einem Kirschbaum …

Das metallene Geräusch des Zellenschlosses wischte dieses Bild aus seinen Gedanken. Zwei Justizbeamte betraten die Zelle, ehe sie etwas sagen konnten, stand Andreas auf.

»Bitte, haben Sie meine Frau gefunden? Sie ist nicht ans Telefon gegangen, ich weiß, dass ihr etwas passiert ist! Sie ist krank, sie hat mit dieser Sache nichts zu tun … Sie muss noch im Haus sein, so glauben Sie mir doch endlich!«

Sie hatten ihm nicht geglaubt, hatten gedacht, Anna wäre geflohen. Aber sie war nicht geflohen, das wusste er. Es ging ihr schlecht, sie brauchte dringend Hilfe, warum glaubten sie ihm nicht?

»Bitte, schauen Sie doch endlich nach ihr!«

Er blickte von einem zum anderen Beamten. Der ältere von ihnen räusperte sich.

»Herr Ackermann, setzen Sie sich!«

Er legte ihm die Hand auf den Arm, und Andreas sackte zusammen, spürte, wie er auf die Matratze sank.

»Wir waren dort, es tut uns leid …«

»Was … was ist mit ihr passiert …?«

Andreas' Augen füllten sich mit Tränen.

»Wir haben Ihre Frau gefunden … Sie ist wohl an einer Blutvergiftung gestorben … Aber Näheres wird die Gerichtsmedizin klären. Ihre Frau war im Keller eingesperrt.«

Andreas fühlte, wie sich Kälte in ihm ausbreitete, seine Hände begannen, unkontrolliert zu zittern.

»Eingesperrt? Aber da war niemand! Nur diese verdammte Katze! Die Katze, es war wegen der Katze … Sie wollte doch nicht, dass sie wegläuft …«, presste er mit von Tränen erstickter Stimme hervor.

Der jüngere Beamte blätterte in einem Bericht, dann schüttelte er den Kopf:

»Hier steht nichts von einer Katze …«

18

Später im Jahr …

Tamara hatte dem neuen Mieter geholfen, die letzten Kartons aus dem Lieferwagen zu holen, und setzte sich nun auf die Treppe vor dem Atelier. Es war Herbst geworden, auf dem Gehweg lagen gelbe und rote Blätter, die Abendsonne schien warm und angenehm auf ihr Gesicht. Sie setzte sich auf die Treppe und strich über ihren Bauch. Das Baby, das in ihr heranwuchs, sollte einen guten Start ins Leben haben. Oben war Paul damit beschäftigt, die alte Tapete von den Wänden zu reißen, sie hörte, wie er fluchte. Er hatte sie damals nicht gefragt, wo sie gewesen war. Lediglich eine kurze Todesanzeige war erschienen. Sie hatte Paul nicht gesagt, dass Jo tot war, hatte die Anzeige in winzige Fetzen zerrissen. Noch Wochen danach hatte Tamara sich die Zeitung gekauft und darauf gewartet, dass dort irgendetwas stand, was ihr Klarheit verschaffen würde.

Aber Tamara wusste, dass ihr Hass Jo getötet hatte.

In dem Moment, als sie Jo einen Stoß gab, hörte, wie ihr Körper hart auf dem Boden aufschlug, war etwas von Tamara abgefallen. Ihr Hass war unter Jo im Lehmboden versickert und für immer verschwunden und mit ihm ihre Angst.

Noch einige Male war sie zu diesem Haus gefahren, war durch eine Lücke im Zaun in den Garten eingedrungen wie ein Dieb. Das Haus hatte sie aus leeren Fenstern angestarrt, und schon jetzt schien es zu verfallen, zu vergessen.

Einmal war sie an Jos Grab gewesen, hatte sich hingekniet und versucht, sie zu spüren, einen Rest von ihr zu erhaschen. Aber da war nichts mehr. Nur diese kurze Zeit, in der Jo ihre Freundin war und die für immer ihr Leben verändert hatte.

Nein, nicht für immer.

Langsam stand sie auf und streckte sich. Dann schlenderte sie zum kleinen Laden. Mit einem Klingeln öffnete sich die Tür.

»Na, haben Sie den Einzug bald geschafft? Das ist ein sehr netter Mann, Ihr neuer Mieter.«

»Ja, er bringt noch einige Kisten in den Keller, dann ist alles fertig.«

Tamara bestellte eine Flasche Mineralwasser, zahlte und verließ den Laden.

Aus dem Fenster über ihrem Atelier winkte Paul ihr zu.

»Schatz, bring mir was zu trinken, dieser Staub!«

Aus dem Eingang kam ihr der neue Mieter entgegen, er trug etwas auf seinem Arm.

»Ist das Ihre? Sie muss irgendwie in den Keller gelangt sein, die Arme, sie ist ganz abgemagert …«

Aus ruhigen Augen blickte die Katze Tamara an und fing an zu schnurren.

Epilog

Tamara und Joanna stehen unter dem Kirschbaum, ihre sommerlichen Kleider flattern im Wind.

»CHEESE!«, ruft Tamaras Vater, dann drückt er auf den Auslöser.

»Tamara, du bist meine beste Freundin! Du darfst mich nie, nie verlassen!«, sagt Joanna und greift nach Tamaras Hand.

»Warum triffst du dich denn mit Sonja?«

»Ich kann doch auch andere Freundinnen haben, oder?«

Tamara zieht ihre Hand weg, nimmt sich eine Kirsche, spuckt den Kern ins Gras. Mein Gott, wie Joanna klammert. Sie ist eine richtige Klette … Immer dieses Hinterherspionieren, immer will sie wissen, mit wem sie sich trifft. Es nervt.

Morgen wird sie ihr die Freundschaft kündigen …

Danksagung

Zuerst will ich mich bei meinem Mann Fatih Akgündoğdu, meinem heimlichen Co-Autor und Ideengeber, bedanken, für deine Frage: »Warum schreibst du nicht einfach ein Buch?«

Aber vor allem für deine unendliche Geduld, dein Zuhören und deine Unterstützung.

Und bei den besten Kindern der Welt: Luisa und Adem.

Irgendwann werdet ihr vielleicht dieses Buch lesen und endlich wissen, was Mama da immer getippt hat.

Ich bedanke mich ganz herzlich bei meinen Testlesern:

Jenni Raasch, die mir mit ihrem Roman in sieben Seiten so wertvolle Tipps gegeben hat, mir Mut gemacht und mich zum Lachen gebracht hat!

Leo darf ich natürlich auch nicht vergessen, denn er hat uns gezeigt, dass wir auf einer Wellenlänge liegen … Danke, Leo, wo immer du auch bist. Pass gut auf Susanna auf!

Anne Mehlhorn für ihre Hilfsbereitschaft, Verlässlichkeit und ihren kritischen Blick,

Susanne Lieder, die sich dafür eingesetzt hat, dass Paul mehr zu Wort kommt,

Ines Wunderlich-Khayriavarvand, die Cordes von Anfang an mochte,

Nicole Lischewski für Zuckerbrot und Peitsche, Ute Bareiss für transglobale Gespräche und die Sonne, von der sie immer so großzügig abgibt, Dennis Mizioch für das schönste Blau der Welt.

Stefan Lieven, der das Manuskript auf psychologische Stimmigkeit geprüft hat. Falls es doch noch Unstimmigkeiten geben sollte, ist das mein Verdienst.

Karin Dressler für ihr »Krass, krass, krass!«, was in diesem Moment genau das war, was ich hören wollte. Daniela Pusch für den Spruch mit dem ersten Entwurf, der immer … ist.

Marianne Labisch, die mir verboten hat, nur immer mit

allem anzufangen, Jeanine Lefèvre, die mich davor bewahrt hat, Tamara mit Anna zu verwechseln.

Außerdem bedanke ich mich bei meiner Agentin Christina Vikoler für ihre Vermittlung und die vielen schönen Telefonate, bei meiner Lektorin Christine Derrer, die mir gezeigt hat, wie ich das Beste aus dem Stoff rausholen kann.

Kathrin Schachtschable, die mir mit dem ersten Exposé geholfen hat,

Laura Burggraf für ihr wertvolles Feedback.

Rainer Wekwerth, der mir klargemacht hat, dass man sich ohne Kompass im Plot verirrt.

Und mein Dank gilt auch dem genialen Boro, der mit dem DSFO einen Raum geschaffen hat, der das alles möglich gemacht hat!

Nicht zu vergessen:

Ich danke meinen Eltern, Albrecht Spohr und Ute Spohr, meinen Geschwistern, Wolfram Spohr, Katharina Spohr, Roswitha Spohr, Gundula Spohr und Irene Krüger.

Ihr habt mir nie einen Vogel gezeigt, als ich mich dazu entschlossen habe, zu schreiben, und habt an mich geglaubt.

DANKE!